月《つき》神《がみ》の愛《め》でる花《はな》

〜雛《ひな》鳥《どり》の抱《いだ》く夢《ゆめ》〜

朝《あさ》霞《か》月《つき》子《こ》

ILLUSTRATION

千《せん》川《かわ》夏《なつ》味《み》

【イリヤ大陸】
ベセナ村
イルレーゼ(王都)
イオニア
イオニス領
〔ザークィン皇国〕
央の海
ギルビス領
エッシャール州
ナバル村
砂漠地帯
〔カセテート〕

illust.千川夏味

あらすじ＆用語解説

あらすじ

見知らぬ異世界へトリップしてしまった純情な高校生の佐保は、
若き皇帝・レグレシティスの治めるサークィン皇国の裁縫店で
つつましくも懸命に働いていた。
ある日、使いに行った城で、暴漢に襲われ意識を失ってしまった佐保。
目覚めると、暴漢であったサラエ国の護衛官たちに
「行方不明になった皇帝の嫁候補の【姫】の代わりをしてほしい」と懇願され、
後宮で【姫】として暮らすことに。
女性を寄せ付けない皇帝に正体がバレることなく、平穏な日々を送っていた佐保。
しかしひょんなことから、孤独を抱える皇帝・レグレシティスと、
その立場を知らないまま交流を持ってしまう。
いつしか心を通わせ合い、ついに結ばれた二人。
皇妃として迎えられ、佐保は皇帝の伴侶として
共にこの国で暮らすことを心に決めるが――。

用語解説

【イリヤ大陸】

世界三大大陸のうち、もっとも広大な南北に連なる大陸。

【サークィン皇国】

イリヤ大陸の中心となる大国。経済や軍事において、
他大陸までその影響力が及ぶ。王都はイルレーゼ。

【稀人《まれびと》】

佐保のように異世界から突然迷い込んできた人のこと。珍しくはあるが、
前例がいくつかあるので、サークィンには稀人を受け入れる土壌ができている。

【月神《つきがみ》】

イリヤ大陸で信仰される神。皇族から庶民まで、立場を問わず人々が敬い、
崇拝している。姿形は謎のまま、遣いという形で時々人々を助けたり、
力を与えたりする。花、狼など遣いの形は国によって違うとされている。

【神花《しんか》】

月神の遣いとされる、滅多に見ることができない、
気まぐれでどこに咲くかわからない花。
王都にしか咲かないと言われている。蔓は緑色で、十二枚の花弁から成り、
透明な中に様々な色合いや輝きを見せる。

CONTENTS

月神の愛でる花
～雛鳥の抱く夢～

◆

◆

月神の愛でる花　～雛鳥の抱く夢～

幕間《まくあい》

佐保《さほ》が測量実習で棒を持って畑を歩いている頃、城の執務室では皇帝レグレシティスが騎士団長と共に早めの昼食を摂《と》っていた。宰相は部下に任せていた他の案件の進捗《しんちょく》を確認すると言って、少し離れた区画にある宰相府へと赴いている。

「今頃殿下は何をなさっている頃でしょうね」

「測量と植物採集と言っていたから、森の中を歩いているか、測量をしているかのどちらかだろうな」

言ってレグレシティスは窓の外へ視線を向けた。本日は薄曇りで日差しは強くない。日中はそこまで気温が下がることはないが、午後を過ぎてしばらくすれば冷えて来るだろう。動いた後の体を冷やさないよう、自身で気を遣ってくれればよいのだが――とレグレシティスは思う。

「殿下が心配ですか？」

揶揄《やゆ》を含めながら尋ねたリー・ロンに、レグレシティスは肩を竦《すく》めながら苦笑で返す。

「まあな。本人は楽しみにしていたが、屋外での団体行動だからな。佐保自身が気をつけていても、何が起こるかわからないところは不安と言えなくもない」

「あまり王都を出ることがない殿下ですからね。ですが、元の世界では学生だったそうですし、その頃も似たような行事があったと以前に聞いたことがあります。普段と違う場所での活動となると、はしゃいだり羽目を外したりする学生が出ないとも限らないので、その点が心配ではありますが、集団行動には慣れもあるでしょうし、その辺りは大丈夫ではありませんか？」

騎士たちが日頃の鍛錬の成果をぶつけ合う夏の競技会も、「運動会」や「体育祭」という言葉で表現していた。

「校外学習の仕組みはそれらと変わらないようだとは佐保も言っていたが」

それでも心配になるのはレグレシティスが過保護

だからというわけでなく、城に住むようになってからの佐保の行動範囲が広がったことで感じるレグレシティス自身の不安なのだろう。

何しろ公務やちょっとした買い物で城外に出る以外、基本的に佐保は奥宮《おくみや》か城内の作業所などで過ごすことがほとんど、さらに言えばレグレシティスの手と目の届く範囲だ。しかし今回は学院というレグレシティスにとって近しいけれど未知の場所での経験と行動である。

佐保が学院に通うことになって以来、公務の間そわそわと気も漫《そぞ》ろな皇帝を、リー・ロンや宰相のみならず護衛番として控えている騎士たちまでもが微《ほほ》笑《え》ましく見守っていたのをレグレシティス本人は気づいていない。

これが接見中であれば宰相なりリー・ロンなりが注意を促したところだが、幸いなことに執務室での書類仕事中だったため見逃されているというのが事実でもある。

リー・ロンの、弟子の情緒面での成長を見守る眼《まな》差《ざ》しに気恥ずかしさを感じたのか、レグレシティスは皿の上から果物を一切れ摘《つま》み上げた。

「どんな形態であれ、佐保が楽しければそれでいい。それに似たような年代の子供たちと触れ合うことで、新しい経験や価値観を得ることにもなるだろう？」

年齢的には佐保の方が編入した学級の子供たちより幾分《いくぶん》年嵩《としかさ》なのだが、取り巻く環境やこれまでのサークィン皇国での生活期間を加味するまでもなく、おっとりとした性格と小さくて華奢《きゃしゃ》な体格から子供と同等に見られがちだ。故に、精神的には佐保が意外と頼もしいことを知ってはいても、ついつい成長を見守ろうという気持ちになってしまうのだ。

「確かにそうかもしれませんね。殿下の周りには大人、それも癖のある者がなぜか多く集まる傾向にありますし」

その癖のある者の中にリー・ロンが自身を含めているのかどうかは謎である。

「今日の実習も、許可が出るまで心配で仕方ないのが丸わかりだったからな。佐保に持たせる昼食を作る料理長ら賄《まかな》い方も気が気ではなかったようだ」

彼ら自身が口に出すことはなかったが、本宮《ほんぐう》のすべてを取り仕切る侍従長キクロスからの報告で、材料から献立までかなり凝ったものを試行錯誤したと聞いている。

皇帝の口に入るものを作るのがお役目の彼らは、佐保が学院に通うようになってからは皇妃に持たせる昼食——冷めても美味《うま》い品を作ることに日夜研鑽《けんさん》を重ねていた。

「それは殿下も食べるのが楽しみでしょうね」

「友人たちと分け合って食べるのも昼食時の楽しみの一つらしい」

「公務との両立は大変でしょうに。学院生活を満喫しているようで何よりです」

リー・ロンは白磁のカップに口をつけながら、微笑を浮かべた。簡単に摘める間食程度の食事は既に二人の腹の中に収まり、午後の執務開始までの僅かな時間を談笑に費やす。多忙な時期には片手で食べながら片手で書類を捲《めく》ることもざらなので、合間に出来たこの閑散期はある意味貴重でもあった。

これから間もなくすれば、本格的な冬に入る前に決裁しておかなくてはならない書類が毎日山のように持ち込まれ、深夜まで城の明かりが消えることはなくなる。もはやサークィン皇国の風物詩とも言えるものだが、当事者である皇帝や宰相ら為政者たちにとっては、冬が明けた春先と合わせて最も気を抜けない時期でもある。

「引率の護衛の中に兵士と騎士を何人か潜り込ませていますから、もしもの時の対処は取れるようにしていますし、あまり心配なさるのも考えものですよ」

「それはわかっているのだが、どうもなあ」

レグレシティスは苦笑を浮かべた。これまで佐保が王都の外へ出る時には侍従のミオが付き従うのは当然として、他に数名の騎士が側《そば》に控えているのが普通だった。今回のように不特定多数の生徒の中に入り込んでいる佐保を集団の外から守る方法は、レグレシティスには心許《こころもと》なく感じられるのだ。

「お前の部下たちの力量に不安を感じているわけで

はないぞ？」

「まあそれは仕方がありません。これまでにない行動をする時には、誰しもが不安になるものです。皇帝陛下といえども、例外ではないということがわかっただけでもよしとしましょう」

　優雅に茶器を口に運んだリー・ロンは、だが、ふと飲み掛けのそれを卓《テーブル》に戻し、素早く立ち上がると窓を開けた。室内に外気が入り込み、同時に茶色に白い斑《まだら》のある尾羽が黒い鳥が飛び込んで来て、数回室内を見回しながら旋回した後、差し出されたリー・ロンの腕に止まった。

　鳥を見た瞬間にレグレシティスの表情が険しくなる。鷹《たか》に似ているこの鳥はテシンという猛禽《もうきん》類の一種で、飛行能力に優れていることから主に群れで飼育されている伝書用の鳥だ。その伝書鳥の胴輪につけられた筒を手早く開封したリー・ロンは、小さな紙片に目を走らせるとそのままレグレシティスの手に渡しながら簡潔に内容を伝えた。

「――王都郊外で不穏な集団を見掛けたと」

「佐保か？」

　間髪入れずの問いにリー・ロンが首を左右に振る。

「いえ。演習のために郊外に行く騎士科の生徒たちに同行していた騎士からの報告です」

　椅子の背凭《せもた》れに羽を休めている伝書鳥の足環の色は黒、隠れて佐保の護衛についている騎士に持たせた鳥には黄色の環をつけて区別をしていた。

　ざっと短い文章を読み終えたレグレシティスの表情は伝書鳥が飛んで来た時よりも険しく、眉間には深い皺《しわ》が刻まれている。

　公道で商隊を見掛けるだけなら普段から見られる光景で、何も不審に思う必要はない。ただ、先に進んだところで休憩していた付近の農民から、商隊から離れ公道からも離れた別の方向に進む騎馬の一団を見掛けたと教えられた騎士たちには、彼らのその行動は十分不審に感じられるものだった。

　通常から演習時には事前に付近の住民へ騎士団の移動予定を伝えている。それ故、最初は農民たちも演習の一部なのかと思ったそうなのだが、王都から来るのではなく王都へ向かうという方角に違和感があったのと、何より馬が違ったという農民らしい視点からの違和感だった。

　王城で飼育している馬の多くはテスタス領が原産で、名馬の産地という名に恥じない見事な体軀《たいく》の馬が多い。騎士団の馬に関してはほぼテスタス産で、それらの馬を乗りこなす騎士たちの姿を日頃から見ていれば、どう見てもそれより劣る馬に乗った連中は、騎士でも兵士でもないという考えに至る。不審な案件として報告するには十分な理由だろう。

　もっとも、これらすべてが小さな紙片に書かれていたわけではなく、短文での羅列ではあったのだが、状況把握に秀でた騎士団長と皇帝には十分伝わる内容だ。

　二名の騎士に後を追わせているという報告で終わった紙を机の上に乗せたリー・ロンは、すぐに護衛として立っている騎士へ指示を伝え、行動を起こすべく本部と軍部へ走らせた。同時に、リー・ロン自身も動き出す。

　何もないに越したことはないが、合同演習もサークィン皇妃の佐保が参加している校外学習も同じ王都の西方郊外となれば、必然的に迅速な対応が求められる。単なる通りすがりならよし、そうでなかった時のことを考えれば騎士団長自らが赴く理由は十分だ。

　騎士科との合同演習場所から佐保たちがいる農地まではそれなりの距離があるが、馬で移動するならば問題にならない程度でしかない。

　それに、

「殿下のことも心配ですが、他にも大勢の生徒がいます」

「そうだ。佐保だけでなく、全員の安全を速やかに確認、確保する必要がある」

　言いながらレグレシティスはペンを取り、王都周辺の警戒強化の指示を書き上げ、次の指示のために控えていた伝令に渡した。

「では陛下、私は下へ」

「頼んだぞ」

レグレシティスの灰色の瞳に応えるよう、リー・ロンは頷《うなず》いた。

「ご安心ください。殿下は無事にあなたの元へ帰します」

と言い残して。

栗《くり》色の長髪を靡《なび》かせて去る後ろ姿に向かって、レグレシティスは心の中で頭を下げた。

――佐保を頼む、と。

五章

生徒たちがいる集団の前方で襲撃者に応戦していた教師に向かって振り下ろされる剣。

誰もが斬られると想像し、ある者は瞼《まぶた》を閉じ、ある者は目を見開いたまま硬直した。

佐保もまたそのうちの一人で、武器代わりの棒を両手できつく握り締め、その光景を見ていることしか出来なかった。

しかし。

――キン……ッ!

まさに身に触れる寸前だった剣は、佐保たちの頭上を越えて飛来した一本の矢によって弾かれてしまった。

(え!?　助けが来た!?)

思わず後ろを振り返る生徒たちの目に映ったのは、丘を越えて剣や槍《やり》、弓を手に駆けて来る騎馬の集団だった。その集団は見る間に距離を詰め、ドドドドドッという音と共にあっという間に佐保たちの横を駆け抜けて行った。

　最初に飛来した一矢を皮切りに、次々に降って来る矢の雨に、生徒たちが築いた防御陣に迫っていた襲撃者たちも脚を止めざるを得ない。その隙に駆け込んで来た騎士たちが教師や生徒たちをより安全な後方へと下がらせる。

　負傷者を乗せている荷馬車や防壁代わりに使っていた馬車の車体は動かすことが出来ないため、実際にはほんの少し後退しただけに過ぎない。それでも、襲撃者たちとの間に救援者たちが分け入っただけで、生徒たちが非常に安堵《あんど》を覚えたのは無理からぬことだった。

　自分たちのすぐ目と鼻の先で繰り広げられる戦闘から目を離すことも出来ず、未だ緊張の中にありながら今はもう絶望感はない。

「で……じゃなくてクサカ、あれは騎士団ですよね？」

「うん」

　ビクビクしつつも、皇妃殿下を守るのだと悲壮な決意を胸に、佐保の隣で同じように棒を構えていたアルフリートに小声で尋ねられ、佐保は前を見つめたまま頷いた。

　手綱を持たず、馬体を挟んだ足と鐙《あぶみ》だけで自在に馬を操りながら武器を持って戦う技能を持つ黒衣の集団は、サークィン皇国が誇る近衛《このえ》騎士団で間違いない。佐保がいる場所からは後ろ姿や横顔しか見えないが、見知った騎士の顔も幾つかあった。

　彼らは上手に馬を操りながら敵を牽制《けんせい》し、生徒たちと襲撃者たちとの距離を広げることを目標に動いているように見えた。殲滅《せんめつ》するというよりは生徒たちに近づけないことを第一に考えての動きは、相手との人数差を考えれば妥当だろう。

　校外学習の護衛として付き添っていた数名と駆け付けた騎士を加えてもこちらは十名と少し。襲撃者もほぼ同人数だが、他にまだ森の中に潜んでいる可能性もある。何より、五頭の魔獣の存在があった。そしてこちらには戦えない百名の生徒。

中にはアンゼリカのように幼少時から剣を持ち戦いの経験を積んだ生徒もいるが、極少数だ。むしろ十代前半なのに剣に慣れた子供が数人も混じっていることが佐保には驚きだ。彼ら以外では実戦は伴わないものの護身のために武技を学んでいる生徒たちの中で、いざとなれば戦う意志を持った者が武器もどきを手にしているに過ぎないのだ。

皇国軍将軍サナルディアの近しい縁戚であるアンゼリカは、後方に下がる生徒が多い中、憧れの騎士を間近に見る特等席を譲らない！　とばかりに現在も最前列で棒を構えている。槍のつもりで構えている佐保と違い、彼女は長剣に見立てているようで構えに慣れが見える。

「これで相手が退いてくれればいいんだけど……」

防ぐことに成功はしているが逃げるまでには至らないのが実情だ。何しろ戦う術《すべ》のない大勢の生徒たちの退路を安全に確保するには圧倒的に戦力が足りない。敵を遠ざけることには成功しているのだが、素早く動く魔獣を斃《たお》すまでには至っていない。動き回る魔獣を追ってこの場を離れることが出来ないからだ。

追い払っても追い払っても生徒たちに向かって来る魔獣の群れは、人間よりも厄介だった。騎馬隊や向けられる剣の間を掻《か》い潜《くぐ》り、隙を見て生徒たちの集団に飛び掛かろうと狙っている。それもあって生徒たちはこの場からの退避がより困難になっていた。

少しでも防御の輪を崩されれば、そこから瓦解するのは目に見えている。魔獣に限らず群れで猟をする獣は、そうやって逃げる相手の集団を崩し、そこから離れた個体を狙うのが定石だ。

それに、野犬と魔獣とでは一般人に与える恐怖の度合いが違う。犬型もしくは狼《おおかみ》型に分類されるだろう魔獣は、大型犬よりは大きいといっても馬より大きいわけではない。だが黒地に錆《さび》色の混じった毛皮や口から飛び出した鋭く大きな牙、それに安全な王都の中では聞くことのない荒い獣の息遣いは、それだけで身を竦ませるに十分なのだ。

アンゼリカやクリステンのように武器を持って戦

う意志に溢《あふ》れている武人の系統の子もいるが、高等学術院の生徒の大半は身分が高かったり裕福だったりする家の子供で、慣習として剣術を学んではいても荒事には無縁だ。下手をすれば喧嘩《けんか》に遭遇したことすらないかもしれない。そんな彼らの身が竦んでしまうのは仕方がないことではあった。

　佐保がそうであるように、地位のある立場であれば護身術などの身を護《まも》る術を取得しているはずではあるのだが、「想像上の敵」と「現実の敵」との差を目《ま》の当たりにした時に、日頃の練習通りに体が動くかどうかはまた別だ。大抵は恐怖の方が打ち勝ってしまい、やる気に溢れているアンゼリカの方が稀《け》有《う》な例なのだ。

　魔獣たちは相変わらず生徒たちが築いた円陣の向こうをうろうろして様子を窺《うかが》っている。

　不利な状況は脱したが、優位とは言い難い状況の中、佐保たちも棒を振り回して魔獣を近づけまいと威嚇する。圧倒的な戦力の差がない限り、守られる者の数が多ければ多いほど足枷《あしかせ》になる。だから生徒たちは動けず、騎士は離れられず、戦える教師や護衛は生徒を守ることを優先する。

　でも、と棒を振り回しつつ周りを観察して思う。

（もしかして……）

　佐保は胸元をぎゅっと握り締めた。服の上からでは見えないそこには神花《しんか》の種が入った袋が下げられている。

　佐保に害をなす者たちへ容赦のない攻撃を与える――というより堅牢《けんろう》な守りを擁する頼もしい神花だが、幻獣ラジャクーンや冬様の愛称で知られるツヴァイクなどの例に見られるように、種子には獣たちを惹《ひ》き付ける何らかの作用があった。

（もしそうならこの魔獣たち、神花の側に行きたいだけ……？　匂いにつられてる？）

　神花イコール所持している佐保の側に近づこうとしているだけではないだろうか。勿論《もちろん》最初こそ、生徒たちを襲撃し追い立てるのが目的だったはずだが、神花の種を間近にして闘争よりも魅了の方に性質が傾いていると考えられた。

王都イルレーゼに住む人々でさえこれまで目にする機会のなかった神花である。王都以外で咲かない神花に魔獣が耐性を持っているはずもなく、十分考えられる可能性だった。何らかの方法で魔獣に指示を出している襲撃者にとっても、これは誤算だったのではなかろうか。

そんなことを考えながら魔獣を見れば、どことなく最初に襲って来た時より凶暴さが鳴りを潜めたように見えなくもない。大きく鋭い牙が剝《む》き出しなのは体の構造上仕方ないとして、歯茎はもう見えず、ハッハッと短い息を吐く合間にチラチラと覗《のぞ》く程度に収まっている。

しかも、

（何となくだけど、尻尾が揺れてない？）

近くに寄ると騎士に追い払われるせいで落ち着きなく動き回る魔獣の尾は、どことなく嬉《うれ》し気に揺れているように見えなくもない。

勿論、これは佐保の想像でしかないので声に出すことはなかったが、襲撃の最初から魔獣に対峙《たいじ》していた腕の立つ護衛は、魔獣から発せられていた敵意が感じられなくなったことに薄《う》っすらと気づいたようだ。それが理由なのか、彼らも魔獣の牽制を教師や武器を持つ生徒に任せ、明確な害意を持つ襲撃者に対峙する騎士に加勢すべく防御から攻撃へと転じていた。

（これって、いい方に変わったってことでいいのかな？）

神花の種を狙っているのではないと佐保は思う。これまでの獣たちの態度を見る限り、近づいて匂いを嗅ぎたい誘惑に駆られているようにしか見えなかったからだ。

佐保はもう一度、胸元の袋をぎゅっと握り締めた。

（本当は僕がここから離れるのが一番いいんだろうけど……。魔獣たちも一緒に離れるはずだし）

しかし、だからといって単独行動出来る状況でもない。集団でまとまっている以上、一人だけ離れてどこかに行こうとすれば必ず目に留まる。用を足すために離れたいなどと危機感のない言い訳が出来るほど厚顔無恥でもなく、未だ危機的状況にある中、離脱者を出すことが容認されるはずもない。

――魔獣は僕が引き付けます！

などと声高に叫んだところで誰からも賛同を得られないどころか、下手をすれば邪魔者扱いされるのが関の山だろう。

前方で戦っている騎士にだけは、魔獣の相手はしなくてもいいのだと伝えることが出来ればいいのだが、これまた距離がある上に、防戦に徹している彼らに余計なことを伝えて集中力を削《そ》いでしまうのもよくない。内容的には決して余計なことではないので、佐保たちの安全を確認するために後ろを何度か振り返る騎士たちに唇の動きだけで伝えようと頑張《がんば》ってはみたのだが、

「クサカは下がってて」

と勇ましいアンゼリカに後ろに追いやられ、ついでに騎士からも「何も言わずに」「下がっててください」と瞳で懇願されてしまえばなす術もない。

佐保が身分を隠して学院に通っているのを知っている彼らは、佐保や皇帝の意向を汲《く》んで極力知られないよう努めているのだ。もっと切羽詰まった状況であれば別だが、敵の増援が出て来ないことから鑑みるに、援軍が来るまで持ち堪《こた》えれば有利になるのはこちらなので負傷者が増えないことを前提の現状を維持する作戦のようだ。

報奨目当てに深追いしたり、攻めに出て防御陣が崩れ犠牲者が出たりするのでなければそれでいい。

つまり、結局のところ現状を維持するしかないわけだ。

（たぶんだけど、この場では命に係《かか》わるような大きな危険はないって認識していいのかも）

神花は佐保を守る。佐保自身に危険が迫れば立場や身分を隠していることなど気にせずに蔓《つる》を伸ばし大きな籠を作るだろう。今はそれがない。

思えばレグレシティスと結婚した後、王城の神殿で襲われた時も佐保が塔から身を投げるまで神花は姿を見せなかった。バツーク国のお家騒動に巻き込まれ、カザリン王子と逃げ惑っていた時も追い詰め

られてからしか顕現しなかった。

　守りはするけれども本当の生命の危機にだけ手助けする——そんな意図がそこはかとなく感じられる神花は、やはり月神《つきがみ》の遣いであり眷属《けんぞく》なのだ。神様は見守ってくれるが過保護ではない。人には人の考えがあるように、神には神の基準があってのことなのだろう。

　佐保に出来るのは、神花を過信せず常に自分が出来る最大の注意を払うことだ。

　数名ではあるが騎士という援軍が増えたにもかかわらず、逃げず留まる敵の意図は読めないものの、生命を脅かされる危険がなさそうなのは有り難い。問題は、どちらかというと膠着《こうちゃく》状態を厭《いと》った味方の方にあった。

「じれったい！　このままじゃいつまで経《た》ってもどうにも出来ないわ！」

　いつの間に取りつけたのか、棒の先に採取用の小刀を巻きつけたアンゼリカが騎士に加勢すべく一歩を踏み出したのだ。彼女を止めるべく、腰に飛びついたのは佐保にしては上出来だっただろう。次いで同じようにアルフリートもアンゼリカに飛びつき、前へ行くのを引き留める重石《おもし》になる。相手が女の子だとかそういうのはこの際無視である。

「駄目、アンゼリカ。危ないから前に出るのは止《や》めて」

「騎士の人がいるんだから任せていようよ」

　二人掛かりで取りついて体の動きを制限すれば、さすがのアンゼリカも動きを止めざるを得ず、上半身を後ろに向けようとしても動けないため、首だけ横に回して不機嫌に言う。

「危なくなんかないわよ。ここでずっと見てたけど、戦っている様子を見た限り、連中は大した腕じゃなかったもの。あのくらいならこの武器でも倒せるわ」

　そう主張するアンゼリカだが、ハイそうですかとあっさり解放するわけにはいかない。

「それでもだよ。騎士が防いでくれているから僕たちはここにいた方がいいし、その方が守りやすいと思わない？　騎士の人たちにも理由があってのことだろうし」

端的に言えば「騎士の邪魔をするな」である。だが友人に向かって強い言葉で言えるわけもなく、

「僕たちはここにいなきゃ。たぶん騎士の人たちもそれを望んでると思う」

やんわりと佐保は言った。これで伝わらなければはっきり「邪魔するな」と告げるべきではあるのだが。

佐保が騎士団長リー・ロンや副団長マクスウェルから何度も言われて来たのは、

「守られる側が守られるための動きをしてくれなくては、どんな凄腕《すごうで》の護衛でも本当の意味で守ることは出来ない」

ということだった。

混乱して逃げ出したり、泣いたり暴れたりするのは愚か者のすることだと彼らは言う。さらに、そんな愚か者よりもっと質《たち》の悪いのが腕に覚えのある者が良かれと思って勝手に参戦することで、それだけで危険度は跳ね上がるのだと。覚えたての武技で何とかなるのは相手が自分より弱かった時だけで、命を失う寸前になって泣いて後悔しても遅いのだと。

年齢や性別、身分の上下を問わず、守られる自分たちの行動が盾になり戦っている人々を守っているという自覚が必要なのだ。地位が高ければ高いほど、それをより自覚しておかなくてはいけない。

今の佐保たちはまさにそれだった。

逃げられない状況で、武器を手に戦わなくてはならない中にあっても暗黙の了解はある。騎士が来る前は護衛や教師の指示に従った。騎士が来たなら、彼らに指示されない余計な行動は自らの生命を脅かすことに他ならないのだ。

腕に覚えのあるアンゼリカだけに、加勢できないもどかしさはわからなくはない。なぜもっとあっさりバッサリ倒せないのかと忸怩《じくじ》たる思いを抱いたのだろうが、だからといって彼女が前に出てよい理由にはならない。

アンゼリカ自身は自分も戦闘に加わることで戦況を変える自信があるのに制止され、

「なぜ!?」

という疑問の方が大きいだろう。不満と言い換えてもいい。

戦えるだけの腕があるのに守られているのは我慢ならない。だから止めてくれるな――と彼女の表情は語っていた。

佐保とアルフリートは困ったように顔を見合わせ、佐保が緩く首を振ってアンゼリカを摑《つか》む腕に力を入れた。

「それでも出て行っちゃ駄目なんだよ」

「クサカの言う通りだよ、アンジー。武器らしい武器を持たずに戦闘の最中に飛び込まれれば味方の方が困るのは当たり前だろう？　アンジー、君はせっかく助けに来てくれた騎士を殺したいのかい？　彼らの命は君のちっぽけな正義感のために軽んじられていいものなのかな？」

静かな声と共に近づいて来たのは他の生徒と話をしていた双子の弟クリステンで、彼は片方の手を姉の肩に、もう片方の手を武器もどきを持つ手に重ね、力を抜くよう促した。

そんな膠着といっていい状況がしばらく続いた。体感では長く感じられたが、実際にはそうでもなかったのかもしれない。

ドドドド……ッと重い足音が聞こえ振り返った佐保の目に飛び込んで来たのは、土埃《つちぼこり》を巻き上げて駆けて来る三十名ほどの騎馬の集団だった。彼らは真っすぐに生徒たちのいるこちらを目指すと、そのまま足を止めず一気に駆け抜けて前方に躍り出た。

「あれは……」

思わず彼らの姿を追いながら、佐保の目はしっかりと黒衣が翻るのを捉えていた。

「援軍が来た！」

「騎士団が来てくれた！」

「助かるのか、俺たち……」

「それにあれって……」

「もしかして騎士団の人に混じってるのは先輩たち？」

ざわざわと小さな話し声だったが、固まっている生徒たちが上げる喜びの声には驚きも混じっていた。

それもそのはず、騎士団とは異なる揃《そろ》いの武具を身に着けた青年たちは、高等学術院騎士科の学生だったからだ。首や腕、頭など各々が好きな場所に巻いている布――スカーフは学術院から支給されたもの。佐保たちのひよこ色と異なる臙脂《えんじ》色という若干暗めの色彩は、黒衣の騎士たちと生徒たちを明確に区別するのに役立っていた。

一年生がやっと大人の階段に足を掛けたばかりなのに対し、騎士科に所属しているのは既に成人している最上級生で顔立ちも体格も一年生とは比べ物にならないくらい完成している。そんな彼らが騎士団と共に駆け付けたことは、生徒たちのみならず教師たちをも大いに感動させた。

先輩と叫ぶ生徒もいれば、誰某《だれそれ》さんと名を呼んで喜ぶ生徒もいる。

騎馬の集団は事前に打ち合わせをしていたのか、騎士科の二十騎が生徒たちの周りをぐるりと取り囲むように展開し、それ以外の騎士は最初に駆け付けた騎士が相手をしている敵の背後に回ろうと前方に駆けていた。

戦いの最中ではあるものの、素早い行動と隙のない配置で安全を確保し、鮮やかな馬捌《さば》きで駆けて行く騎士の動きを直《じか》に見ることが出来、生徒たちの目が輝く。気を張っていた教師や護衛の険しかった表情も、明らかに安堵に変わっていた。

日頃から騎士たちと接している佐保にしても同様で、騎乗で戦う騎士たちの姿を食い入るように見つめていた。不本意ながら戦う姿はこれまで何度も見て来たが、馬に乗ったまま戦う騎士をここまで間近で見たのは今日が初めてだったからだ。

そのうち佐保がいる場所の近くにいた引率護衛と騎士に代わり、臙脂のスカーフを巻いた騎士科の学生が立つ。

（やっぱり騎士の人だったんだ）

万の単位で人数がいる騎士なので、顔と名前を記憶しようと思ってもそう簡単に覚えられるものではない。校外学習の引率護衛として参加していた騎士は後方の安全を確保するために下がるようで、戻り際、側を通った彼に瞼を伏せて礼を伝えた。

　そして再び前に視線を戻した佐保は、

（あれ？）

　見知った後ろ姿にコテンと首を傾《かし》げた。

「あの人って……」

　小さな独り言だったが、すぐ側にいたアルフリートとアンゼリカには聞こえたようで、二人は同時に名を口にした。

「エイクレア先輩とシュテルン先輩だわ」

「エイクレア会長って騎士科だったっけ？」

　アンゼリカは納得したように頷きながら、アルフリートの方は確信が持てないのか首を傾げながら。知らない名前が出たことと、聞き慣れない役職名が出たことで、佐保もつられて首を傾げた。

「シュテルン先輩？　会長？」

「え！　嘘《うそ》っ!?　クサカ、シュテルン先輩を知らないの!?　あんな有名な人なのにっ」

　驚いたように大きく目を瞠《みは》ったのはアンゼリカで、彼女は佐保に詰め寄る勢いで捲《まく》し立てた。

「騎士科の中でも将来有望でとっても人気のある人なのよ！」

「特に女性にね」

「それに」

　合間に入ったクリステンのツッコミは軽く流し、アンゼリカは指をつきつけながら再度佐保に迫った。その勢いに思わず一歩下がって仰《の》け反《ぞ》った佐保は倒れそうになったが、間一髪のところでアルフリートに支えられて事なきを得た。皇妃殿下は僕が守ると豪語するだけのことはある気配り上手な心優しい少年である。

「気さくで人当たりもよくて、剣の腕も乗馬も得意で優秀。エイクレア先輩と一緒に、卒業後は騎士団入りが確実視されている人よ」

「そうは言ってもアンゼリカ、騎士科じゃない生徒は知らない方が多いと思うよ。クサカよりは学院に慣れている私も、こ……クサカと一緒でそこまで詳しくないし」

佐保は控え目に頷いた。

早々に進路を決めているアンゼリカのように上級学年について詳しい生徒もいれば、佐保のように日々の学習だけで手いっぱいという生徒もいるのだ。むしろそちらの方が多いはずだ。

アルフリートの指摘にアンゼリカもそのことに気づいたのか、ばつが悪そうな顔で、

「ごめんなさい、クサカ。自分の好きなことだからつい説明に力が入り過ぎちゃって」

素直に頭を下げた。名家の令嬢であっても自らの非を認めた時には躊躇《ためら》うことなく頭を下げることが出来る彼女の態度は、とても好ましい。

そんな双子の姉に代わり、丁寧でわかりやすい説明をしてくれたのはクリステンだ。

「シュテルンさんについてはアンジーの説明がすべてかな。エイクレアさんと同じ学年同じ騎士科の人だね。会長っていうのはエイクレアさんが高等学術院の自治会長をしているからだよ」

彼もまた緊張から解放されてほっとしているように見えた。委員長タイプの落ち着いて冷静なクリステンは同年代の級友たちに頼られている少年だ。態度にこそ出さなかったが思いがけない襲撃には気苦労も多かっただろうし、双子の姉の暴走が止まったのも肩に背負っていた荷を下ろせる要因となったと思われる。

とりあえず、自治会長とは？　という学院生徒にとって初歩的な単語に対する疑問は飲み込むことにした佐保だが、敏《さと》い同級生にはお見通しだったらしい。

「クサカには後で詳しく説明した方がよさそうだね」

「……よろしくお願いします」

佐保は深々と頭を下げた。隣にいるアルフリートがはらはらしているのは、先ほどのアンゼリカのように佐保が簡単に頭を下げたからだろう。

明日以降で時間が取れた時にでも学術院内の組織について教えて貰《もら》う約束をして、佐保は前に立つ二人の騎士科の学生の姿を見つめた。

小声で話をしながら、馬上で剣を持つエイクレア

とシュテルンの姿に隙はない。彼らだけでなく、別方向に立つ他の騎士科の学生たちも、同じ学術院の生徒がいるからといって気を抜くことなく、騎士たちの指示を忠実に守っているように見えた。

（そっか、僕たちにとっても思いがけないことだけど、上級生もいきなり実戦に投入されたってことだから緊張するよね）

　一年生には頼もしい先輩たちの雄姿だが、当人たちも演習から前触れもなく実戦に変更されたわけで、実は戸惑いは佐保たちの比ではないのかもしれない。

　だがたとえ騎士見習い未満の学生とはいえ、抵抗する手段を持たなかった一年生百人とは違う。馬に乗って戦うことが出来る人間が増えたのは、襲撃者にとっては脅威になったらしい。

　防御陣の外側に位置する騎士と上級生の姿は、生徒たちの中に安堵感を広めると同時に、膨れ上がった人数を相手にするのは分《ぶ》が悪いと思ったのか、森の方から響いて来たピーッという甲高《かんだか》い音を合図に魔獣と襲撃者たちは後退し始めた。

（やっぱり森の方にまだいたんだ……。追いかけて誰か一人でも捕まえられればいいんだけど……）

　どんな理由で生徒たちを襲ったのか。最初から狙っていたのか、それとも偶々《たまたま》見掛けて襲撃の対象にしたのか。理由は幾つか考えられるが、皇国内では見ることのない魔獣を連れていたことから気まぐれで手を出したとは考えにくかった。

（レグレシティス様や団長様たちだったらもっといろいろ理由を見つけることが出来るかもしれないけど）

　理由がわからないままでは外を歩き回ることも出来なくなる。既に収穫済みだったため生徒たちが実習の場として使わせてもらっているが、普段は農作業に勤《いそ》しむ人たちが集う場所でもある。野放しにしておくのは危険極まりない。

　そのためにも本来は捕まえるのが最適解であり、実際に数名の騎士が追いかけて行く姿が見えた。魔獣はなおも生徒たち――佐保のいる周辺で去り難そうにウロウロしていたが、戻って来た騎士や騎士科の学生たちに遠くまで追いやられると、しばらく名残惜し気に眺めていたが森の方へ帰って行った。

　魔獣たちが戻る先が森なのか、それとも先に逃げた襲撃者を追ってのことかはわからない。だが尾をだらりと下げて、明らかに佐保の方を見ながら後ろを振り返り振り返りしながら立ち去る姿は、生徒たちを襲った恐ろしい魔獣でありながら、ひどく哀愁が感じられるものだった。

（レグレシティス様や団長様に報告するのを絶対忘れないようにしないと）

　襲い掛かったのは襲撃者たちの指示で間違いないだろうが、神花の種に気づいてからは自我で動いていたような気がする。狂暴さを剝き出しにされるよりはいいが、神花に気づかれてしまったからには佐保の外出がこのまま可能かどうかも要検討だろう。幾重にも巡らされた隔壁に守られている王宮ならいざ知らず、城下におりた時に佐保を求めて魔獣が徘《はい》徊《かい》するようなことがあっては目も当てられない。

（あれ？　もしそうならお城の中以外で神花が咲くのはまずいんじゃ……？　僕、もしかして外出禁止になっちゃう？）

　夏前の誘拐騒ぎの時に佐保たちを護るために咲いた神花は、今は蔓も花も何もかもがすべて失《う》せてしまっていると聞いているため安全だとは思うのだが、神花の種を持ち歩く佐保が城下にのこのこと現れることで影響が出ないとも限らない。

　なお、お守り代わりの神花の袋を外して行くという選択肢は佐保の中になかった。魔獣を含め、獣は神花に従順でも人はそうではないため、佐保の安全を第一に考えた時に姿の見えない護衛は必要なのだ。

（お城に帰ってからレグレシティス様や団長様に確認しなきゃ）

　その結果によっては佐保の学生生活が変わる可能性だってあるのだ。

　とりあえず危機は去ったものの、本当に安全なのかどうかわからず半信半疑で全員が息を詰めて敵が去った方を見つめていたが、追いかけて行った騎士三名が戻って来て、もう敵は襲って来ないと伝えると、生徒たちの間に一斉にワァーッと歓声が上がった。

「よかったぁ……」

「助かったんだな、俺たち」

「怖かったよぉ……」

　安堵の声が聞こえて来る。緊張が解けたからか、足腰から力が抜けて地面に足を投げ出して座り込んでしまった生徒の姿もそこかしこに見られる。それでも互いに労《ねぎら》う彼らの顔は明るかった。負傷者は出たものの、大怪我《けが》をした者がいなかったのは幸いだった。

　騎士たちが駆け付けるまでの間、攻守に気を抜けなかった分、生徒たち以上に疲れていたはずの教師たちは今後の行動予定を数名の騎士と話し合っていた。

　防御壁として使うために馬から外していた荷馬車に馬を繋《つな》ぎ直すのは当然として、校外学習で使用した道具も同じく積み直さなければならない。測量で使用した棒の大半は武器として使用するために折られてしまい本来の用途には使えなくなってしまっているが、火にくべたり砕いてチップにするなど廃材としての再利用も可能なので余さず持ち帰ることにする。そうでなくても農耕地に廃材を置きっ放しにするのはよくないことではあるのだが。

　ついでではあるが敵が放った矢のうち荷車や幌《ほろ》に刺さったものも回収だ。せっかく無料で手に入った矢なのだ。拾わない手はない。後に再利用するにしても、一旦、城に持ち帰って騎士団や皇国軍で調べる必要はある。重要な証拠なのだ。

　佐保にはわからないが、騎士団長によると、

「武器一つでも、材質や作り手の癖などからいろいろなことがわかるものですよ」

らしい。

　そういうことなので、方針が決まるまでの間、佐保たちも棒や矢を集める手伝いをした。戦えない生徒百人も今は動いて手伝いを出来る百人に変わり、作業そのものはすぐに終わりそうだった。

　佐保は力の抜けた生徒たちの手から落ちた棒を拾

って回っていたが、

「あ、矢が落ちてる」

　地面に突き刺さった矢を見つけて拾おうと手を伸ばした。

　しかし、触れる寸前で籠手《こて》と手袋を付けた別の手がサッと抜いてしまう。

「あれぇ？」

　腰を屈《かが》めた中途半端な姿勢のまま固まってしまった佐保の上に、誰かの溜息《ためいき》が降り注ぐ。そして溜息の持ち主は呆《あき》れと苦みが混じったような声で言った。

「不用意に素手で触るな」

　ハッと顔を上げた佐保はその勢いのまま声を上げた。

「エイクレアさん」

　馬から下りて片手で手綱を引いたエイクレアは、立ち上がって自分を見上げる佐保に抜いたばかりの矢を目線で示してみせた。

「害意を持って襲って来た相手の持ち物だぞ？　毒が塗られていてもおかしくない」

「あ」

　佐保は慌てて手を引っ込めた。実際には既にエイクレアが矢を抜いてしまっているので危険はないのだが、そこは気持ちの問題だ。

　そこでハッと他の生徒たちにも注意をしなければと振り返れば、手袋を装着している他の騎士や騎士科の生徒たちが率先して集めて回っていた。集められたものは証拠品として騎士団と軍の双方で調べ、襲撃者の身元特定や背景などを割り出すのに使われるのだろう。学生のエイクレアが佐保に注意喚起をするくらいなのだから、騎士は勿論他の騎士科の学生にとっても当たり前の注意事項なのだ。

「止めてくれてありがとうございました。拾わなきゃって思う気持ちの方が先に立っちゃって……」

　基本的に自分で出来ることは自分ですると育って来た佐保である。皇妃になった今は皇妃付筆頭侍従のミオが甲斐甲斐《かいがい》しく世話をし、公の場でこそ皇妃らしい振る舞いを出来るようになったが、体に馴染《なじ》んだ習性は簡単に変えられるものではない。

「よく注意されるし、気をつけなきゃいけないとは思っているんですけど、つい」

　ぺこりと頭を下げた佐保の動作の自然さに、エイクレアの顔にも苦笑が浮かぶ。

「こういうのは遠慮せずに本職に任せてしまっていい。護るはずの相手が害されてしまっては立つ瀬がない」

「はい。反省してます」

　神妙な顔で頷いた佐保に、エイクレアは苦笑を深くする。

「迷惑だとは思っていないんだがな……」

　困ったなとでも言いたげに佐保の前に立ち尽くすエイクレアだが、

「本人がそう言ってるんですから、どんどんこき使ってやればいいんですよ」

　ポンと肩を叩《たた》かれると同時に明るく聞こえて来た声に、一転して眉を寄せた。

「シュテルン」

　エイクレアの肩越しに見えたのはエイクレアと共に最初に駆け付けた騎士科の学生の一人。女性に人気があると双子に説明を受けたばかりのシュテルン先輩と呼ばれた青年が馬を連れて立っていた。

　襲撃者が去った後、念のためにとこの場をエイクレアに任せ、一年生集団の周囲から離れない範囲で騎士と一緒に危険がないかを見て回っていたらしく、戻って来たばかりである。彼が馬からひらりと下りる姿は、エイクレアが声を掛けられるより前に佐保の視界にも入っており、その姿に感心したばかりだ。

　学生と言っても最上級生だけあって体格は立派な成人男性のもので、佐保たち一年生とは違い、「大人と子供」の差は、まだ成長途上にありながら正規の騎士たちに交じっても遜色《そんしょく》ない。現役騎士に鍛えられている彼らは、だからこその実戦投入であり、正式な騎士・兵士として採用されれば今以上に鍛え上げられるのだろう。

　勿論、騎士団や皇国軍の中には弥智《やち》のように小柄な者もいれば、騎士団長リー・ロンのように細身の人もいる。だから必ずしも騎士イコール筋肉にはな

らないとわかってはいるのだが、

（僕の方が年上なのにこの体格差……）

久しぶりに異世界の人との違いを実感し、心の中で溜息をついてしまった佐保である。骨格からして違うのだから同じ肉体を得たいとは思わないし、生まれた時からの自分の体に不満はないので、佐保としては矢を持つエイクレアの腕の太さや、馬から下り立った時のシュテルンの軽い身のこなしを羨《うらや》ましいと思っただけなのだが、物憂げに見えたのか、それとも襲撃時の恐怖を思い出して怯《おび》えたように見えたのか、

「気分が悪いなら救護班のところで休んだ方がいい」

エイクレアに気遣いの言葉を掛けられてしまった。

「いえ、気分は悪くないので大丈夫です」

慌てて首を振りつつ否定するも、

「本当に？　無理してないか？」

などと余計に心配されてしまう始末。おまけに学生と身を偽る皇妃サホの側にいることを使命のように思っているアルフリートも、

「体調が悪いのなら無理しないで休んだ方が」

同じように後ろからこっそりと心配性を発揮する。

「大丈夫、本当に大丈夫だから。気が抜けて他のことを考えていただけだから。アルフリートも先輩方も心配してくれてありがとうございます」

力いっぱい平気なことを訴えることでアルフリートもエイクレアもそれ以上は言わなかったが、二人の佐保を見る目つきは「信用出来ない」「強がっているだけでは？」とまだまだ疑念たっぷりだ。

どうしようかと思わず空に向けかけた佐保の目は、楽し気にこちらを見ているもう一人の人物――シュテルンを捉えた。

シュテルンは笑いを堪《こら》えているのか、口元に拳《こぶし》を当てながらゆっくり歩いて来ると、佐保の前で胸に手を当て軽く一礼した。流れるようなシュテルンの動作に、つい反射的に頭を下げようとした佐保は「あれ？」と思った。

（この人、僕のことを知ってる……？）

佐保の近くにも生徒たちがいる中で、敢《あ》えて佐保

の前に来ての一礼は、佐保が皇妃だと知っているのではないかと疑うには十分だった。その疑問は、後《のち》に本人から回答を得ることになる。

人懐こい笑みを浮かべたシュテルンがニコリと笑みを浮かべた。

「エイクレアの友人その一のシュテルンです。エイクレアと同じ騎士科です。将来は騎士団で役職持ちまで出世予定です」

語尾によろしくね！　と感嘆符付きの台詞《せりふ》がくっついて来そうな明るい笑顔は、すぐ目の前にいる佐保よりも背後の集団に対する威力が大きかったようで、背後の生徒たちからきゃあと歓声が上がった。

幸いというべきか、シュテルンが意図的にそうしたのかわからないものの、喜色溢れる声からは先ほどまで周囲に漂っていた緊張感も悲壮感も感じられず、ホッとしつつ佐保は目の前の青年に名乗った。

「初めまして。一年のクサカです」

しかし、名前と学年は述べたもののその後が続かない。それなのに、何を期待しているのか、何か気に掛かるところでもあるのか、シュテルンは相変わらずにこやかに佐保の前から動かない。何となく居心地悪さを感じて流した佐保の視線に気づいたエイクレアが軽く友人の腕を肘でつつく。

「後輩を困らせるな」

「え？　困らせてないよ。俺とは初対面だから印象を良くしようと思って明るく話し掛けただけだぞ？」

心の底から「心外だ」と主張するシュテルンに、エイクレアは真顔で切って捨てた。

「笑顔が胡散臭《うさんくさ》い」

うんうんとアルフリートが同意する。思わず吹き出しそうになった佐保は斜め下を向いて誤魔化したが、視界の端にいたクリステンの背中は確実に笑いで震えていたと思う。なお騎士たちに多大なる憧れを抱いているアンゼリカは本職の騎士たちの動きに目が釘付《くぎづ》けで、目の前の先輩二人にはそこまでの興味はなさそうだ。

「そもそも友人その一って何なんだ」

「俺が君の一番目の友人ってこと。二番目はマイルトルテ。三番目以降は知らない」

その言い方だと二人しか友人がいないように聞こえるのだが……。

そう思いながらエイクレアを窺い見れば、頭が痛いとこめかみを指で押さえていた。

「また訳の分からないことを……」

眉を顰《ひそ》めるエイクレア。まるで気にした風のないシュテルン。日頃の二人の関係性が何となく垣間見《かいまみ》えるやり取りだ。

（マイルトルテさんとは違うタイプの友達だけど、仲良さそう）

佐保やエイクレア、マイルトルテが受講している皇国の神話や伝承についての講義をシュテルンは取っていないが、エイクレアとは同じ騎士科の学生として気安い関係なのだろうことが見え隠れする。

しかし、よく見ればわかることだが気安い会話をしながらも、二人の視線は周囲を隙なく窺っている。逃走した襲撃者たちがまた襲って来ないよう森側に位置している騎士たちとは別に、帰路の相談をしているのか引率の教師たちと打ち合わせをしている騎士もいる。騎士科の学生たちも荷馬車の準備や未だ恐怖が抜けずに震えている一年生たちに付き添ったり、エイクレアたちのように下級生の側で見守っていた。そのおかげもあり、数名を除いて現場は落ち着きを取り戻しつつあった。

双子から教えて貰ったようにエイクレアが学院でも知名度が高く人気のある生徒なら、生徒たちから離れた場所に立たせるより近くに置いた方が気持ちを落ち着けるには役立つに違いない。シュテルンの自己申告によると腕前も確からしいので、安心感を植え付けるには生徒たちに身近な存在はうってつけなのだろう。

後で佐保が騎士団長に聞いたところによると、

「戦闘時に普通の民を守って戦うことも多々あります。そういう場合、落ち着かせ、安心感を与えるのは実は大切なことなのですよ。絶対の信頼を置いて貰わないことにはいくら力のある騎士や兵士でも実力を存分に発揮することは出来ません。そのためにも決して民への配慮をおざなりにしてはいけないのです」

　という経験に基づく方針を教えて貰った。

　思い返すまでもなく、佐保自身が団長や副団長のみならず、侍従のミオや木乃《きの》ら側近らに言い含められていることでもある。

　守られる側が守られている意識を持つことが大事だ、と。

　その意味では、今回の実習で発生した襲撃で佐保が前に立とうとしたのはよくないことだったのかもしれないが、守る人数と守られる生徒数に大きな差があったため仕方なしの行動ではあった。

　非常時だったため、生徒の輪の外側で棒を構えた佐保自身も叱《しか》られることは覚悟の上で、後悔はしていない。

（神花の種が反応しなかったからって言ったら大丈夫のような気がする……）

　だからといって危険だったのは変わりないので、甘んじて叱責《しっせき》を受ける気ではいるのだが。

　徐々に緩んでいく周囲の空気を感じる中、クリステンがすっと佐保の横に並んだ。

「エイクレア先輩」

　呼ばれたエイクレアは少し目を瞠ったように見えたが、すぐに後輩に向き合った。

「君は……確かテスタス家の」

「クリステンです」

　礼儀正しく一礼したクリステンに、エイクレアとシュテルンも軽く会釈で返した。先輩二人は後輩の素性をしっかりと認識していたようだ。

　邪魔にならないようにと少し後ろに下がった佐保は小声でアルフリートに話し掛けた。

「先輩たちが有名なのはわかったけど、クリステンも有名なの？」

「それはそうです。今の皇国の宰相と将軍の身内だから入学する前から噂《うわさ》として広まっていたようです。あ、噂って言ってもテスタス家の双子が入学するってくらいのものですけど」

　小声で返すアルフリート自身も皇国の政治を行う

上で欠かせない外政官長の甥《おい》なのだが。

　そんな佐保の心情を読んだように、アルフリートは胸の前で小さく手を横に振った。

「アルフリートなんて認知されてませんよ。ええと伯父の役職が馴染みがないとかじゃなくて私自身が目立たないというかそういう意味で。ほら、双子は目立つし」

　言われて「なるほど」と佐保は思った。テスタス領で学業を終えての王都の高等学術院への入学ともなれば、確かに入学前から噂になってもいるだろうし、年下の同級生たちだけでなく、本来なら同じ学年に在籍していたはずの上級生たちは夜会や親同士の付き合いの中で顔見知りだったかもしれないし、顔と名前が一緒になって広く知られているのも納得だ。

「あの赤毛も目立つよね、二人とも」

「そうなんですよね。赤毛なら他にもいろいろいるけど赤毛の双子ってなったら、テスタス家のって想像する人の方が多いと思います」

「それって普通のおうちの人もそうなの？　ええと普通のっていうのはお金持ちとかお城関係の人じゃなくて、町のお店の人とか。ほら、普通は将軍様や宰相様の身内なんて気にしない気がするから」

　実際に、佐保自身がそうなのだ。双子がテスタス家の縁者というのは同じ学級に所属して本人たちから自己紹介をされて初めて知ったのだ。最新の貴族名鑑を使って日々役職や名前を覚えようとしている佐保の記憶の中に、双子の名はなかった。名鑑というくらいだから記載漏れはないはずだが、名家であっても参内しない傍系という立場であれば名前が載らないのかもしれない。

（帰ったらミオさんかキクロスさんに聞いてみよう）

　どこまでの範囲でどこまでの人を、どういう基準で掲載しているのかは気になるところだ。

　貴族名鑑というくらいだから皇国にも爵位はある。だが爵位よりも就いている職務が最優先されるため、男爵子爵伯爵などという言葉が佐保の周りで使われることはない。その意味では、皇帝や皇妃などの皇族が絶対唯一の位階であり身分であるとも言えた。

（そういえばそこまで厳格な身分制は感じたことはなかったっけ）

　名家と呼ばれるのは、領主のように代々引き継がれていく役職は当然として、皇国が成り立つ上で重要な位置を占める職に就いている家や、テスタス家のように何人も優秀な人物を送り込む家系などだ。文官武官だけでなく、商家も勿論名家に含まれる。むしろ民の暮らしに近い商家の方が一般の民には馴染みが深いかもしれない。

　古着を仕立て直す佐保の「リサイクル工場」と関わっている木材商トマス＝トウカの店もレグレシティスが若い時分から長く続く老舗だし、一代で成り上がった貿易商ジャロウ商会もこの先何年も栄えれば名家と呼ばれるようになるのかもしれない。

（ジャロウ商会の方は本人が悪い噂を立てられてもまったく気にしていないから、そっちの方で名前が広まって根付いてしまっちゃう可能性の方が高いけど）

　ジャロウ商会がしていることは真っ当な商人なら当たり前のことなのだが、風当たりが強いのは商会長が若くして成り上がったことへのやっかみから悪評を流されることが多いからだ。ただ、ちょっと偏屈でへそ曲がり――日本風に言えば「ツンデレ」の「ツン」の部分の方が大きい我が道を行くジャスティン＝ジャロウなので、むしろこのままの路線を面《おも》白《しろ》がって貫き通しそうだ。彼の忠実な家令の胃が心配でもある。

　街の中で尋ねれば、

「ああ、トウカ商会さんね」

「ジャロウ商会だと？　あそこは高いからやめときな。確かに珍しい香辛料はあるけどさあ」

　など生活に身近な分、わかりやすい。

　その点において、港湾都市イオニアを統治するイオニス家は貿易を営む商会でもあり、王都にも支店を持つくらい有名だ。貿易商を継いでいるイオニス領主の長男の顔と名前は、王都で商業を営む人たちなら知っていてもおかしくはない。

しかし、民の生活と直接触れ合うことのないテスタス家は、名家だが普通に暮らす中で知らなくても何ら問題もないと言えばそうなのだ。人々が知っているのは皇帝の片腕である「宰相」や国や街を守っている「将軍」で、そこに家名はさほど必要ない。ましてや、巡回して顔を見ることが多い将軍に比べ、宰相はほとんど城壁の中から出ることはない。下手すれば執務室と仮眠室のある階層からすら出ることのない人なので、大半が顔を知らないだろう。

　テレビやインターネットなどの映像情報が溢れている日本と違って、本人を知る機会はほぼないのだから、知られていることの方が少ない。皇妃サホにしても「黒髪で小柄」という特徴は広く知られているものの、店頭に並んでいる似絵は似ても似つかないものが多い。よほど悪質な品でない限り摘発はしないらしいが、描かれている佐保本人としては美化された絵が多過ぎて正視しづらかったりする。

　アルフリートは「いいえいいえ」と胸の前で手を振った。

「さすがに普通の人は知らないですよ。私の場合は実家のお付き合いの範疇《はんちゅう》で顔は知っていたけど話をしたのは学院に来てからが初めてです」

「そうなの？　前からの知り合いだと思ってた」

「知り合いは知り合いだけど、アンゼリカもクリステンも領地の方で暮らしていたから他の地方出身者や王都住まいの人たちは彼らを初めて見る人がほとんどだと思います。だから余計にじゃないですかね、クリステンたちと同年代で夜会予行会に出ていた人たちが先にいろいろ広めていたみたいで」

「なるほど」

　佐保は頷いた。佐保が来賓として参加した夜会予行会にはアルフリートも参加していた。あの予行会は皇妃が出席するという話を聞きつけて、年齢の低い子供たちも参加していた。会食やダンスもあり日頃触れ合う機会のない人との顔つなぎも兼ねる社交的な場なので、同年齢の子供たちは親兄弟からの情報も貰っていただろうし、自身でも交流を図ろうと頑張っていたのを思い出す。

　同じように数年前に予行会でテスタス家の双子を知った子供たちにとって、彼らが王都イルレーゼの高等学術院に入学することはそれなりに大きな出来事なのだろう。

「だから学院の中では他の生徒たちより注目度が高かったっていうか、私たちの学年の中では目立っているのは確かです」

　そう話すアルフリートの目は、

「本来なら一番目立って注目を集めるはずの皇妃がここにいるんですけどねえ」

　と語っていたが、佐保は気づかぬふりをした。どこそこの国の王子様や王女様ならまだしも、自国の皇妃が一般生徒に紛れているのは極秘中の極秘扱いだ。それこそ予行会で知り合ったアルフリートという補佐代わりの少年がいて助かっている。

　余談だが聴講生という身分で学院に中途入学した佐保は、海の向こうの国の貴族の子供だと思われているらしい。害がないなら勝手に思わせておけばいいと副団長は笑い、レグレシティスも団長も否定はしなかった。

　本当はこんな風に穏やかに話をする状況ではないのかもしれないが、アルフリートも佐保も口を止めなかったのは、救助されてなお残っていた不安を消し去りたかったからかもしれない。

「クサカ、アルフリート」

　エイクレアたちと話をしていたクリステンが、ちょいちょいと指で呼ぶので隣に並ぶと、頼り甲斐のある同級生は腰に手を当てて苦笑していた。自分たち姉弟《きょうだい》のことを真後ろで話されていたのだから気にならないわけはなく、ごめんなさいの意味を込めて佐保は軽く頭を下げた。

　それを見たクリステンはほっとしたように笑みを浮かべた。

「よかった。その様子なら気分が悪くなったり、動けなくなったりはしてないみたいだね」

　佐保とアルフリートはやや気まずさを隠しつつ顔を見合わせた。確かに、敵が見えなくなったといってもまだ騎士たちが周囲を警戒している中で、コソコソと襲撃に関係のない話をしていたのは緊張感がなく、暢気《のんき》だと思われても仕方がない。

（あれ？　もしかして僕、襲撃慣れしてしまってる？）

　現代っ子で争いごととは無縁の生活を送っていたのに、幾度かの不可抗力の争いに巻き込まれ、知らないうちに耐性がついてしまっているのではなかろうか？

　気づいて冷や汗が佐保の背中を伝う。その焦りをお喋《しゃべ》りに興じていたことを咎《とが》められたと勘違いして落ち込んでいるとでも思ったのか、

「クサカもアルフリートも喋れる元気があるのは悪いことじゃないから気にしないでいいよ」

　気遣うクリステンの言葉が胸に痛い。

「……はい」

　神妙な顔で頷く佐保が視線を感じて目を上げると、友人の後ろに立つ二人の先輩が笑いを噛《か》み殺しているのが見えた。

（なんか居た堪《たま》れない……）

　大きな声で笑ったり、はしゃいだりしていたわけでなく、単なる世間話に近い内容だったのだが、精神的なものから自力で歩けない生徒もいることを思えば、場違いな会話は慎むべきだったかもしれない――と身を縮ませた佐保だが、

「そこまで深刻に考える必要はないだろう」

　エイクレアの穏やかな声にハッと耳を傾けると、頼もしい先輩は佐保たちの背後を指さした。

「もう撤収が始まっている」

　慌てて振り向けば、実習道具を運んで来た荷馬車には再び馬が繋がれ、荷台は防衛のために使って破損した棒や板切れなどが積み込みを終えていた。防衛陣の外周近くにいた佐保たちが気づかない間に作業は地道に進んでいたらしい。近くにいてエイクレアやシュテルンに熱い視線を送っていた生徒たちも同じように後ろを振り返り、慌てて拾った棒や板を荷台に乗せるために走る。

「僕たちも急いだ方がよさそう」

「それを言いに来たんだよ。準備が出来次第、出発

するって。それで応援の人たちと早めに合流を目指すんだってさ」

「応援？　応援がいるの？」

「うん。先生の話だとこっちに向かってる騎士の人たちがいるらしい」

「応援と言うか後続の騎士たちだよ。俺たちの同級生……騎士科の生徒もいる」

　シュテルンが補足情報を追加する。

「脚の速い馬に乗っていた俺たちが先行しただけで、生徒だけであと四十人はいる。騎士団の人たちはさすがに五人くらいを残して全部こっちに来てるけど、途中で応援を呼びに走ってた護衛とすれ違ったから、もしかしたら王都からもこっちに向かって来てるかもしれない」

　エイクレアも頷く。

「森の方に逃げた連中がもう一度襲って来る可能性もないわけじゃない。安全を守るためにも早くこの場を離れることが一番だと考えているはずだ」

　なるほどと聞きながら、佐保は大人数を護衛することの大変さを感じていた。何しろ一年生だけで百名近くいるのだ。何もない状態であれば引率が十人もいれば十分だし、実際にそうだった。護衛はいたが、そもそもの前提としてこれだけの人数を襲いに来るという状況が普通はあり得ないことなのだ。

　それが現実になった今、戦えない一般人の百人を守りつつ、王都の門を潜るにはもう少し安全に対する確率を上げたいというのが教師や騎士たちの本音だろう。

「ここで待つのも候補には出ていたみたいなんだけどね。ほら歩けない生徒もいるから」

　クリステンの視線を追うと、固まって涙を零《こぼ》して震える数名の生徒が支えられながらよろよろと馬車に移動している様子が見えた。

「ただやっぱり早く離れたいって声も大きくて」

　それはそうだろう。いくら安全だと言われても襲われた場所にいつまでも居続けたいものではない。皇国民の憧れの職業第一位に君臨する皇国騎士団の騎士たちがいたとしても、それに勝る恐怖を体験すればなおさらだ。

　教師の指示が行き渡ったのか、慌ただしい空気が伝わって来る。

「馬車は足りるのかな」

　佐保が呟《つぶや》いたのには理由がある。元々乗合馬車のように大人数が乗れる大型の箱馬車に乗って郊外までやって来たのだが、襲撃の際に助けを呼ぶために馬を外したものもあったのだ。引く馬もかなり大きく頑丈だが、減った馬の分だけ負担が増えるとなれば使えない馬車も出て来るだろう。

「一応乗れるように調整はするらしいよ。人だけ運んで道具はこのままここに置きっ放しにすればいいからね」

　人の安全を優先すれば必然的にそうならざるを得ない。そのため、教師の指示で一度は荷台に積んだ荷物を近くにいた生徒たちが再び地面の上に下ろしている。

　手伝った方がいいだろうかと思ったが、体の大きな生徒たちが棒などを束で抱えて率先して動いているのを見ていると、手を出さない方がよさそうだと判断した。大きな棒や箱の中に収めた道具を軽々と抱えているのだ。非力というほど非力ではないと自分では思っているが、体格に劣る佐保が彼らに比べれば力がないのは自覚している。

　本当に短時間で荷を下ろし終わった空の荷台の数を遠目で見ると、何とか全員が乗れるだけの分は確保出来たようだ。ただし、貨物積載用の荷台に乗るのと座席のある車体に乗るのとでは快適さが段違いなので、荷台に割り当てられたら王都に帰り着くまでが辛そうだ。

「皇、クサカは俺が絶対に馬車の方に乗れるようにするから安心してください」

　同じことを考えたのか、アルフリートはどこか悲壮な決意を秘めた表情だ。

「ありがとうアルフリート。でも僕は荷台でも大丈夫だよ。幌馬車に乗って旅をしたこともあるし。それに引く馬のことを考えたら荷台には軽い人が乗った方がいいと思う」

「でも」

「大丈夫だって。平気平気」

　心配なのを隠そうともしないアルフリートに軽く笑って佐保は、教師が集合を呼び掛ける声が響く中、エイクレアたちに再度頭を下げた。

「助けに来てくださってありがとうございました。帰りもまたよろしくお願いします」

「帰りは何もないとは思うが、もしまた襲われるようなことになっても安心して欲しい」

「俺たちがしっかり守るよ」

　エイクレアと肩を組んで笑顔のシュテルンに背後でまた歓声が上がったが、彼らにとっては日常茶飯事のようなものなのだろう。手を振る余裕すら見せるシュテルンと反対に、エイクレアは静かに笑んで頷いてくれた。

「クサカー、アルフリートー、クリスも早くー」

　アンゼリカの呼ぶ声に三人は揃って小走りで馬車に向かった。

　佐保たちと一緒にいたはずのアンゼリカは、安全が確認された後は騎士たちの近くで仕事風景を観察していた。エイクレアたち以外の騎士科の先輩もいたのだが、将来の騎士団入りを目指す少女は本職の騎士を間近で見る機会を逃したくなかったようだ。

　あらかじめ荷台に乗る生徒を募っていたのか、特に指名されることもなく佐保は箱馬車組に振り分けられた。アルフリートとクリステンも同じ馬車だったが、アンゼリカと実習で同じ班だった食器屋の息子ジンズは立候補して荷台組になっていた。

　アンゼリカは言わずもがな、護衛についてくれている騎士を見ていたかったからで、ジンズの方は行商に出掛ける時に藁《わら》車や荷台に乗せて貰うことがあって慣れているからとのことだ。

「他の人より荷台に慣れているからってジンズが譲ったのはわかるとして、アンゼリカは完全に好奇心だよ……。もう本当、ぶれないというか……」

　クリステンは嘆息するが、

「でもアンゼリカのその好奇心のおかげで人数分けも揉《も》めないで済んだんだから、よかったと思おうよ」

「クサカの言う通りだよ、クリステン。アンゼリカが真っ先に手を挙げたから、他にも荷台に乗りたいって生徒が多くいたって聞いたぞ」

　佐保とアルフリートに慰めの言葉を貰ったクリステンは、一度「はあ……」と大きな溜息を膝に落とすと、力なく笑みを浮かべた。

「まあそうなんだけどね。話し掛けたりして騎士の人たちの邪魔にならなければいいなあと思って」

「アンゼリカは分別があるから大丈夫だよ。騎士様たちに憧れているなら、憧れの騎士様たちの仕事の邪魔はしないはず」

　臨時の護衛となって緊張感を持って任務に当たっている騎士たちの邪魔をしようものなら、アンゼリカが騎士になる夢は遠のいてしまうだろう。最悪、夢は断たれてしまう。

　アンゼリカが尊敬と憧れを抱く騎士団長リー・ロンの職務における厳格さを甘く見てはいけないことを、佐保は彼《か》の人との付き合いの中で知っている。同じ皇帝レグレシティスの側に仕える宰相や将軍の身内だからといって、裁量を加減することはない。

「あ、でも」

　アルフリートが思い出したようにクリステンの顔を見つめた。

「壁がなくて外が丸見えの荷台だったら、もしもまた誰かが襲って来たら」

「……頼むからアルフリート、その先は言わないでくれ。飛び出すアンゼリカを止めるために僕も一緒に荷台に乗った方がよかったんじゃないかって今気づいたところなんだ……」

　佐保は宙に目を向け、

（そういえばアンゼリカ、棒切れを持ったままだった気がする）

　慌ただしい出立の中で今まで気に留めていなかったことを思い出す。

　折られて即席の武器になった測量の棒は耕作地にまとめて置いて来たが、剣に見立てて使っていたアンゼリカはそのまま持って来てしまったようだ。無意識なのか意図してのことなのか不明だが、何かあれば飛び出す可能性は無きにしも非《あら》ず。

佐保とアルフリートは左右からクリステンの肩を叩いて慰めた。

佐保たちが乗る馬車の中には、襲撃からの窮地を脱した高揚感からか明るく話をする生徒がいる一方で、固まって肩を寄せ合い顔を青くしたままの生徒もいる。大きな馬車とはいえ、そこまで佐保たちから離れているわけではないため、双方の対比はより顕著に映った。

大きな声を出すのも憚《はばか》られるため佐保たちは邪魔にならないよう小声で話をしているのだが、自分の見たことを興奮気味に言い合っている生徒たちの声量はそれなりに大きいので、普通の声で話をしても周りには聞こえなかったかもしれない。

高等学術院の生徒たちを乗せた馬車は追撃を受けることなく、途中で王都から派遣された皇国軍と騎士団に合流した。そのまま囲まれるようにして集団で王都の大門を潜った時の物々しい様子は王都民の注目を集めることになり、

「王都に入る前に乗り換えればよかった」

とアンゼリカに羞恥心を覚えさせるほどだったらしい。というのも小さな窓がついているだけの馬車の中にいた佐保たちはその時の様子に気づくことがなかったからだ。

高等学術院の敷地の中に入り、地面に足をつけた時になってやっと全員が無事を実感することが出来た。

中には安堵のあまり、馬車から降りた途端にへにゃへにゃと座り込んでしまう生徒もいた。馬車の中ではしゃいでいた生徒の中にも同じように座り込んだまま立てなくなる者もいた。自分を奮い立たせるための空元気で必要以上に大きな声で話をしていたらしい。

事前に馬を走らせていたため、学術院の方での受

け入れは万全に整っていた。

「何だかすごく物々しいね」

　馬車から降りてすぐは他の生徒たち同様、ほっとして気が抜けたように立ち竦んでいた佐保だが、気力が戻って来ると周りが気になって来る。

　木立に囲まれて普段は静かな敷地内には、赤い制服を着た皇国軍兵士と黒衣の騎士たちの姿が多くあった。白い上着は医者か薬師《くすし》で、馬車を降りた生徒たちは指示されるまま彼ら救護班の世話になることになった。

　時刻は夕刻前。陽《ひ》が落ちて暗くなると気温がぐんと下がることもあり、すぐに生徒たちは広い講義棟に連れて行かれ、全員が簡単な身体検査を受けることになった。

　襲撃の報《しら》せを受けた時から怪我を見越して救護班の手配をしていたのか、十人の医者が準備万端で待ち構えていたのには驚いた。後から聞いたところ、正確には医者と見習い医者だったらしいのだが、すぐにこれだけの人数を召集出来るところが凄い。

　大袈裟《おおげさ》だと感じる人もいるかもしれないが、それは逃げる時に転んで傷を負った以外の怪我がなかったから言えることで、襲撃者の人数を考えると騎士科の学生と引率の騎士が駆け付けていなければ重傷者が出たとしても不思議はなかった。たとえ襲撃者や魔獣が生徒たちに大きな怪我を負わせる気がなかったとしても——。

（レグレシティス様にちゃんと話すのを忘れないようにしなくちゃ）

　襲って来た者たちの意図はわからないまでも、対峙している時に感じたように魔獣をけしかけたのも殺意というより脅すのが目的だったように思う。戦いの場に出たことのない素人が抱いた感想なので当てにならないかもしれないが、その時に感じたことを正直に佐保自身の言葉で伝えることは重要だと思うのだ。

「疲れたの？」

　疲労困憊《こんぱい》の生徒が多い中、まだまだ元気溢れるアンゼリカに気遣われ、佐保は「うーん」と首を傾げた。

「疲れたと言えば疲れたんだと思うけど、結局理由も何もかもわからないままだったなあって」

「襲って来た理由？」

「うん。だって人数が全然違うのに」

　百人を相手にしても、そのうち九十人が戦えないただの生徒なら、戦い慣れた襲撃者がやろうと思えば全滅に近いことも出来ただろう。隠れる場所もない開けた農地で、馬を相手に無手《むて》で徒歩の生徒が敵《かな》うわけがないのだ。

「まさか通りすがりにちょっと……ってことはないだろうし」

「理由ねえ。私が思うに――」

　考えるように顎に指を添えたアンゼリカだが、急に目が大きく見開かれたかと思うとそのまま固まってしまった。

「アンゼリカ？　どうかした？」

　佐保の隣に並んでいるアンゼリカなので見ている方向は同じはずなのだが――と彼女の視線を追うように、同じ方向に目を凝らした佐保は、

「あぁなるほど」

　納得できるだけの理由を見つけて大きく頷いた。

　赤い制服と黒い騎士服が入り混じる集団の中に赤毛――皇国軍将軍サナルディアが存在感を主張しつつ存在していた。赤毛に加え、身長も高く大柄な体格なので、赤い制服の群れの中にあってもとにかく目立つのだ。

　将軍の登場に、疲れた顔をして身体検査を終えて座り込んでいた生徒たちの目も輝く。街の巡回中に見掛けることはあっても遠目での場合がほとんど。それが話し掛けようと思えば可能な距離にいるのだから、疲労も吹き飛ぶというものだ。

「おじ様まで来るなんて……」

　アンゼリカは驚いているが、国営の高等学術院の生徒たちが校外学習中に襲われるというのは十分に大事件だ。加えて実行犯の身柄を押さえるに至ってはいない未解決事件でもある。

（それに僕もいる）

今日の校外学習に佐保が同行していることは、皇帝皇妃に近しい人達には周知のことで、騎士団と共に警護を担っている将軍が自ら足を運ぶのは必然でもある。

（まさか団長様まで来ているなんてことはないよね？）

　無意識のうちにリー・ロンの姿を探してしまったが、見つけることは出来なかった。代わりに騎士たちの中に副団長マクスウェルがいるのはわかったが。

　佐保の送迎を担当している副団長は、普段は学院の中に入ることなく外で待ってくれているため敷地内に姿があることに珍しさを覚えるも、襲撃事件が理由なのがわかっているだけに、手間を掛けさせてしまう申し訳なさが先に立つ。

　佐保に気づいた副団長が遠くから口を動かして何かを伝えようとしているが、

（ごめんなさい副団長様、まったくわかりません）

　小さく首を横に振ってわからないことを伝えると、やれやれと肩を竦められた。その後、親指でクイッと外を指したので、迎えの馬車が近くで待っているのだろう。いつもは馬車停《ど》めで待っているのだが、状況が状況だけに出来るだけ近くで佐保を拾うつもりのようだ。

　副団長の視線に気づいたサナルディア将軍が佐保を見て小さく会釈をしたのがわかったが、隣にいたアンゼリカは親戚が自分に気づいたのだと考えたようだ。

「おじ様、私を見つけてくれたみたい」

「同じ髪の色だから目立つもんね」

「そうね。たぶんそう。だって会うなんて滅多にないんだもの。こっちから見る機会はあってもおじ様やおば様と直接対面するのは子供には難しいことだわ」

　親戚の集まりに参加しても、周りを大人に囲まれてしまうので子供は近づくことすら出来ないのだ。それに大人の集まりはほとんどが夜。夜会に出る機会のない子供たちは憧れだけを募らせているのだとか。

「毎年贈り物はいただけるし、学院に入学する時にご挨拶はしてるのよ。でもお仕事中に会うなんて考えないでしょう？」

佐保としては武骨な武人の印象が強いサナルディア将軍がどんな顔をして贈り物を選ぶのかが気になったので、後で将軍のテスタス家と近しいミオに訊《き》いてみようと思った。

「でも生徒が襲われただけでわざわざ学院まで足を運ぶなんて、さすがおじ様ね」

「だけって……アンジー、十分大事《おおごと》だよ」

いつの間にか後ろを歩いていたクリステンが双子の姉に物申すが、

「言葉のあやじゃない」

「たとえそうでも言い方ってものがあるだろ。運が悪かったら流れ矢にでも当たって取り返しのつかない怪我をした可能性だってあるんだ。それにほら」

クリステンは校舎と校舎を繋ぐ回廊の外れで肩を寄せ合っている生徒たちを顎で示した。

「まだ怖がっている人たちだっているんだから不用意な発言は慎んだ方がいい。揚げ足を取られかねないことをわかってる？」

「うっ……ごめん、私が間違ってた」

的確な指摘をされたアンゼリカはすぐに非を認めた。襲撃で心が弱っている生徒が今のアンゼリカの発言を聞けば、命が脅かされる事態を軽く見ていると捉えられかねない。それはそのままテスタス家の評判――つまり宰相や将軍への不信に繋がる危険も孕《はら》んでいる。

弟に指摘されてすぐに気づき前言撤回をしたアンゼリカなので、本当に何の気なしに出た台詞で、悪気がなかったのはわかっているが、確かに注意するに越したことはない。

各地で起こる事件の軽重はともかく、将軍が出て来るのは珍しいには違いない。王都の治安を守る要が皇国軍なので責任者たる将軍が調査に赴くことに異論はないが、アンゼリカと同じように考えた人も多いはずだ。もしかすると聞き取り調査のために派遣された兵士たちですら、「なぜ将軍が⁉」と混乱しているかもしれない。

　実際、佐保たちが身体検査を受けている間に馬で乗り付けた将軍に、騎士科の生徒を引率していた騎士から話を聞いていた教師が驚いて持っていた筆記具を落としてしまったし、話のすり合わせを行いつつ生徒たちから個別の聞き取りを始めようとしていた兵隊長たちも将軍の指示があればそちらを優先すべきかと頭を悩ませていた。

（絶対に僕がいるからだよね）

　佐保の無事は引率に紛れ込んでいた騎士からの伝達でレグレシティスに伝わっているだろうが、目で見て無事を確認し、その後の対応を図る必要がある。副団長マクスウェルがいるのは騎士団が当事者として関わっていたからで、同じく責任者として事態の把握をする必要に迫られてのことである。

「僕たちも話を訊かれるのかな？」

「どうだろう。人数が多いから一人一人呼んで個別にってことはないとは思うけど」

「そんなことしてたら夜になっちゃうわ」


　皇国の秋の日没は早い。佐保たちが戻って来た時にはなかった灯《あか》りも点《とも》され、校内に陰影を作り出していた。

「通いの人たちの話を先に聞いて、寮生は夜まで掛かって聞くのが合理的かなとは思う」

「あり得そうなところが怖い」

　佐保とアンゼリカは揃って肩を竦めた。今から話をするなら帰りが遅くなるのは決定だし、寮生は食事や入浴の時間の問題もある。佐保も一度訪問したことのある寮には談話室があり、外部からの客と会って話をする際によく使われていると聞いた。男子寮と女子寮で分ければそこまで時間は取られないのかもしれないが、疲れ果てて帰って来て早く寝台に潜り込みたい生徒たちには気の毒ではある。

（でも治安を維持するためには必要なことだから理解してもらうしかないんだよね）

　入学したばかりの子供を相手にする担当者たちも気の毒ではあるが。

　身体検査とは言われたが、やったことは体調不良がないか、怪我はないかという簡単な聞き取りだけだったのと、せいぜいが転んで怪我をした生徒の手当てだけだったので、早めに終えることは出来た。

　そして再び全員が集められた本校舎前の広場。既に陽は落ち、先ほどまで作られていた陰影はなく、篝火《かがりび》が焚《た》かれた中に人の影が動くくらいだ。

　安心感はあるが不安もある生徒たちに、最初に教師が今日はこれで解散だと告げた時には、少なくはない歓声が上がったが、寮生は聞き取りを行うので呼ばれるまで寮内待機を言い渡されると、半数以上を占める寮生から不満の声が上がった。

　将軍がいる前でいい度胸だと思うが、疲労が濃くて頭が働かなかったと思われる。

「僕たちは帰っていいのかな」

　隣のアルフリートにだけ聞こえるような小さな声で尋ねた。

「たぶん。もしかしたら明日になって聞かれるかもしれないですけど」

「家まで来ることはなさそう？」

「ないと思いますけど、あー、でも人によりけりかも」

　アルフリートは自分自身と佐保を交互に指さした。

「家名がある生徒の家には直接話をしに行く可能性はありそうです」

　そう導き出したアルフリートの考えはそう外れたものではなかった。教師の次に前に立った将軍がこう言ったからだ。

「帰宅する生徒にはこちらから兵士を護衛につける」

　学術院から家まで帰宅する間に話を聞くという手段を取ることに決めたらしい。王都以外の地方から来た生徒のほとんどが寮住まい。王都に家があっても入寮している生徒もいるため、門を出る生徒がそこまで多くないことも帰路で話を聞くという時間短縮と安全を与える方法を取ることに決めた理由のようだ。

「僕たちみたいに馬車で迎えに来る人はどうするのかな」

「一緒に馬車に乗るわけにはいかないでしょうから、

家で話を聞くんじゃないでしょうか」

「一緒に乗った方が訊く方も話す方も楽なのにね」

アルフリートが「とんでもない」という表情で佐保を見た。

「緊張しちゃいますよ」

双方が、と目が物語っている。

「皆さん、気遣い出来るし優しいよ。体の大きい人が多いから怖がられちゃうのかな」

体格はあまり関係ないですと言いたいところだが、アルフリートは黙ったまま将軍が話をするのを見ていた。

乗合馬車を使う生徒たちは軍が用立てた馬車に方面別に分けて乗せて送ること、迎えの馬車がある人は御者や家の者に事情を話し、そのまま家まで同行すること。翌日の通学に不安がある人は申し出れば翌日も迎えに来ること。その他細々とした伝達を述べたが、どれもが生徒たちの安全と安心を保証するもので、大きくよく通る将軍の声は、ざわついていた寮生たちも含めて今後の自分たちのことを不安視していた生徒たちの心を落ち着けるのに役に立った。

今日と明日についての注意事項を簡潔に伝えた後はすぐに解散になった。乗合馬車を使う生徒たちは、用意された軍用馬車の大きさに「おおっ」と歓声を上げ、気後れすることなく中に乗り込んでいる。方面を書いた板を持つ兵士まで用意されているのだから間違うことはないだろう。

「それじゃまた明日ね」

「クサカもアルフリートもゆっくり休むんだよ」

先導する兵士の後をついて寮生がぞろぞろと寮に向かう。同じ学術院の敷地内にある寮は歩けばそこそこの距離があるものの、毎日往復している寮生には慣れたもので、それでも先を行く兵士の前に出ることなく行儀よく並んでついて行く姿が微笑ましい。

（後は僕たちだけか）

中には徒歩で通っている生徒もいて、彼らには一人ずつ兵士が付き添って門を出て行った。学院に駆け付けるまでの短い間に兵士の数を揃えていなければ出来ないことなので、城を出る時には既に将軍の中で方向性は決められていたに違いない。

そこに皇帝の意向がないはずもなく、

（僕には別に何か用意されているんだろうな）

大きく開かれた門の中に次々と招き入れられる迎えの馬車、逆に生徒たちを乗せて門を出て行く軍用馬車を眺めながら、佐保は迎えに来ているはずの御者クコッティのことを考えた。

皇族だけがつけられる神花の紋をつけていない馬車なので、普通に迎えに来て貰っても構わないのだがと思いながら、どうやって連絡をつけようと考えた。

（副団長様がさっき合図してたのは何だったのかな）

指で外を指していたのは、門を出ていつものところに行っていいということなのか。

（あれだけでわかれって言われてもわかるわけないのに……）

通常時なら「いつものところで待て」の意味と判断するが、将軍の指示に従うなら佐保も同じく自分の馬車の順番が来るまで他の生徒と同じように待機していなくてはならない。

「勝手に外に出たら怒られそうだし」

何せ門の両脇には兵士が控えて門番の役目を担っている。そんな中を佐保だけが一人スタスタと歩いて出て行くのは目立つことこの上ない。もしかしたら抜け道があるのかもしれないが学院に通うようになって日の浅い佐保にわかるはずもない。

（やっぱり副団長様を探そう。騎士様に聞けばわかるはず）

生徒の帰宅対応を主導しているのは皇国軍で、騎士たちは帰宅の混雑に配慮してか、佐保たちがいる広場とは離れたところにある、講義棟に向かう回廊奥の空いた場所に立っているのが見えた。

「副団長様は……あ、いた」

見慣れた小麦色の濃い金髪を見つけた佐保は、順番待ちの列の中にいる年下の友人の袖を引っ張った。

「僕、騎士様に用事があるからちょっと向こうに行って来るね」

「私も行きましょうか？」

「平気。これだけ軍人さんたちがいるんだもん。すぐそこだし。アルフリートの家の馬車はもうすぐじゃない」

　アルフリートの伯父は外政官長で佐保とも顔見知り。エデュケルセ＝ノートンの家名と家紋は早い段階で覚えたので、見覚えのある紋をつけた馬車が三台後につけていることを佐保は見逃さなかった。

「順番待ちで渋滞している中で待たせるのはよくないでしょう？」

　アルフリートはぐっと詰まった。広い敷地面積を持つ高等学術院だが、一度に数十台の馬車を出し入れするだけの余裕はそれほどない。存在感をこれでもかと出している軍用車もあるし、人の出入りも多い。来校者の目を楽しませる手入れされた植え込みや木々も、今日という日には邪魔になってしまっているほどなのだ。

　兵士たちは手際よく馬車を捌いていても、馬を停《と》めて扉を開き生徒を乗せて、扉を閉め出発するという一連の手順の一つでも停滞すれば、後々大きな遅延が発生するのは明らか。すぐ目の前にある自分の家の馬車にアルフリートが乗らないわけにはいかないとも言う。

「ほらアルフリート、もう次だよ」

　前に押しやろうと背中を押すと、アルフリートは首だけ後ろを振り返り、

「あー……もう本当に！　いいですか、ちゃんと騎士の人に話をしてきちんとお城……じゃなくて家に帰ってくださいね」

　小声で叫ぶという器用さを発揮して佐保に念押しした。

「わかってます。ほら、馬車が来たよ」

　後ろ髪を引かれながら従者の手を借りて馬車に乗り込んだアルフリートへ笑顔で手を振り見送った佐保は、列を作っている生徒たちに逆行するように場を抜け、薄暗い回廊を騎士が集まっているところまで向かった。

　視認できる距離とはいえ、馬車待ちのための開けた場所から校舎側の回廊までは距離がある。門前の

喧騒は十分に届く範囲で、目指す先の騎士たちも見えているのに、今現在は佐保が一人歩くだけなので、静かではないにもかかわらず、妙な静けさを味わう。

「暗い校舎だからなのかな。こうなんて言うか、雰囲気があるのはどの世界でもどの国でも同じなんだ」

　音は聞こえるのに、見えない壁の向こうと自分がいる場所が断絶されたような不安定さ。日本でも演劇部の活動が長引いて夜遅くまで学校で作業していたことがあった。今も学校という特殊な場所の共通性があるからなのか、ふと元の高校にいた時の自分に重ねてしまう。

「みんなどうしてるだろ」

　舞台の最中に消えたことになったので相当な騒ぎになっただろうことは想像に難くない。佐保の「消失」を家族が心配するのは当たり前として、友人たちも聞き取り調査をされたりと身辺が騒がしかったはずだ。

　自分で言うのもなんだが、家族仲もよく悩みらしい悩みもない極々普通の善良な高校生だった佐保なので、何らかの事件との結びつきは見いだせなかったはずで、佐保を知る誰もが首を傾げたのではないだろうか。

　高校生だった同級生たちもとっくに卒業し、進学したり就職したりしているはずだ。そうやって時が過ぎていく中で、かつての同級生のことが彼らの中の悔いとなって残って欲しくはない。

　佐保がこちらの世界に来たのは誰のせいでもない不可抗力で、誰にも止められない神の御業《みわざ》としか喩《たと》えようのないものなのだから。

　学校、先生、同級生、廊下――。

　無意識に過去の自分を思い起こしながら歩いていた佐保がちょうど校舎と校舎の境目の、灯りが途切れた場所を通り過ぎようとした時だ。

「きっと――のせいで」

「怖いよ……もしそうなら僕らのせい？」

「ぐ、偶然よ、きっと」

　小さな声を耳が拾った。

（え？　誰かが話してる？）

思わず足を止めてしまった佐保は静かに前後左右に目を走らせた。後ろは自分が今歩いて来たばかりで近くに人の気配はなく、誰かが後ろにいた様子もなかった。真っすぐに見えている前方には声が聞こえる範囲では誰もいない。校舎内にいる誰かの話し声にしてははっきりし過ぎていた。

つまりは外。回廊には佐保しかいないので必然的に話をしている誰かたちは、回廊から少し逸《そ》れたところにある植え込みの向こうにいることになる。

足を止めたのは、いないと思っていた人間の声が意図せず聞こえて来て驚いたからだ。無人と思い込んでいた佐保にとってはオバケに遭遇したのに等しい。悲鳴を上げなかったのは、呻《うめ》き声ではなく明らかに会話をしているとわかったからだ。

だから足を止めてしまった。

佐保はその場に佇《たたず》んだまま、耳だけを澄ませた。動いて近くに行こうとは思わない。ただ何となくだけれども、隠れて話をする彼らの声の深刻さが気になった。灯りのない暗がりでコソコソと意味深な会話をしていれば、気にしないわけにはいかない。

（それに僕の知ってる人だ）

植え込みの陰ではあるが完全に姿が隠れているわけではない。向こうの木立の陰に座り込んでいる人と立っている人がいて、立っている生徒の方は目を凝らせば佐保でも顔が判別できた。

名前は知らない。だが顔は知っている。

（帰りの馬車の中でずっと青い顔をしていた人たちだ）

襲撃の後からずっと恐怖に震えていた彼らのことは気になっていたので、帰りの馬車の中でも様子を窺っていたのだ。上品で割と整った顔立ちをしている男女四人組だったので、場慣れしていない普通の生徒には怖いよねと、彼らの育ちの良さと繊細さに思いを馳《は》せていたため、顔を見間違えることはない。双子に聞けば名前はすぐにわかるだろう。彼らも佐保と同じように気に掛けていたし、実際に、気分が悪くないかと声掛けもしていたからだ。

（ここにいるってことは寮生？）

迎えにしろ乗合にしろ、馬車に乗るなら門の前にいたはずで、それをしていなかったということは敷地から出る必要のない寮生ということになる。ただし、他の寮生は兵士に引率されて寮に戻ったので、彼らだけが残っていることになる。

（ここに残ってしなきゃいけない話？　寮じゃ出来ない？）

寮には漏れなく兵士がついている。ばかりか、寮内の談話室を使っての事情聴取も行われる。

他の生徒に聞かれてはいけないだけでなく、兵士にも内緒の話だろうか――。

佐保はそっと柱に体を寄せた。暗い色の制服は闇に紛れるのに役に立つ。紅茶色の鬘《かつら》ではなく地毛の黒髪だったらもっと闇に馴染んだかもしれないと変なことを思いつつ、佐保は息を潜めて彼らの話の続きを待った。

「でも脅しかも……ちゃんと払わないとこうなるぞって」

「脅しでここまでする!?」

「しっ！　声が大きい。だってそうじゃないと説明つかないじゃないか」

「でも俺たちだけじゃないだろ。――を買ってるのは」

「だから俺たち含めて――を買ったみんなへの脅しだと思う。必ず払わせるって」

「……無理よ。だってもうお小遣いが足りなくなったもの……」

「教材や文具を買うからって何度も言い出せないよ……」

「何とか工面しないとどこで襲われるかわからない……」

沈黙が降り、そのまま誰も口を開かないままガサガサと音がして植え込みから四人の生徒が出て来るのが見えた。男子女子それぞれ二人ずつが回廊に歩いて来る。

（どうしよう。このままここにいたら話を聞いていたって思われるはず）

柱の陰に隠れていたのが悪かった。明らかに盗み聞きをしていましたと言っているようなものだ。咎められても仕方がない。

（しゃがんで気分が悪いふりをすればいい？）

それなら柱にもたれて休んでいたという言い訳が立つはずだ。

生徒たちも佐保も両方が別々の焦りから「どうしよう」状態の中、

「――そこにいるのは誰ッ!?」

佐保が隠れている柱の直前まで来ていた生徒が足を止め、鋭い声を発した。

（見つかった！）

慌てて柱に背を預けて身を縮めるが、

「いるのはわかっているんだからな。顔を出せ」

興奮した声が隠れたままでいることを許してはくれない。

これは出て行くべきか。出て行って「ここまで歩いて来たところで気分が悪くなって休んでいた」という先ほど考えた言い訳を伝えるべきだろうか。

逡巡《しゅんじゅん》した佐保は、しかし正直に姿を現すことを決めた。もしかしたら巻き込まれることで彼らの事情に触れることが出来るかもしれないと考えたからだ。

だが、

「――それはこちらの台詞だ。そんなところで何をしている」

低い声がして、佐保の後ろからスッと柱の横を通って回廊に姿を現したのは、佐保が受講している「幻獣伝承と月神」を担当する伝承文化学の講師オーランド＝ベアだった。

佐保がいることに気づいているだろうに、一瞥《いちべつ》もすることなく生徒たちの前に出て行ったベアは腕組みをして彼らを睥睨《へいげい》した。背が高く大柄なのは講義で会っているので知っているが、すっと伸びた姿勢がよいことも相まって、上衣を着た後ろ姿からも圧が感じられた。

ベアを前にしただけで思わず自分の姿勢もシャキッとする。威圧というより畏怖や威厳のようなもので、自然に身が引き締まってしまうのだ。

これと似たような感覚を佐保は知っている。レグレシティスが皇帝として立っている時、騎士団長リー・ロンが団長として厳しさを見せる時、ミネルヴァルナ総督エウカリオンが執務を行っている時。

上に立ち、誰かを真摯《しんし》に導く人たちが自然に身の内から発するもの。

見た目は生真面目さを全面に出し、生徒たちと冗談を言い合って笑っている姿は見たことがないが、講義が終わった直後には年上の生徒たちが集まって話を聞きたがるなど慕われている。ともすれば厳しく見えがちなところはあるものの、佐保は怖いと思ったことは一度もなかった。

だがそれはオーランド＝ベアという講師を佐保が知っているからこそで、受講していない生徒にとっては数ある先生の中の一人、つまりは高等学術院という狭い世界において生徒たちの上に立つ敬うべき人物であるのは間違いない。

「だ、誰、ですか？」

今日ここにいるのは教師の他に軍関係者だ。ベアの顔を知らない生徒にとって赤や黒の制服を着ていないベアは教師でしかあり得ないのだが、先ほどまでの密談から察するに見知らぬ大人に対する警戒心が誰何《すいか》の声を出させたのだろう。

虚勢を張って強気な態度に出るのは思春期の子供にはありがちなこと。しかも後ろ暗いことがあればなおさらだ。しかしベアはあくまでも大人であり教師だった。

ふっと小さく鼻を鳴らす音が聞こえ、カツンと回廊から一歩を踏み出した。

「私はここの講師の一人だ。ベアという」

つまりは学院で教鞭《きょうべん》をとっているれっきとした教育関係者だ。講師という言葉が「教師」「先生」に変換されるのは早かった。

「講師って……授業を受け持っている、んですか？」

「勿論だとも」

言いながらベアは四人の男女の顔を見回し、ふむと頷いた。

「私を知らないのも無理はない。私も、私の講義で君たちの顔を見たことがないからな」

　そりゃそうだよねと隠れたまま佐保も頷く。共通授業以外は各々が決めた講義にしか出ないのだから、自分に関わりがあるか、名の知れた教師以外は知らないのが普通だ。佐保も自分が受講している講義の教師しか知らない。通う前に下準備として環境設備や人事に関することを聞いて頭の中に入れてはいても、顔を見なければ誰が誰やらわからない。

　その意味ではエイクレアやシュテルン、或《ある》いは双子のように生徒たちの間で噂になるほど有名な生徒の方がよほど多くの人に知られているはずだ。

　ベアにじっと見つめられている四人は居心地が悪そうだ。相手が教師と知らずに威嚇したことへの気まずさが半分、もう半分は大人に見つかってしまったことへの焦りのようなものが感じられる。

「この時刻にまだ構内にいるということは校外学習に出ていた一年の生徒だな。寮生たちなら少し前に寮に向かったはずだが、君たちは寮生ではないのか？」

「はい……い、いえ、寮生です」

「全員か？」

「は、はい」

「ならば速やかに寮に戻った方がいい。私が見掛けた時には兵が付き添っていた。そこから外れてこんなところにいるのは隠し事ややましいことがあるのだと疑われても文句は言えないぞ」

　隠し事・やましいことの部分で彼らの肩が大きく跳ね上がるのが佐保にもわかった。見つかる可能性もあるがそれよりも様子が気になってしまい、こっそりと覗《のぞ》いていたのである。

（だってベア先生の体がちょうどいい壁になってくれてるから）

　質問からの窘《たしな》める言葉に生徒たちはますます体を小さくし、もぞもぞと手足を動かしている。教師に見つかって注意されたこともだが、将軍の指示から外れた行動を取った結果、軍に疑われるという可能性に今更ながらに気づいたのだろう。

　無論、ベアにもそんな彼らの焦りは伝わっている。

「もしも理由があってここにいたのだとしても、探されないうちに寮に戻るべきだろう。違うかね？」

　違いませんと震える小さな声が聞こえた。

「では行きなさい。今日の事件は城——軍と学術院の間で共有されている。調査中の余計な行動は慎むべきだろう」

　さあ行きなさい、と声と態度で示されてこの場に留《とど》まる者はいない。ベアに頭を下げた生徒たちはバタバタと回廊を駆け出した。回廊を抜けて木立をずっと歩いた向こうに寮があるのだ。点呼はされるはずなので、姿が見えないと騒ぎになる前に辿《たど》り着ければよいのだが。

「——ところで」

　走る生徒たちの後ろ姿を見送っていた佐保は上から降って来た声に小さく「ひっ」と声を上げた。自分の存在が彼らに知られなかったことで安堵し終わった気になっていたが、ベアからすれば柱に隠れていた佐保の方も十分に怪しい対象なのだ。問い質《ただ》されて当然だ。

「君はなぜ柱に張り付いている？」

　頭上高いところから見下ろされる佐保は居心地の悪さを覚えながらも正直に答えた。

「さっきの生徒たちに見つからないように隠れていました」

「顔見知りだったのか？」

「いえ」

「興味を引かれる話でも聞こえたのか？」

「ええと、そんな感じです。ちょっと気になることを話していたのでもう少し聞けたらと思って盗み聞きをしていました」

　真っ正直に盗聴を白状した佐保に、ベアは一瞬驚いた表情を浮かべた後、すぐに横を向いて口元を押さえた。

（え？　もしかして笑ってる？）

　肩が震えているので間違いではないだろう。しかしツボに入るようなことを言ったただろうか。

「——いや、盗み聞きか」

「はい」

「それは隠れてまで聞かなければいけないことだったのか？」

佐保は考えをまとめながらゆっくり口を開いた。

「はい。聞いていた方がいいと思いました。勘ですけど」

本当に勘でしかない。だが校外学習の襲撃後にあれだけ怯えていた四人が隠れてコソコソしているのだから、襲撃に関係があるのではと疑問に思うのも成り行きとして当然だ。

首を突っ込む気はない。だが得た情報をレグレシティスや将軍や団長に伝えなくてはいけないとは思った。

「それで何かわかったのか？」

「いえ」

佐保は首を横に振った。佐保がわかったのは彼らが襲撃に何らかの関わりがあるということ。事実ではないかもしれないが、四人自身が関係があると思い深刻になっている事実が重要なのだ。

「――そうか。だが気をつけなさい。首を突っ込んだつもりはなくても、何らかの形で関わってしまえば逃げられなくなる。その時になって後悔しても遅い」

少しの重みと感傷が混じったそれは、ベアの経験から来る言葉なのだろうか。

佐保は黙って頷いた。

「それと」

ベアは佐保の全身を探るように視線でなぞった後、口元に薄っすら笑みを浮かべた。

「今日は大変だっただろう？　怪我はしていないようだが、心と体は自分が思っている以上に疲れるものだ。今日明日はゆっくりと休みなさい」

思いがけない優しい言葉に佐保は目を見開いて瞬《またた》きを数回した後、

「ありがとうございます」

心からの感謝を込めて微笑み、軽く頭を下げた。

日本人《にほんじん》の習い性とはいえ、簡単に頭を下げないようにとミオに注意されることもあるが、純粋に自分を気遣ってくれたベアに対する礼としてはこうするのが最適だと思ったのだ。

「その様子なら大丈夫のようだが楽観視はしないように。君は寮生ではないだろう？　馬車に乗るなら門の方だが」

　まだ馬車の行列で渋滞している門前の方向は相変わらず呼び出しの声や幾重にも重なる車輪の音で騒がしい。

「あ、いえ。あっちにいる騎士の人に話があって行こうとしてたんです」

　首を伸ばして窺うと、騎士たちの輪の中に混じっていた副団長が「何をやってんだお前」という目で佐保を見ていた。事実なので仕方がない。

「騎士か」

「はい。知り合いに尋ねたいことがあったので」

「それなら行きなさい。ただいつもより人が多いとはいえ構内は薄暗い。門の前に戻るようなら騎士に頼んでついて貰った方がいい。君が向こうに着くのを私はここで見ている」

「はい」

　言葉通りその場に留まるつもりのベアにもう一度礼を述べて佐保は、騎士たちの輪の方へ小走りで向かった。

　後ろから見守られていると思うだけで、足も軽くなる。

　駆け寄るまでもなく自ら佐保を迎えに大股でやって来た副団長は、目の前に来るなり紅茶色の髪をぐしゃぐしゃと掻き回すという暴挙に出たが、ベアの言葉ではないが単独行動はよくなかったと反省しているのもあって、抗議することなく受け入れた。

　その時にベアのいた回廊の方を見ると既に姿はなく、佐保が副団長に遊ばれている間に自分に与えられた教務室に戻ったのだろう。

（今度、神獣や月神についての話をもっと聞かせて欲しいな）

　他に学生がいない場所で二人きりで話したのはこれが初めてだったが、状況が状況だった割に緊張せずに話すことが出来たのはよい経験になった。今度からは、先輩たちに交じって負けないように質問をしてみるのもいいかもしれない。

襲撃事件よりもベアと話をしたことで気持ちが明るくなった佐保は、

「馬車は裏門に回したからそっちで乗れ」

というマクスウェルの指示を受け、二人の騎士を護衛に主に業者が使う裏門を通り、すぐ真横に停められていた迎えの馬車に安堵した。

「よかった！　ご無事だったんですね！」

「うん。僕は大丈夫。それに待たせてしまってごめんなさい」

「いいえ。いいんです。表門につけるのは私でも無理だと思いました」

それより早く中へと勧められるまま、開かれた扉から車内に入ろうとした佐保は、

「レグレシティス様！」

椅子に座って書類を読んでいる伴侶の姿に驚きの声を上げることになる。

夕方の時間も忙しいはずの皇帝は青灰《せいかい》色の目を細め、びっくりして固まったままの佐保の手を取り自分の方へと引き寄せると、流れるような動きで膝に乗せた。

「おかえり、佐保」

「佐保様！」

馬車から降りて片足を地面につけるなり聞こえた声に、そうなるだろうと予想していた佐保は苦笑した。

「ただいまミオさん」

「お帰りなさいませ」

侍従としての一応の礼はとったものの、祈るように手が組まれた格好のまま、ミオは佐保の全身に素早く目を走らせた。どこか不調がありはしないか、出て行った時の衣装に汚れや破損は見られないか、ぎこちない動きはしていないか——。

どんな些細《ささい》なことでも見逃すまいとするミオは確

かに侍従の鑑《かがみ》ではあるのだろう。

　だが、

「ミオ。陛下と殿下をお部屋にお通しするのが先ですよ」

　やんわりと侍従長キクロスに注意されたミオはハッと顔を上げると、すぐに落ち着きを取り戻し、佐保から鞄《かばん》を受け取って先に立って歩き出した。

　馬車の中ではずっとレグレシティスの膝の上に乗せられていて安心感は覚えていたものの、本宮の中に入って侍従長キクロスや他の侍従たちの顔を見ると、それだけでほっとする。

　佐保を気遣うように隣を歩くレグレシティスには佐保の纏う空気が緩んだのがわかったらしく、改めて「おかえり」と背を撫《な》でる手も優しい。

　皇帝夫妻が住まう広い本宮ではあるが、来客や使用人たちの往来もあって完全に私的な空間にはなり得ないのだが、その中でも親しい人以外は極力招き入れることなく、皇帝皇妃が公人としてではなく完全に私人として寛《くつろ》げる区画のことを私邸と呼んで区別している。

　その居室となる居間に帰って来た佐保は中に入るなり、

「ふぅ……」

　と長く息を吐き出した。

　すぐに息を整えはしたものの、どっと押し寄せて来た疲労感は隠せない。

「佐保様、先に湯殿をお使いになってはいかがですか？」

「お風呂？」

「はい。お疲れのようですので先に湯で体を温めた方がよろしいかと」

　佐保は「うーん」と考えた。

「でも食事の用意はもう出来ているんでしょう？」

　佐保に関してはいつもより遅めの帰宅ではあるが、レグレシティスが本宮に帰って来るには少し早い時刻だ。レグレシティスの政務が立て込んでいる時には晩餐《ばんさん》は佐保一人で摂ることもあるが、今日は遅くなる予定はなかったので厨房《ちゅうぼう》はいつも通りに支度をしているはずだ。食事の時間に合うように調理したものが運ばれて来ることを思うと、既に準備が整っている食事を遅らせることは極力したくなかった。

　そんな佐保の背中を物理的に押したのはレグレシティスだった。

「佐保、ミオの言う通り先に湯を使った方がいい」

　自身はキクロスに手伝って貰って上衣を脱ぎながら、佐保の紅茶色の髪に指で触れる。

「でもレグレシティス様もお腹《なか》空いてませんか？」

「今すぐに腹に入れなければどうにかなるほど飢えているように見えるか？」

　笑い含みの台詞につい佐保の顔にも笑みが浮かぶ。

「帰るのが遅い日はもっと夜が更けてから食べることになるんだ。それを考えればお前が湯から上がるまでの時間は待つというほどでもないな」

「そうでございますね。陛下の場合、規則正しくお食事を摂っていただけるだけでも喜ばしいことです」

　多忙な時期には城に泊まることも多かったというレグレシティスは、佐保と暮らすようになってどんなに遅くなっても本宮に帰って来るようになった。決して不規則な食事だったわけではないものの、場合によっては抜くこともあっただけにキクロスとしてもしっかりと温かい食事を食べてくれるだけで安心できるのだ。

「支度については問題ございません。厨房には佐保様の湯上がりに合わせて出すよう指示をいたします」

　出来上がる時刻を少し後ろにずらすだけなので、様々な要望に応えることを求められる本宮厨房担当の料理人たちにも負担はない。温かい料理は焼いた石を使って保温も出来るし、冷めたものは食べる直前に保冷庫から出せばいい。

「わかったか？」

「はい。先にお風呂に入って来ます」

　佐保は素直に従うことにした。

　よくよく考えれば、校外学習で歩き回った体には土や砂、埃が普段より多く付着しているだろうし、動き回ることが多かったせいで汗もかいている。椅子に座って授業を受けているだけの普段とは汚れ具合がまるで違うのだから、食事の前に身綺麗《ぎれい》にするのは礼儀としても理に適《かな》っている。

待たせることよりも衛生的でない格好の方がよろしくない。

随分早い時刻の入浴にはなったが、いつも通り就寝前に二度目の入浴をすることも考えて手早く済ませるつもりだ。贅沢《ぜいたく》にも、湯殿は一日中いつでも好きな時に入れるようになっている。

佐保の風呂好きが周知されているから——ではなく、建物全体を温める暖気システムが稼働しているからだ。床下暖房が床だけなのに対し、皇国北部の建物は蒸気や温風を通す専用の排気口のような通路が壁裏や床下を通る構造になっており、湯を沸かすことも建物内の寒さ対策として有効活用されているのである。

そのため夜中だろうが朝だろうが、入りたい時に入浴できるという風呂好きの佐保にとっては非常に恵まれた環境なのだ。

「それじゃレグレシティス様、先にお風呂に入って来ますね」

ミオに外して貰った紅茶色の鬘《かつら》は佐保が風呂に入っている間に手入れが施される。なかなかよく出来た鬘だけに一点ものなので、日々の手入れは欠かせない。

途中で足元に纏わりついてきた仔獣《こけもの》二匹を掬《すく》い上げ、体を洗って盥《たらい》に入れた二匹と一緒に湯船に浸《つ》かりながら佐保はふと気づいた。

（もしかしてレグレシティス様も誘った方がよかった？）

仕事を持ち帰ったり来客と歓談したりしていない限り、定時で帰宅して晩餐を共にした日の入浴は佐保とレグレシティス一緒の場合が多い。一応、皇帝用皇妃用と専用の浴室もあるにはあるのだが、大抵はどちらかの湯殿を二人——時々仔獣二匹も一緒に使う。

だからレグレシティスも一緒にと思ったのだが、

（あ、でも団長様が後から来るからレグレシティス様は後から入った方がいいのか）

と思い直す。

学術院から王城までの馬車の移動は騎士団長も一緒だったが、王城の皇族専用通路に入る前に、騎士団本部に寄るという団長とは別行動となっている。佐保が遭遇した襲撃関連で集まった情報を取り急ぎ報告書の形にして後から持って来ると言っていた。

（だったら夜遅くまでお話しするんだろうなあ）

ぶくぶくと顎の下まで湯に沈みながら佐保は思った。

難しい話はわからないかもしれないが、自分が知っていること気づいたことは全部話そうと。特にあの男女四人の生徒たちの会話は絶対に話さなくてはいけない。

仔獣たちを乾かすのに少し時間を取られたが、手早く身支度を済ませた佐保が部屋着に着替えて戻ると、食卓の用意が整ったところだった。

「ちょうどいい時に戻って来られてよかった」

ほっとしながらキクロスに引いて貰った椅子に腰掛けると、

「殿下がお戻りになってすぐ召し上がられるよう用意させていただきました」

なんてことのないようにサラリと侍従長が言う。

「え、そうなんですか？」

チラリと給仕に回ったミオを見れば、にっこりと笑顔を向けられた。佐保が一人で入浴する時には脱衣所に控えているミオが持ち場を離れるとは思えないので、浴室を担当する他の侍従か浴室の外で待つ護衛の騎士に伝言を頼んだのだろう。

お世話をする侍従はともかく、入浴にまで騎士の護衛は必要ないと主張した時期もあったのだが、人が気を抜いて無防備になる時ほど狙われやすいので万一がないように配備していると言われてしまえば、反対など出来るはずもない。

御不浄――厠《かわや》、トイレの場合も似たようなものだがこちらはいろいろと協議した結果、本宮の中でも私邸周りでは騎士は配置されていない。

　そもそも前年の火災をきっかけにしてより厳重な警備体制が敷かれるようになった本宮なので、そこを縫って不埒《ふらち》なことを目的として中に入り込まれることはまずない。

　風呂はともかく、トイレは誰の目や気配も気にせず使いたいものである。

「じゃあお待たせしたわけじゃないんですね。よかった」

　料理を乗せた皿が次々と食卓の上に並べられていく。コース料理のように順番に一皿ずつ供されることもあるが、大抵は広い食卓に複数が並べられるのが常だった。佐保も皇妃として晩餐会に出ることもあるため、一通りの食事作法は学んでいるが、身内だけの食事の席では楽にしたいという皇帝の意向が反映された形だ。

　佐保がこちらの世界に来る前からそうだったらしく、

「多忙な陛下が短い時間で食事を済ませるためにまとめて並べろと仰せでして」

　ということらしい。複数人が共に食事できるほどの広い食卓だからこそ可能なことでもある。

　肉料理など切り分けが必要なものは料理を運んで来た台車の上でミオが薄切りにしたり、野菜を盛ったりして出してくれる。お代わりを皿に乗せるタイミングも心得たものである。

　佐保と一緒に風呂に入って毛並みがよくなった仔獣たちは角を挟んで隣に座るレグレシティスと佐保の前、食卓の中央寄りに置かれた甘藍《キャベツ》と果物盛り合わせの皿に頭を突っ込んでいるところだ。

「せっかくお風呂に入ったのに」

　少々残念な気持ちで零せば、自分たちのことを話しているのがわかっている二匹は尾をご機嫌に振っている。

「寝る前にまた綺麗に拭くからね」

「私が湯に入る時に連れて行こうか？　先に軽く二匹を湯で濯《すす》いで上がらせればいい」

　一瞬それもありかと思った佐保だが、すぐに思い直して首を振る。

「レグレシティス様と一緒にお風呂に入ったら絶対にすぐに上がるなんてしないと思うから、やめた方がいいです。レグレシティス様と一緒にお風呂に入るのが大好きだから、絶対にはしゃぐと思いますよ」

「そうか？」

佐保は力強く頷いた。

「さっきだって盥から降りよう降りようとして大変だったんです」

浅めに湯を入れた盥の中にいる二匹は厳密にいえば泳いでいるわけではなく、盥の底に胴体をつけて顔と手を出している状態だ。わざと波を立てて揺らしてもらうのがお気に入りで、大抵はそれで満足する。

しかし、極々偶に身を乗り出した盥からわざと湯の中に落ちて、羽や手や胴体、つまりは全身を使ってバシャバシャすることもあった。それはそれで楽しげではあるのだが、厳密にいえば二匹は湯に浮いている状態であって、泳いでいるわけではない。

ラジャクーンは空を飛べる幻獣なので無意識に不思議な力に類する浮力を使っているのではないかと考えたこともあるが、放っておくと沈んでいくので世話をする佐保は気が気ではなかったりする。

「レグレシティス様一人だとたぶん手に負えないんじゃないかと」

「だがお前はよく二匹と一緒に入っているだろう？　さっきも」

「僕はそれなりに慣れているから。それにグラスもリンデンもレグレシティス様と一緒にいる時間は嬉しくて仕方がないから浮かれちゃうんですよ」

ね？　と二匹の背中の羽の付け根を指で擽《くすぐ》ると、果物の欠片《かけら》を咥《くわ》えたまま二匹はぱっと顔を上げてクリクリした目で佐保を見上げた。

何か用？　僕たちのことお話ししてたの？

そんな声が聞こえてきそうで、佐保は二匹に笑い掛けた。

「ごめんね、食べるのを邪魔して。グラスとリンデンがレグレシティス様を大好きなんだって教えてあげていたところだよ」

不思議そうに首を傾げている二匹は、自分たちが親と認めるレグレシティスと佐保を好きなのは当然と思っているので、わざわざ教える必要があるのか？　と言いたげだ。

佐保は笑いながら果物の汁で濡れた口元を拭ってやった。

それを見てレグレシティスがクスクスと笑う。

「やはり湯殿に連れて行った方が良さそうだな」

「そうみたいですねえ」

湯の中に入れて全身を泡立てて洗った方が濡れた布で拭き上げるより遥《はる》かに時間短縮になりそうだ。

結局のところ、二匹は再度の入浴を余儀なくされたが、レグレシティスや佐保の手による入浴ではなく、ミオと帰宅した木乃によって湯を張った盥の中で念入りに洗われることになった。

というのも、食後を見計らってすぐに騎士団長と将軍という組み合わせとしては珍しい二人が連れ立って本宮を訪れたからだ。いつもなら同行しているはずの副団長がこの場にいないのは、まだ学術院にいて事件の概要の聞き取りの継続中か、事後の対応に当たっているからだと思われる。

団長と将軍の訪問理由が本日の郊外学習の襲撃にあることは間違いなく、部屋着の上に羽織物を着た佐保も現場に居合わせた当事者として同席した。

「殿下がご無事で何よりでした」

まずは改めて佐保の無事を労ったリー・ロンに佐保も礼を言う。

「護衛の人達が一緒だったのはわかっていたので、その分僕たちも安心できました。つけてくださってありがとうございます」

場所が郊外になっただけで通常の護衛任務と同じと言われればそれまでだが、勝手が違う場所でのしかも佐保以外も大勢いる中では何かとやりにくかったはずだ。あくまで学生として参加し、皇妃としての身分を隠している状態の佐保をあの場でそれとなく護るのは、なかなかの困難だったと思う。

「それでも。怖かったことには変わりないでしょう？」

「それは……はい。でも」

　佐保は胸元に下げた神花の種が入った袋に触れた。入浴後ではあるが、普段から寝る直前まで神花の種子が入った袋を身に着けているので自然にそこに手が動いたのだ。

「神花が動かなかったからまだ大丈夫だって」

「命に関わることにはならないと判断したわけだな」

「はい」

　レグレシティスは佐保を片腕で抱き寄せた。元からぴったりと寄り添うように座っている二人なのでこれ以上密着する隙間はないのだが、触れたところから伝わる温《ぬく》もりは佐保の判断を尊重すると伝えてくれている。

「でもさすがに先生たちが危なくなった時には焦りました。間一髪で騎士の方が助けに入ってくれて本当にほっとしました」

　神花は佐保を護るだろうが、他の人までその範囲に含まれているかわからない。今までも神花が動いたのは佐保の危機を救うためで、バツーク国のカザリン王子と逃げていた時も佐保と一緒だったから「ついで」だった可能性もあるのだ。逆に言えば佐保と一緒だったからこそ小さな王子様は救われたとも言える。

　こればかりは佐保本人と、佐保とは別の人物が少し離れたところで危機に瀕《ひん》してみないことには検証のしようもなく、伴侶を溺愛《できあい》するレグレシティスや護衛責任者のリー・ロンがそれを許すはずもない。だから、あってはならないことだが何らかのやむを得ない状況で佐保が危機に陥る時まで神花の御手《みて》の広さを確認する術はない。

「佐保、種子は少しも反応しなかったのか？」

「はい。でも、前の時も予兆みたいなのはなくていきなりだったから。気づいたのは蔓が走っているのを見た時で、袋は何も。あれは王都だからだったのかな？」

　神花の種子は常に身に着けているが、実際にそこから蔓が伸びたことはない。いつの間にかどこから伸びて来た蔓の出どころは、城内の庭に佐保が植えた種だったり、王都のどこかにひっそりと息づいていた種だったりするとは思うのだが。伸びて動いているところは見ても、発芽の瞬間の目撃者はいないのが現状だ。

　それに神花は王都イルレーゼを好んでいる。遷都を拒絶し、災いをもたらすほどにこの場所を大事にしている。

「あれ、でもそうしたら」

　佐保は「んん？」と眉根を寄せた。

「何か疑問に思うことでもあったのか？」

「あ、いえそうじゃなくて、神花が咲いたのは王都だからなのかなと思って」

「確かに前二回は王都での出来事だな」

「でしょう？　それで思ったんです。今日僕が出掛けていたのは王都の郊外の農作地ですけど、ここって王都の範囲なんでしょうか？」

　正面のリー・ロンの顔を見て、将軍を見て、それから隣のレグレシティスを見上げる。

「——あの耕作地はイルレーゼに付随する土地だ。だから王都には違いない」

　さすが国の支配者。皇帝レグレシティスは疑問にもはっきりと答えてくれた。

「壁に囲まれた土地だけが王都というわけではない。壁や門の外にも民は暮らしている。狭い意味では壁の内側、広くは王城とその周辺を指すと言えばわかりやすいか」

「ほとんどの人は大門を潜った先がイルレーゼだと思っていますけど、土地区分としては王城を中心にした周辺を含めた場所というのが正しいのですよ。殿下が今日出掛けられた農地から西に向かうと村がありますが、そちらは固有名詞を持つ村ですので王都には含まれません。地図上は正確に線が引かれてはいるのですが、地面や空に実線を引くわけにはいきませんからね、普通はわかりにくくて当然です」

　リー・ロンの説明になるほどと思う。

「王都の定義はこれでいいか？」

「はい。大体はわかりました。今度地図で確認しておきます」

　遠いイオニス領やエッシャール州、ミネルヴァルナ州など各所領の区分は頭に入れていたが、肝心の王都周辺の把握が疎《おろそ》かになっていたことを反省する。革職人タニヤが住まう北のベセナ村との位置関係は把握できていたが、今のリー・ロンの話を聞く限り、ベセナ村方面も結構な範囲が王都に含まれていそうだ。

「それでお前が気にしたのはどうしてだ？」

「あ、それはもしかしたら校外学習で行った農地が神花の種の行動範囲から外れていたんじゃないかって今になって思いついたというか、気になったからです」

「佐保」

　レグレシティスは佐保の両肩を摑《つか》んで体ごと自分の方へ向けさせた。

「つまりお前に何かあっても神花は反応しない可能性があるということか？」

　声が固かったのは仕方がない。いつでもどこでも月神の使者である神花に護られていると思っていたが、その護られているはずの佐保本人の口から「王都限定では？」という疑問が投げかけられたのだから。

　見上げたレグレシティスの顔は強張《こわば》っているように見え、慌てて佐保は首を振った。

「あくまでも可能性の話ですよ、レグレシティス様」

「だが佐保」

「落ち着きなさい、レギ」

　肩を摑むレグレシティスの手に力が入り、佐保が僅かに眉を顰めたことに気づいたのか、団長から制止の声が掛けられた。

「あくまでも殿下がそう思っただけで、それが事実だと判明したわけではないでしょう？」

「それはそうだが」

「まず体から力を抜きなさい」

　言われてレグレシティスは、自分が遥かに華奢な佐保の肩を強く摑んでいたことに気づき、慌てて手を離した。

「すまない、佐保。痛かっただろう？」

「大丈夫ですよ、レグレシティス様。ほんのちょっと力が入っただけだし」

「殿下のことを大事にするのは結構ですが、加減は覚えなさい。衝動的に物を壊すのは少年時代だけで十分です」

　自分の方が痛そうな顔をするレグレシティスの両手を取って撫でて慰める佐保だが、剣術の師範はやれやれという体《てい》で溜息をつく。

「私は佐保を壊したりしない」

　それにむっとして言い返すレグレシティスだが、相手はお茶を飲みながら肩を竦めるだけだ。

　佐保は握っていたレグレシティスの手を指で摩《さす》りながら、先ほどのリー・ロンの台詞に聞き逃せない内容があることに気づいた。

「レグレシティス様って、物を壊したりしていたんですか？」

「は？」

「していましたよ。ちょうど殿下と同じくらいか、それより少し下くらいの頃でしょうか。癇癪《かんしゃく》を起こして柵を壊したり、夜中に馬に乗っていきなり駆け出したり、石壁に穴をあけたりしていましたね。どこぞの悪友と一緒に」

「師範！　それは……」

　慌てて止めに入ろうとするレグレシティスだが言葉でも力でも止められないのは自明の理。皇帝としての権力を使えば可能だろうが、私的な場でそれを持ち出すような無粋な真似《まね》をする気はなく、つまりは無力に他ならない。

「いいじゃないですか。そういう時代もあったのだと殿下に知って貰うのも。大人しかった反動でしょうか、溜《た》まった鬱憤《うっぷん》を時々発散するようになったのですよ」

「レグレシティス様がそんなことを……」

「いや佐保、それはマーキーが」

「あれはあれで問題ばかり起こすどうしようもない弟子ですが、マクスウェルのせいだけではないでしょう？」

　ぐっとレグレシティスが呻く。

「まあ私としてはじっと黙って耐えているよりも感情を表に出して貰った方が指導も楽でしたし、躾《しつけ》甲斐もありましたからまったく問題にはしませんでしたが」

「へぇ、そうなんですね。レグレシティス様のそんな姿、全然想像できません」

「自制を覚えましたからね。覚えたら覚えたで自制が強過ぎて拗《こじ》れる寸前でしたが」

　チラリとレグレシティスの顔を見、それから佐保を見てにっこりと微笑を浮かべたリー・ロンの表情に、佐保は悟ってしまった。

　儀式の直前まで伴侶に迎える佐保本人にすら気持ちを伝えることが出来なかったレグレシティス。初夜を迎えてなお体を重ねることを躊躇った男。

　佐保が愛するレグレシティスはそういう複雑な思いを内包する男だった。

（照れるレグレシティス様、可愛《かわい》い）

　師範であるリー・ロンだけでなく将軍という第三者のいる前で恥ずかしそうに慌てるレグレシティスは珍しく、佐保の頬《ほお》も緩む。

（レグレシティス様にも黒歴史があったのが新鮮）

　マクスウェルに関してはいろいろやらかしていた話を聞いていたので然《さ》もありなんと思うだけだが、感情を爆発させて当たり散らす少年レグレシティスは今の落ち着いた皇帝の姿からは想像も出来ない。

「――いや、私の話はいい。それよりも神花の話だ」

　多少取り乱しかけたレグレシティスではあるが、すぐに話の軌道修正をした。確かに、昔のレグレシティスの逸話は聞いてみたい気がするが、それよりも今は早急に共有しなくてはいけない事案がある。

「佐保、お前は神花が反応するのは王都の中だけだと思うのか？」

「思うというか、さっきも言ったように僕が遭遇した時は全部王都の中だったから王都だけなのかなって。勿論、確信はありません」

「あくまでも可能性ということか」

レグレシティスは先ほどのように慌てたりはしなかった。少し考えるように口を閉じた後、「いや」と首を振る。

「偶然王都での発芽が続いただけで、他の土地でも同じようなことが起こると思う」

「そう、かな？」

佐保は種子袋に視線を落とした。

「あれだけお前を慕っている神花が一歩でも王都から離れた途端に見向きもしないというのはあり得ない」

「私も陛下と同意見です。殿下の身をあれだけ案じている神花が殿下の危機を見逃すのは、真夏に氷が降るくらいあり得ないと断言できます。殿下が神花に愛されているのは私も目にしていますし、それに神花は月神の使者です。月神の意思が反映されていると考えていい。どこにいても殿下のことを見てくださっていると思いますよ」

「事実、殿下は月神の愛《いと》し子です」

レグレシティス、リー・ロン、将軍が順に言う。

婚礼の儀の夜に神花が一斉に鮮やかな花弁を咲かせたことで、皇妃と神花の逸話は国中に広まっているし、舞台劇として演目にもなっている。

「お前と神花の繋がりはたかが境界線一本で断たれるものではないと思うぞ」

「王都——神花がこの地を好きなのは間違いないでしょうが、それと同じくらいに殿下のことを好いておりますよ」

「——はい」

佐保は袋を握りながら思った。

（ありがとう、僕を護ってくれて。僕と一緒にいてくれて）

考えてみれば、レグレシティスと寄り添う前から佐保と一緒にいた種子たちなのだ。最初の種子は小宮の庭に植えたが、以降もポツポツと落ちて来る種子を拾っては袋に入れたり、庭に蒔《ま》いたりして、佐保の日常の中の非日常として一部になっている。寄り添ってくれるその気持ちを疑ってはならない。

そして思い出す。通っている高等学術院には今、ちょうどよく伝承文化学を専門とする講師がいることを。

（今度、ベア先生に訊いてみようかな。神花みたいに土地に根付いている幻獣や月神様の使者について）

それとなく話をするだけなら佐保が皇妃と露見することはないだろう。

先輩たちと一緒になって質問を紛れ込ませるのもいいし、今日のベア先生の様子を見る限り、普通に教務室を訪ねても話は聞いてくれそうだ。

「――佐保」

「あ、はい」

「一つだけ約束して欲しい」

「約束ですか？」

「ああ。神花はお前を確かに護ってくれるだろう。だが、だからといってそれを当てにした行動は取って欲しくない」

「あ」

佐保の脳裏に今日の出来事が思い起こされる。最前線とまでは言わないが、防御陣の前の方に出て棒を構えていたことを思い出したのだ。

ちらりと団長と将軍を見れば、双方が「知っています」と笑顔――片方は真顔だったが――で告げていた。

あの時は板や荷車を並べた簡単な防御壁のようなものを作っていたのもあり、動ける人間が対処した方がいいと判断してのことだったのだが、確かに無謀と取られても仕方ない。

決して当てにしていたわけではなく、戦える者は武器を手に前に出るという雰囲気があって、それに呑《の》まれたのは否めない。

「僕は護りたいと思ったんです。出来ることがあるのならやりたいって」

いつも護ってくれる人たちがいるから自分は今ここにいる。ならば、戦えない生徒の方が圧倒的に多い中、少しでも手を貸せたらと思ったのだ。

「佐保」

膝の上に下ろされた佐保の手をレグレシティスが握る。

「その気持ちは大事にしていい。ただ出来るなら前に出て欲しくない。いや」

　レグレシティスは苦笑しながら緩く首を振った。

「同じ状況であれば私も剣を持ち、民を護るために前に出るだろう。だがお前にはそれをしないで欲しい。護る者が他にいるのならお前には安全な場所にいて欲しい」

「レグレシティス様……」

「皇国の民を傷付けたくない、護りたいと望んでくれるだけでいい」

　皇帝として皇妃として、誰よりも尊まれ護られるべき地位と身分を持ちながら、民を護るために身を犠牲にするのも厭わないという矛盾。その解決方法はおそらくどこにもない。

　それでもとレグレシティスは望む。

「お前が考えて行動することに制限をするつもりはない。だが覚えておいて欲しい。私は常にお前のことを案じているのだと」

　佐保は黙ってレグレシティスの胸に顔を埋《うず》めた。

　状況が状況で仕方がなかったとはいえ、自分の取った行動がこんなにもレグレシティスを心配させてしまったことに、今更ながらに思い至ったのだ。

　本宮で帰りを待つのではなく、一刻も早く自分の目で佐保の無事を確認したかったから迎えの馬車に乗っていたのだ。

　想《おも》いが溢れて止まらない。

　自分はこんなにもレグレシティスに愛されているのだと胸がいっぱいになる。

「ごめんなさい、レグレシティス様。僕、心配を掛けてしまいました」

「ああ、本当に……本当にお前が巻き込まれたと知って息が止まるかと思ったぞ」

　頭の上から降って来る声は優しく、抱く腕は温かい。

　佐保はやっと実感した。

（僕、帰って来たんだ……）

　馬車の中でレグレシティスに会えた時は嬉しかったが驚きの方が大きくて、本宮に帰宅して皆の顔を

見て安心し、入浴して体を温めて、それで心身が修復されたと思っていたがそうではなかった。

　絶対的な安心と愛情で包んでくれるレグレシティスから与えられる癒《いや》しが必要だった。

　じわじわと触れたところを通して体の中にまで浸透し、それでようやく佐保は自分が生きて無事に帰って来たことを実感した。

「——ただいま、レグレシティス様」

　髪に唇が触れたのを感じた。

団長や将軍、ミオやキクロスがいるが人の目はどうでもいい。

　こうしてレグレシティスと触れ合う時間は、確かに今の佐保に必要だった。


　時間にすればほんの少しだったかもしれないが、レグレシティスから十分に癒しの素を浴びた佐保は今、やや頬《ほお》を染めながらも再度改めて団長や将軍と向き合い、事情聴取に応じながら疑問点などを突き合わせているところだ。

　といっても、団長たちは事前に学院で生徒や教師、護衛らから事情聴取を行っているので、佐保の話はそれらの裏付けをするものでしかない。

「僕含めて生徒は自分の身を護るので精一杯か、怖くて震えているのかどっちかだったから、どういう人たちが襲って来たかは最初に対応してくれた先生と護衛の人か、後から来た騎士の人の方が詳しいと思います」

「ええ、その辺も確認済みです。そうですよね、将軍」

　配慮に長《た》けた侍従長の指示で淹《い》れ直した茶器からは温かな湯気が立ち上っている。

　喋るのを団長に任せていた将軍は深く頷いた。

「報告を受けた後、二つの小隊が現場周辺を確認しました。馬や獣の足跡が複数、襲撃者が出て来た森を抜けた先まで続いていましたが、しばらくその場に留まっていた形跡はあっても野営などの痕跡は見つかりませんでした。今は範囲を広げて捜索しているところです」

「そうすると、彼らがいた場所に学生一行が近づいたから襲撃したのではなく、最初から学生たちを目標にしていた可能性も出て来ます。商隊を狙うならわざわざ王都から近い場所を選ぶ必要はありません。隠れていれば見つからないのにわざわざ姿を見せるなんてしないでしょう」

　佐保は首を捻《ひね》った。レグレシティスも眉根を寄せている。

「その連中は何をしたかったんだ？　騎士たちが予想外に早く救援に駆け付けたのもあるが、捕まる危険を冒してまで姿を見せなければならない理由でもあったのか？」

「それはまだ不明ですが、正面から剣で打ち合った団員の話では顔は隠していたらしいですよ。鼻から下をこう、布で覆って目だけを出した状態です。顔の判別をつけるのは難しいでしょう」

「すぐに捕まえるのは無理か」

「ええ。襲撃の規模も目的も不明だったので、深追いせずに戻っています」

「それは……咎められないな」

　レグレシティスの目がチラリと佐保を見た。一番に護らなければならない皇妃が襲撃現場にいたために、襲撃者を追い払った後は皇妃サホの安全確保を第一に考えるのは近衛騎士団としては当たり前だ。

　騎士や引率の人数が多ければ別の対応を取ったかもしれないが、あの時点では生徒たちの側に残るのが最適解だったと佐保は思うし、団長もレグレシティスもそう考えているからそこまで悔しさを見せていないのだろう。

　ただ、事態を受けて既に確保に向け動き出しているからには、近日中に解決するか、何かしらの進展は見られると思いたい。

「将軍の方はどうだ？　何か有用な情報は聞き取れたか？」

「いえ。今わかっていることとほとんど同じです。

最初に接敵した……森の中で魔獣に遭遇した生徒たちも戻る途中だったところでいきなり襲われたらしく、気づいた時には追いかけられていたようです」

「魔獣が先なら、やはり使役されていたのでしょうね。一匹二匹ならともかく、周りが開けた森の中に魔獣が群れで棲《す》みつくことはまずあり得ません。少なくとも周辺の農民には目撃されているでしょう」

　そうなった場合には直ちに軍が出動して駆除に向かっただろうし、人的被害の報告もあったはずだ。収穫が終わってから森に棲みついた、というのは付近を捜索した結果、食べ残した餌がなく糞《ふん》なども新しいものばかりだったと判明したからだ。

「もう暗くなっているので本格的な調査は明日になりますが、人為的に連れて来たものをけしかけられたのは確定と見ています」

　リー・ロンは組んだ膝の上に肘を立て、悩まし気に眉根を寄せながら頬杖をついた。王都近郊で起こった事件だけに、翌朝まで詳細な調査を持ち越さねばならないのがもどかしいのだろう。平地ならともかく、潜伏していたと思われるのは森。決して深くも大きくもないのだが、場所が木々に覆われた森というだけで夜間の行動が制限される。

　人工的な明かりのない世界なので、佐保たち稀人《まれびと》より夜目に優れているこちらの住人でも夜の行動は容易とは言えない。

「追わせてはいるのだろう？」

「ええ。戻ったという報告は受けていないのでまだ追跡中でしょう」

　佐保は「あれ？」と首を傾げた。

「追いかけて行った人たちは戻って来たんじゃなかったですか？」

　深追いはしないという話を聞いたばかりなのだが。

「殿下たちの救援に入った騎士は戻っていますよ。その後に調査で派遣した数名が足取りを追っているところです。聞いた限りでも少なくはない人数がいましたから、集団で移動するには制限がありますし、分散して隠れるとしても魔獣を使役する者は町や村の中に入れません。おそらくそちらから先に発見されるでしょう」

　サークィン皇国には山も谷もあるが、険しいのは王都より北部の雪山で、他は標高は高くともなだらかな山や丘陵地が多い。人知れず隠れられるような、しかも人が迂闊《うかつ》に立ち入れない場所はあまりなく、王都近郊はそれが顕著である。襲撃者が王都から離れて逃げるにしても、身を隠す場所が森や林などに限られる以上、地の利はこちらにある。

「ただ」

　とリー・ロンは姿勢を正す。

「逃げきれると思われるのも業腹ではありますね」

　にっこりと浮かべたリー・ロンの笑みに佐保はぴたりとレグレシティスに身を寄せた。

（団長様、すごく怒ってる）

　心なしか人一人分の隙間を空けてリー・ロンと同じ長椅子に座っている将軍も、もぞもぞと微妙に反対側に動いたように見える。がっしりした体格で何事にも動じない風に見える肉体派の将軍が怖がっているのは微笑ましい。逆に言えば、サークィン皇国が誇る将軍すら怯えさせる覇気か威圧のようなものを放っているのだろう。

「師範、腹立たしいのはわかるが抑えてくれ」

「――ああ、申し訳ありません」

　唯一平然としているレグレシティスが声を掛けることで妙な圧力は緩んだものの、あくまでも緩めた程度で、お手上げだとレグレシティスも肩を竦めた。

　そんな弟子の様子に、リー・ロンは苦笑を零した。

「自分でもわかってはいるのですけれどね」

　気に入らないのですよ、と続けたリー・ロンによると、自分の守護する領域に悪意を持って入り込み、動き回っている者たちがいるのが非常に不快なのだそうだ。

「それってつまり？」

「師範はな、佐保。獣と同じなのだ」

　笑いながらレグレシティスは、佐保が想像しつつも口にしなかったことを声に出して言った。

「自分の縄張りに住む者には寛容だが、荒らされるのは好きではない。今回入り込んだ者たちは見事に師範の逆鱗《げきりん》に触れたということだ」

「正しいですけれど、レギ、私は獣ではありませんよ」

「喩えだ。私の中では師範は獣なんか太刀打ち出来ない上位の存在だぞ」

「それは喜んでいいものなのでしょうかね？　どう思います、殿下？」

　佐保は笑った。そして曖昧な笑みを浮かべた。

　ここは明確な回答をすべきではないと本能が告げていた。

　代わりに将軍が口を開いたが、

「――騎士団長は強い。私が獣なら戦いを挑むような真似は絶対にしない」

　ミオ曰《いわ》く「気の利いたことは言えない」将軍なので大した援護にはならなかった。

「だから獣ではないと……もういいです。この話題は終わりにしましょう」

　それでも場の空気を和らげる効果はあったようで、リー・ロン自ら片手を振った。

（副団長様がいなくてよかった）

　マクスウェルがいれば間違いなく余計なことを口にして場を混乱させただろうし、それによってお仕置きされるのはマクスウェルなので本人のためにも同席しないでよかったと思われる。

（でも、団長様なら王都だけじゃなくてサークィン皇国全体が縄張りだって言われても納得しちゃう）

　リー・ロンという圧倒的強者の存在は絶対に人だけでなく獣にも作用していると思うし、本人にも自負があるのだろう。だからこそ、本来なら自分の目と手が届く範囲での襲撃に苛立《いらだ》っているのだろう。

「あ、獣」

「殿下？」

　にこーっと笑みを向けられて、佐保は慌てて両手を横に振って否定した。

「あ、いえ団長様のことじゃなくて気がついたことがあって、絶対にレグレシティス様たちに話さなきゃいけないのを思い出したんです」

　学院に戻る前から話すべき事柄として覚えていた

はずだが、弾む会話の合間で言葉を挟むタイミングを計っているうちに機会を逸するところだった。

「ええと、話すのを忘れていたわけじゃなくて、いつ言えばいいかなと思っているうちに……」

「構わない。今言えるのならそれでいい」

「ええ。緊急性が高いかどうかは殿下の話を聞いて判断させていただきますが、それよりも殿下しか気がつかなかったことの方が気になります」

　さあ話しなさいという空気が佐保の背を押す。

「たぶんですけど、もしかしたら騎士様から聞いているかもしれないので、僕しか気づいていないのとは正確に言えば違うんですけど」

　佐保は魔獣のことを話した。

「最初は本当に逃げる生徒たちを追いかけていて、僕たち皆が固まっている周りで威嚇しているだけだと思ったんです。でも途中から神花の種の方に興味津々というか、気を引かれていたみたいで、威嚇するよりも僕の近くに来たくて堪らないようでした」

　尻尾もブンブン振ってたし、と付け加えれば、想像したのか話を聞いていた三人が小さく吹き出し掛けたのが見えた。

「確実に神花だな」

「ええ。間違いなく殿下の神花が目標にすり替わってしまっていますね」

　ラジャクーンやツヴァイクなど佐保が会ったことのある獣は皆、神花の種子に大喜びで反応する。食べたいわけではなく、匂いを嗅ぐだけで嬉しいらしい。

　神花は咲けば花らしい良い香りはするもののむせ返るような香りを放つわけではなく、種子に至っては、木や土の匂いがするようなしないような…という植物にありがちな微《かす》かなもの。神花の花弁を元に作られる薬が、見た目は最高にいいのに強烈な臭気を放つのが信じられないくらい、香りに関しては普通の域を出ない。蔓にある棘《とげ》は猛毒、開花すれば彩り鮮やかに輝く花弁を持ち、しゃらしゃらと音を立てて目と耳を楽しませるのに比べ、種子には突出すべきところは本当にないのだ。

食べ物ではないけれども大好物。まさに猫にまたたび状態。

「それで思ったんですけど」

「魔獣が神花に寄って来たという話ではないのか？」

「それで合ってます。でも、もしも魔獣をけしかけた誰かがいたとして、そう簡単に命令を違《たが》えることはあるんでしょうか？」

「お前はどう考えた？」

「あの魔獣たちが使役されていたとして、指示が甘かったか、最初から命を奪うまでのことは命じられていなかったんじゃないかと。たとえば、追いかけ回せとか、吠《ほ》えろとか、怖がらせるだけだった気がします」

犬や狼に似ていても見たことのない大きな魔獣が近くを駆け回るだけで十分恐ろしかった。もしも殺意を持って襲って来たのなら、生徒たちが作った簡易的な防御柵など簡単に飛び越えただろうと今ではわかる。

本気で襲い掛かって来られたら、よほどの剣術の達人でない限りただの棒で立ち向かうのは無理だ。武器を持たずに固まって震えているだけの子供など、相手が野獣でなく普通の獣だったとしても簡単に引き裂いてしまうだろう。

「襲わせはしたが殺そうとまではしていなかったということか？」

「それはわかりません。でも積極的に何かをしようという感じではなかったように思えました。すごく怖かったから怖がらせるのが目的なら十分に目的は果たしていたと思います」

錯乱した生徒たちが輪から外れたら狩るくらいはしただろうけれども。

「指示が甘かったから神花の方に気を取られた……？いえ違いますね。殿下が推察したように、囲んで怖がらせはしても殺さないように命じられてはいたが、その命令を無視するほどに神花の誘惑は強かったと考えた方がよさそうです」

「そこまでですか？　神花って」

「月神の使者であり、月神が愛する花です。どんなに狂暴な獣でも抗《あらが》い難い何かがあるのでしょう」

「ただの花じゃないですもんね」

皇妃となった佐保が奥宮に居を移して庭に神花の種子を植えて以降、年中花を咲かせて目を楽しませて貰っているせいか、特別な花という意識がつい抜けがちになってしまうが、いきなり発芽したり蔓を思うがまま伸ばしたり動かしたりするのが神花だ。

そもそも王城以外では開花どころか目撃されることさえ稀だった花なので、伝承として書物に記されていること以外で判明していることは多くない。幼いレグレシティスの命を神花から作られた薬が救った例でわかるように、奥宮では花を咲かせることがあっても数輪程度。それも毎年決まって咲くのではなく、気まぐれに開花するだけだから、詳細を研究したくとも希少な薬を精製する方を優先してしまうのは無理からぬことだった。

毒消しだけでなくその他の病にも効果のある「月神の滴《しずく》」と呼ばれる万能薬が出来たのも、医者や薬師など多くの人々の長期にわたる研究の成果である。

もっとも、神花が咲き続けている今はこれまで出来なかった生態の研究をしようと、医療に携わる人たちだけでなく学者たちも熱が籠もっていた。

あいにく常に咲いているのは奥宮だけなので人を自由に入れることは出来ないが、隔壁に残された蔓に稀に咲くこともあるらしく、それ目当てに通い続けている人もいるとか。滅多なことでは咲かず、咲いても一日保《も》てばいい方で一刻ほどで枯れてしまうこともあるらしい。中には隔壁の前に泊まり込む学者もいるらしく、城内を巡回する兵士にその都度追い返されるのを繰り返しているそうだ。

「神花についてはまだわからないことの方が多いから、学院に通っている間にいろいろ勉強していきたいです」

幸いにしてオーランド＝ベアという専門家が講師として在籍しているため、積極的に関わって知識を吸収していきたいと考えている。学術院に通うようになって学ぶことは多くあるが、ベアとの出会いが佐保にとって得難いものなのは間違いない。

「意欲的で大変よろしい」

　佐保の発言に満足そうに頷いたリー・ロンは、しかしすぐに真顔になった。

「殿下が安心して学業に専念できるように、懸念材料は早々に排除したいものです」

「確かにそうだな。魔獣をけしかけたのが脅すためだったとして、そこまでする理由が不明のままだ」

　結局はそこに行きついてしまう。

　神花に魔獣が惑わされていようがいまいが襲われた理由にはならないのだから、襲撃者を捕らえて訊き出すしかない。

「僕を襲うのが目的じゃなかったのは確かだと思います」

　皇妃が学術院に通っているのは城の中枢部は当然知っているし、交代で護衛を務める騎士も把握済みだ。仮にそこから情報が漏れたとしても、皇妃を重点的に狙っていないのは現場にいた佐保がよくわかっている。校外学習の場所と日程が漏れていたのであれば、鬘を被《かぶ》って変装していることも同じように漏れていなければおかしいからだ。

「それで、もう一つ、お話しした方がいいことがありました」

「魔獣のことだけではないのか？」

「それだけの予定だったんですけど、学院に戻ってから偶然気になる話を聞いてしまったんです」

　佐保は学院の木立の中で隠れて話をしていた男女四人の生徒の話をした。

　異様に何かに怯えていたこと。校外学習で襲われたのは自分たちを脅すためのものだと考えていたこと。借りる返すなどの台詞から金銭が絡んでいるのではないかと想像したこと。

　多少主観を入れはしたが、出来るだけ忠実に彼らの会話を語った。

　黙って話を聞いていた三人は伝えられた情報を頭の中で整理しているのか、表情が険しい。

「サナルディア、学生への聞き取りでそのような話は出ていたか？」

「報告書にはありませんでした。遅れて寮に戻ったとしても、点呼の上で必ず全員から話を聞くよう指示を出していたので記載漏れはないと」

「では兵には話さなかったということだな」

「将軍、様子のおかしかった生徒、遅れて寮に戻って来た生徒は調べればすぐにわかると思いますから、再度呼び出して話を聞いてください」

「それは構わないが、正直に話すと思うか？」

「話すでしょう。口を噤《つぐ》むつもりでも自分たちだけが二度目の聞き取り調査を受けさせられると知れば、話さずにはいられないと思いますよ」

「そんなに簡単にいくか？」

　という将軍の呟きに、騎士団長は簡単ですと即答する。

「こちらが既に何らかの情報を入手しているのだと態度で示せばいいのです。実際に殿下の話から彼らが何かを隠しているのは確かなのですから堂々と尋問……失礼、事情聴取するだけです」

（団長様、尋問と事情聴取は似て非なるものだと思います……）

　少なくとも言葉から思い起こされるものは、厳しく訊かれる・優しく尋ねられるというようにかなり違う。前者が尋問で、後者が事情聴取なのは言わずともわかるはずだ。

　本当に有効なのか。自分の中で考えをまとめて整理をつけた将軍は、

「私が直接訊こう」

　自らが対応することに決めたようだ。

「まだ事情は詳《つまび》らかにしない方がいいのだろう？　知る者は少ない方がいいという意味でだが」

「ええ。その方がいいでしょう。殿下が聞いたという話の断片には聞き逃せないものもありましたから」

　言ってリー・ロンは口を挟みかけた佐保に向かって唇に人差し指を立ててみせた。

「詳しくは後で説明します」

　佐保は素直に頷いた。頷く以外になかったというのもあるが、リー・ロンの口ぶりから今回の襲撃とは別の件に四人の生徒が関係している気配が伝わって来たからだ。中途半端に首を突っ込めば騎士団が

水面下で進めていた何らかの行動が無になる。

（副団長様が関わっている件だろうな）

　副団長マクスウェルが佐保の送迎とは別に指令を受けて学術院の周辺地区で動いていたことには薄々気づいていたので、そのことだろうと見当をつけるのは容易《たやす》かった。ただ、学院そのものが関わっているとは想像もしていなかったが。

（僕が学院に通う時期と重なってるのは偶々なんだとは思うけど……）

　学院周辺の捜査をするための隠れ蓑《みの》として佐保を高等学術院に通わせようとしたとは思っていない。月神や幻獣に関する伝承文化を専攻するオーランド＝ベアが二年ぶりに学術院で講義をすることが佐保が学院へ通うきっかけなので、本当に偶然いろいろな事象が重なったに過ぎないのだ。

　彼らも、もしかしたらと思いつつも、まさか十代の子供たちが騎士団を駆り出すほどの事案に関係していたとは想像もしなかっただろう。学院の内部に関わっている人が確実にいたと知っていれば、佐保が学院に通えたかどうかもわからない。

　国政と治安に関しては厳正な立場を取る皇帝、王都を守る騎士団と皇国軍。事情聴取によって生徒たちが何らかの悪事に関わっていたことが明らかになった場合には、寮内を検《あらた》めたり、状況によっては軍人が介入する事態になる可能性もあることを考えると、このまま学院に通い続けることが出来るのだろうかという不安も出て来る。

「レグレシティス様」

　佐保はレグレシティスの袖を引いた。

「どうした？」

「僕、まだ学院に通ってもいいんですよね？」

　一瞬言葉に詰まったレグレシティスだが、

「勿論だ。お前が行きたいというのなら止めるつもりはない」

　断言する言葉に佐保はほっと安心した。

「よかったぁ……。本当に本当にいいんですね？」

「駄目な時は駄目だとはっきり言うから安心しろ。

——師範」

目元を緩めたレグレシティスは佐保の髪をさらりと撫でながら、リー・ロンへも声を掛けた。

「今の状況で佐保が学術院に通い続けることに問題はあるか？」

ここで騎士団長が「あります」と言えばそこで佐保の学院生活は終了だ。良くて休学、悪ければそのまま退学になるだろう。

（どうか続けて学校に行けますように）

佐保は祈るように胸の前で手を組んだ。祈るとすればこの世界の場合の対象は月神になるのだが、今の佐保には通学の可否の決定権を持つレグレシティスとリー・ロンへのお願いの意味が強い。

真剣な佐保の様子がおかしかったのか、将軍の方を向いて話をしていたリー・ロンが苦笑を浮かべた。

「問題はあると言えばありますが」

「あるんですか!?」

「ええ。ですが普通に学生生活を送るだけなら、殿下に危害が加えられる心配はないというのが今の時点での見解です」

「団長様、普通の学生生活って何ですか？　普通じゃない学生生活もあるんですか？」

「深い意味はないので安心してください。そうですね、騎士科の学生だと授業が終わった後に自主的に武術の鍛錬を行うこともありますし、馬場での騎乗訓練も同じですね。他にも同好の士が集まっての会合が行われていることもあります」

「同好の士」

「多くは茶会のようですが、読書会を開いたり、刺《し》繍《しゅう》や音楽に興じる集まりもあると聞いています」

説明を聞いた佐保は思った。部活動だ、と。

「その顔はわかったようだな」

「はい。向こうの学校でもそういう活動は盛んだったので」

部活動、クラブ活動、同好会。言い方は違えど、同じ趣味を持つ人々が集まって行う課外活動である。

「そういえば舞台に立ったりもしていたのだったか」

「僕が所属していたのは演劇部です。ほとんどの時間は練習に費やしていて、舞台に立つのは年に数回でしたけど。役を貰えなかったら裏方の作業をしたりですね」

「裁縫が巧《うま》いのもそのおかげだったな」

「はい。いろいろ習っててよかったって思いました。僕にも出来ることがあるって自信にもなったから」

　こちらの世界での佐保は非力だ。力仕事では子供に敵《かな》わず、かといって体力勝負の農村地帯で佐保に出来ることは限られていた。ネーブル裁縫店のメッチェとアイリッシュ夫婦と暮らすようになり、鏝《こて》を当てたり、刺繍や繕い物をしたりと徐々に出来ることを増やしていきながらこちらの世界で暮らせる自信がつき始めた頃、レグレシティスに会ったのだ。

「その習い事のおかげで私はお前に会えた」

　佐保と同じことを思い出したレグレシティスの頬が緩む。

　見つめ合って、それから抱き合って口づけを交わす――という流れにはならなかった。何もない普通の日であれば、食事も済ませた夜の時間は夫婦で甘い時を過ごすのに何の問題もないのだが、残念ながら同じ部屋の中、卓を挟んだ正面に騎士団長と将軍がいるのに出来ることではない。先ほどレグレシティスにぴったりくっついて抱き寄せられていたのは、心身を癒すという医療行為のようなものなので気にしない。

　唇を合わせることはしなかったが、二人を包むのは仲の良い伴侶同士が持つ甘やかな雰囲気で、マクスウェルがいれば「けっ」と荒《すさ》んだ声を上げるか、反対に揶揄《からか》うかのどちらかだっただろう。

　佐保とレグレシティスにとって幸いなことに、団長も将軍も良識を持った大人なので、

「仲が良くて大変結構です」

「陛下が幸せな顔をしていることが一番だ」

　等の声にならない感情を乗せた生温い視線は寄越しつつも、見守る態勢を取ってくれていた。

「まあそういうわけですので、殿下が授業以外で長く構内に滞在するのでなければ問題はないと判断させていただきました」

「授業中は先生も他の生徒もいるからですね」

「人の目が多くあるのは時には妨げになることもありますが、今回はそれが良い方向に働きます。殿下の周りにいるのはほとんどが子供なので、大人が何かを仕掛けようとすれば必ず目立ちます。建物内ならなおのこと、教師以外の大人は目につきます。殿下自身が狙われている場合はこの方法には無理がありますが、一般生徒に擬態している殿下は狙いの対象から外れていますからね」

　皇妃が狙われているのであれば、周りに被害を拡大させないために通学そのものが禁止になるが、相手にとって佐保はたくさんいる学生の中の一人でしかなく、認識すらされていないだろう。

「事前に危険を排除できるよう護衛をつけるのは了承してください」

　佐保としても有り難い申し出だ。

「はい、お願いします。あ、でも護衛が大人なら目立つんじゃないですか？」

　佐保が知る範囲でしかないが、護衛や従者を連れた生徒は見掛けたことはなかった。皇国外からの留学生の中には寮内では従者に世話になっている生徒もいるらしいが、構内ではほとんど見掛けない。生徒たちは子供だけの世界を構築し、その中で社交性を身につけ、大人になるための準備をしているのだ。

　大人がいれば目立つというのが団長が判断した「学院内は安全だ」という根拠の一つなので、護衛をつけるのは難しいのではないかと思うのだが。

　するとリー・ロンはにっこりと笑んだ。

「騎士だと判別しにくい者を遣《や》るのでご安心を」

言って、リー・ロンは可笑《おか》しそうに口元に拳を当てた。

「まさか本当にこの案を実行に移さなくてはいけない事態になるとは思いもしませんでした。備えはしておくものですね」

　くすくすとそれはもう楽し気に笑うのだから、見ている佐保や将軍はポカンとしている。唯一、理由を知っているのかレグレシティスだけが複雑そうに苦笑いをしていた。

「師範、笑うのはそれくらいにしたらどうだ」

「え？　あぁそうですね。申し訳ありません」

言いつつも横を向いて零れる笑いに耐えているのだから、それだけ愉快な案なのだろうとは思うのだが、人によっては冷徹だと評されることもあるあの騎士団長の笑いが止まらなくなるほどの案とは一体何なのか。

（すごく気になる）

その気持ちは佐保の口からスルリと言葉を零れさせていた。

「……副団長様が女装して教師になって赴任とか……」

ブフッ……！

盛大な音が、横と前と離れた場所から同時に聞こえ、佐保はハッとした。横と前はレグレシティスたちで、離れた場所のは給仕に控えていたキクロスかミオだろう。キクロスが吹き出すところはちょっと見たかったかもと思いつつ、佐保は慌てて手を振った。漫画なら吹き出しを手でパタパタと消しているところだ。

「ち、違いますっ。そうだけどそうじゃなくてっ」

「わかりました。マーキーには殿下のたってのお願いということで女装での赴任を命じておきます」

「……怖いもの見たさの恐ろしさを知った」

「佐保、そんなに見たいのなら今度言ってみよう。貸しが幾つかあるからな。そのどれかと帳消しと言えば喜んで女装をしてくれるはずだ」

「女装の方がマシだと喜ぶ貸しの方が気になるんですけど。ううん、だからそうじゃなくて！」

佐保は力説した。

「いつも静かで落ち着いている団長様を笑わせるくらいのものと言ったら副団長様しか思いつかなかったんです！」

一瞬の間の後、起こったのは笑いの渦だった。

何とか笑いを堪えていたはずの団長は今は横を向いて椅子の背凭れに顔を埋め肩を震わせているし、腹を抱えて豪快に笑いながら体を震わせているのは将軍で、レグレシティスはなぜか佐保を抱き寄せて、

「佐保、お前は最高だ」

頭の上で笑っている。

「皆さん、そこまで笑いますか……」

　レグレシティスや団長はともかく、将軍がここまで笑うとは思わなかったのでびっくりだ。

「――失礼。でもあのマーキーの女装を想像するとどうしても……」

「いや騎士団長、もしかすると意外と似合うかもしれないぞ」

「サナルディア、あなたそれ本気で言ってます？　見たいですか？　あの男の女装を。背が高くて、肩幅が広くて、足を広げて座り込むような男の女装ですよ？　放っておけば不精髭《ひげ》を生やしっ放しの男ですよ？」

　将軍はふるふると首を横に振った。

「いや、別に見たいわけではないが、怖いもの見たさという言葉があるだろう？」

「それはわからなくはありませんが」

「兵士の中には体格のいい女性もいるから実はそこまでの違和感はないんだ。ただ顔があのマクスウェルというだけで、裾を持ち上げて脛毛《すねげ》の生えた足で走る姿が浮かんで来てしまう」

　また誰かが吹き出した音が聞こえた。

「なんでしょうね。育ちが悪いわけではないのに、ドレス姿で足を開き地面にしゃがんで下から睨《にら》み上げる構図が浮かんで来るんですよ。反抗期がまさにそんな感じでしたから」

　どこぞのヤンキーですか。

　佐保の中に浮かんだのはそれだった。菓子店の店主トーダがここにいれば同じ感想を持ったに違いない。

　だが、

「そこまで酷《ひど》いでしょうか？　顔も整っているし、背は高いけど極端に大柄って言うほどでもないし」

　体格で言えば、目の前の将軍サナルディアは軍人と聞いた時に思い浮かべる印象そのまま上背も厚みもある頑健な肉体だ。佐保と親しい革職人タニヤも大柄だし、サラエ国出身の瑛杜《えいと》も同じようにがっしりしている。

彼らに比べるとマクスウェルは細い方である。いわゆる「細マッチョ」な男なのだ。

「似合うと思うんですけど。目の色も鮮やかな翠色《みどり》でお化粧映えしそうじゃないですか？」

「マーキーに化粧……。濃い化粧顔しか浮かばないのは私の想像力が貧困だからだろうか」

「安心なさい、レギ。私も同じです。最初からそれしか思い浮かんでいません」

「いや殿下の言うように薄化粧なら」

「サナルディア、いけません。間違った道に進んではいけません」

散々な言われようである。

しまいには「何色の口紅が似合うか」「鮮やかな色の服だと悪目立ちするから地味な色がいい」「肩幅を誤魔化すには厚手の羽織物を」「それなら厚着が出来る今の季節が最適」だの脱線したまま盛り上がり、最終的には「ゆったりした茶系の服に薄黄色の肩掛け」「肌に白粉《おしろい》ははたかず、紅は極力肌に近い薄い赤茶にして口元の迫力を隠蔽」「華やかな顔立ちを隠すように頭からストールで頬被りする」という方向でマクスウェルの女装計画は完成した。

（話題を提供した身として居た堪れない。副団長様ごめんなさい）

笑いものにしたかったわけではなく、団長が面白がるなら副団長関係だろうと勝手に想像してしまっただけなのだ。レグレシティスたちもマクスウェルを貶《おとし》めて終わるつもりはないようで、次は将軍に似合う女装で論じ合い、レグレシティスの女装案まで決めて終わった。

リー・ロンにまで及ばなかったのは深夜に近くなっていたせいではなく、単純にどんなに奇をてらった提案をしようと似合う以外の感想が出て来ないのが容易に想像できたからだ。

「——少しばかり横道に逸れてしまいましたね」

コホンと一つ空咳《からせき》をしたリー・ロンに、一緒に遊んでいたレグレシティスと将軍も苦笑い。

「夜もかなり更けましたし、殿下はお疲れではありませんか？」

「佐保、疲れたのなら先に休むといい。お前の聞きたいことは私が明日話して聞かせるぞ」

「いえまだ眠くもないから大丈夫です。お風呂にも入って体もほぐれたし」

　襲撃という予想外の出来事で脳が興奮しているのかもしれない。寝台《ベッド》に横になれば瞬時に眠りに落ちてしまうのかもしれないが、眠気がないのは本当だ。校外実習地と王都は馬車での往復だったが、現地では長い時間歩き回っていたし眠気に襲われるかと佐保自身も思っていたが、予想外だった。

「では簡単に学術院が関わっていると思われる現状をお伝えしておきます。ただし」

　リー・ロンは真っすぐに佐保を見つめた。

「率先して関わろうとはなさらないでくださいね」

「わかりました」

「知らないままだと何かに巻き込まれた時に動きにくいこともあるだろうからな。佐保、お前は賢い。知って、自ら巻き込まれに行ったり興味本位や妙な正義感で首を突っ込むことはないと思ってのことだ」

「言いたいことはわかります。僕、自分で何とか出来るほど強くないし、出来ないことで足を引っ張るのも嫌だからレグレシティス様たちの言う通り、聞くだけにします。それでもしも困ったことがあったらすぐに相談すればいいんでしょう？」

「そうしてくれると有り難い。護衛もつけるし、その場にお前だけしかいない状況になるのは滅多なことでは起こり得ないが、前提となる案件があることを頭に入れておけば動きようもあるだろう。だが、だからといって張り切る必要はないからな？」

　あくまでも危ないものに近づかないために話すのだと念を押すレグレシティスに、佐保は何度も頷いた。

「お前には何も知らせず、ただ学術院での生活を楽しんで貰いたかったのだが……」

　脅しのために魔獣まで持ち出されては隠し通せるものではない。今日という日に一度巻き込まれたのだ。次の可能性を考えるのは為政者としても伴侶としても当然だろう。そこで通学禁止を言い渡さないところがレグレシティスの優しさであり、佐保への信頼、護衛たちへの信頼の表れだ。

「それは仕方がないです。それに事件ってほどじゃなくても何かが起こる時って前触れも何にもなくていきなりの方が多いでしょ。大丈夫。普段は友達と一緒だし、教室移動の時は他の人も移動してるから一人になることはないですよ」

　安心させるための発言だったが、

「迷子」

「確か道に迷って上級生に連れて行って貰ったことがあったはずですね」

　佐保から直接話を聞いているレグレシティスと副団長からの報告を受けているリー・ロンはきっぱりと佐保の前科を暴露する。

「二度だったな」

　近道をしようとして迷子になったのが最初で、二回目はつい先日、変更された教室の場所がわからずに上級生に案内して貰った。そのどちらについても助けてくれたのがエイクレアだったのは偶然に過ぎないが、良い人と縁が出来たのは素直に嬉しい。

（じゃなくて！）

　佐保は恨めし気に二人を上目遣いで睨んだ。

「僕は方向音痴じゃないですからね！　偶々、そう、偶々なんです。慣れていない広い構内で道がわからなくなるのは僕だけじゃないですからね！」

「そう怒るな佐保」

「殿下の名誉のためにもそういうことにしておきましょう」

「だから違うって言ってるのに……」

　見下ろすレグレシティスがむくれた伴侶を可愛くて堪らないという眼差しで見つめているのを佐保は気づかない。

「大丈夫ですよ殿下。護衛はあくまでも念のためです。殿下は普段通りに学院生活を楽しんでくださって構いません。ただ一人で行動する時間だけは作らないよう、その時だけは護衛と共に行動することを認めてください」

　勿論、佐保に認めない選択肢はない。

「送迎は今まで通り、マーキーが担当します。残念ながら他の任務の関係で女装をさせられないのはお心苦しいのですが」

「……いつもの副団長様でいいです」

　マクスウェルは元から微妙に変装してついてくれていたので、今更髭面や鬘や女装で驚くことはないが、理由もなしに女装して貰うのは気の毒過ぎる。本人が喜んでしているのなら構わないが、いくらノリのよい副団長といえども女装はしないだろう。

（……うん。しない……よね？）

　いま一つ確信に至らないのは日頃のマクスウェルの言動に起因すると思われる。

「護衛については明日の朝、顔合わせの際にでも打ち合わせをしますが、基本的に先ほど述べたように午後からの移動の多い時間帯につくことになります。当日の予定が変更になればその都度伝えてください」

「わかりました」

「殿下の話に出た四人は明日、将軍が直接聞き取りを行いますが、他に何か気づいたことがあれば同じく護衛の者に伝えていただければ私まですぐに連絡がつくようにいたします。学院長と話をして皇国軍の兵士を構内に配置できるよう手配予定です」

「今日の襲撃による学生たちへの影響を考慮して念のための配備とは伝えています」

「併せて、騎士科の授業に派遣する騎士の人数も増やします。理由は将軍が告げたように予告なく実戦に出ることになった学生たちへの配慮という名目ですね。他に医師も派遣します。今日召集した医者の中で都合がつく者は三日ほどは常駐します」

「お医者様を派遣してくださるのはとてもいいことだと思います」

　向こうの世界では当たり前だったメンタルケア――事故などで心に傷を負った人に対するケアはサークィン皇国でも行われている。どんな方法なのかまでは詳しく知らないものの、側にいて話を聞いてくれる存在が近くにあるだけでも有り難いはずだ。それが医療関係者ならなおさらだろう。

　佐保はふと気になって将軍に尋ねた。

「取り乱したりした生徒はいたんですか？」

「取り乱すよりは興奮、それが収まって初めて恐怖や不安が前面に出て来たようです。最初は熱心に喋っていたのが、話し終えた頃には涙を浮かべている生徒もいたと聞いています」

その気持ちはわかる。佐保がレグレシティスに抱き締められて安堵感を覚えたように、自分が安全な場所にいることを確認して初めて安心を覚えるのだ。

「本格的な調査は明朝からとして、現地で引き続き捜査もさせています。今日の出来事に関しては結果待ちです。見つけやすいのは魔獣ですので、足跡の一つでも発見できれば後は早いでしょう」

「魔獣といえば」

この際なので佐保は気になっていたことを尋ねた。

「五頭だったかな、それだけの数の魔獣に人が命令をして言うことを聞かせられるものなんですか？　複数の幻獣を使役できるのは前にイオニス領で会った幻獣使いの人を知っているからわかるんですけど、知能や性質の面で魔獣はどうなのか気になって」

リー・ロンは膝の上で手を組んだ。

「出来るかどうかで言えば複数頭を使役することは可能です」

「出来るんだ……」

「出来るんです。ただ、自我を持つ獣を複数となるとそれだけ力量や才能が求められるのは確かですし、使役する側の負担も大きいので五頭というのはかなりきつかったと思いますよ。命令の仕方が甘かったのもそこに理由があったのかもしれません。もっとも、たとえ完璧に使役されていたとしても神花の誘惑には抗えなかったでしょうから、どちらにしても言うことを聞かせられなかったのは変わらないと思います」

さすが月神と繋がりのある神花だ。

神花強い——という言葉が浮かんだ。

「その点で言えば、殿下があの場にいたことは誤算以外の何ものでもないでしょう。脅すだけだったにしろ、傷付けるよう命じられていたにしろ、神花を認識した時点で従わせることは出来なかったのですからね。帰還させるのにも一苦労したのではないでしょうか」

　幻獣使いの青年は笛を使っていた。魔獣使いも何らかの媒体を利用していたとして、五頭を引き戻し、なおかつ神花の匂いに後ろ髪を引かれる五頭を制御しながらの逃亡では心休まる暇もなかっただろう。

「私たちとしてはその時点で諦めて捕まってくれればよかったのですけれど。仕方ありません。あちらも騎士が早く駆け付けるとは思わなかったでしょうし、魔獣と使役者との距離がそこまで離れていなかったのも何とか制御できた理由かもしれません」

「そこまでですか」

「特殊な技能であり職です。生半可な力では制御できませんし、してはいけないのです。制御の甘さは使役者の命取り。いつ何時反旗を翻されるかわかりません」

「信頼で結びついていたらそういうこともないんじゃないですか？」

「信頼は大事ですが、それだけで獣たちがついて来るかというと一概にそうとも言えないところが怖さでしょうか」

　将軍が顔を上げた。

「――殿下は我が領地が馬の産地だというのはご存知でしょう」

「はい。僕の馬も将軍様のテスタス領で生まれたと聞いています。とても良い子で、乗り慣れない僕でも上手に乗せてくれるので助かっています」

　佐保の乗馬訓練は今も続いており、乗馬練習仲間の法政官長と王城内の馬場で仲良く練習している。

「馬の調教師は信頼をまず第一に考えます。それが出来てから調教を始めるのですが、その過程には厳しい躾や訓練も含まれます。馬が生来持っている性質や性格、癖などを見極めつつ、一頭一頭に合わせた内容で臨むのですが、当然嫌がる馬も出て来ます。それをどうやって宥《なだ》め躾《しつ》けるかが調教師の腕の見せどころで、その時に人と馬の間で本当の信頼が成立していれば、厳しく叱っても馬はついて来てくれるものです。侮られないよう力を示す必要はありますが、それだけではついて来ない。力で抑えつければいいという者も中にはいますが大成はしません。もしも力で支配したいのなら他を圧倒するだけの力というものが必要です」

チラリと横に走った将軍の視線の先にいるのは「うんうん」と頷きながら茶で喉を潤す騎士団長。

（確かに。団長様なら、おすわりって言っただけで従いそうなところがある）

実際に仔獣たちは団長には従順だ。まだ赤ん坊といっていい二匹なので子供特有の無邪気さを発揮して偶に悪戯《いたずら》を仕掛けることはあっても、目線だけでそれを止めさせることが出来るのは凄い。

将軍はガシガシと赤毛に指を入れて頭を掻いた。

「何が言いたいのかというと、魔獣との信頼がなければ五頭を使役することが不可能なのは間違いないです。ただ、獣を従わせるために別の方法を取る者がいないわけではなく、今回はそちらの可能性が高いと我々は考えています」

「別の方法……って信頼と力以外に何かあるんですか？　愛情ですか？」

「前提として愛情は確かにあった方がいいでしょう。ただ今回考えられている方法は愛情とは反対のものです」

考えても思いつかず首を傾げた佐保はじらされることなく答えを与えられた。

「薬です」

「薬!?」

「そう、薬です。簡単に説明すると投与することで幸せな気分になり、常習することで自我が希薄になる。そして命じられるまま動くようになる。早く言えば、容易く隷属させることが可能になるわけです。魔獣の場合、その薬を与えることで獣としての本性を薄くし、人に従順になるよう刷り込む。それにより命じられたままに行動する危険な魔獣が誕生するわけです」

「それって……すごく怖いですよね」

いうなれば抜け道だ。正規の手順を踏まない邪道だから、真に絆《きずな》をもって魔獣を使役しているわけではない。万一、薬の効果が切れてしまえば使役する側も危険に瀕《ひん》することになる。街中で暴走されたらどれだけの被害が発生するだろうか。

「はい、とても危険です」

　静かに頷くリー・ロンと不機嫌そうな将軍の顔を見て、佐保は悟った。

「……その薬なんですね。副団長様たちが城下で調べていたのは」

　頷きが答えだった。

「レグレシティス様も知ってたんですか？」

「ああ。違法薬が市井に蔓延《まんえん》するのは人としても皇帝としても見逃すことは出来ない。それも意志に反したことを強要されるようなものなど到底許す気になれない」

「現時点で確認されている中で最も多く使用が確認されているのは花街です。認可されている等級付きの娼館には出回っていませんでしたが、無認可の娼館の幾つかで使用歴がありました。それから娼館に属さず個人で娼婦や男娼として生活している者の中に数名。ただ王都外に住まう者の場合、王都から出られてしまえば追跡は困難です。結構多いのですよ、花街を利用するためだけに王都を訪れる人が」

　こればかりはさすがの騎士団長も対応が取りにくい。地方の若者が一度でいいから王都の娼館で経験してみたいと一夜の夢を求め、金貨を一枚握り締めてやって来て、満足して帰っていく。またいつか――と思いながら王都を後にする。そして地元に戻って自慢するのだ。

　王都で綺麗な女の人や男の人を抱いて来たぞ、と。もしくは抱かれて来たぞ――と。

　脱童貞を自慢するようなものと思えば可愛いと思えなくもないような？

　いやいやさすがに抱かれた自慢は聞いたことないや、と佐保は自分にツッコんだ。

（都会の大きなお店に憧れるのと同じなのかな。んー、地元の小さな会館じゃなくて大きな市の立派なホールで公演したいっていうのと同じだと思えばいいのかな）

今の佐保にはレグレシティスという特定の相手がいるから娼館など論外だし、仮にレグレシティスと出会っていなかったとしても、性欲を満たすために娼館に行くという選択肢はなかったと思う。こればかりは個人の嗜好なので行きたい人は行けばいいし、通いたいなら無理のない範囲でやればいいとは思う。

ただ、怖いもの見たさというか、純粋にどんなところなのかは興味がある。

（そんなにいいものなのかなあ）

レグレシティスや団長は教えてくれなさそうなので、一度副団長に尋ねてみるのもいいかもしれない。ミオも含めた保護者たちには絶対に内緒で。おそらく見学を打診されるだろうから断固拒否する心構えも必要だ。

そんなわけで前の世界でもこの世界でも娼館に縁がない佐保は、花街については知っていても認可——営業に国の許可が必要だとは知らなかった。娼館という印象が先に立ち、隠れて商売をしているように思っていたのだが、きちんと手続きを踏んでの開業が最も求められている商売の一つらしい。娼館で働く人たちの衛生管理は厳格になされ、規則を破った場合には厳罰も待っている。

等級の話も初耳で、高級娼館、中級娼館という呼び名は店の規模から判断して勝手につけられたものだと思っていたが、それも間違いで、店の大きさ、資産、雇っている娼婦や男娼や使用人の数など細かな項目で査定があり、それによって等級が決まるらしい。

高級中級低級も俗称で、一等二等が高級、三・四が中級、五等が低級と区別されている。四等と五等の差は売上げよりも環境待遇で判断するらしい。質が良い娼婦や男娼がいれば、人数に劣り、店構えが小さくても客は途切れず利益は出る。実際に王都で一番と評判の一等級娼館は、抱える娼婦・男娼らの人数が二等級で一番多い店の半分に満たないのに売上げは五倍以上の開きがあると聞いた時には驚いた。

「経営者の質も大事ですよ。客を大事にするのは大切なことですが、それ以上に娼婦たちを大切に扱わなければ彼らは他の店に移るでしょう。他国では知りませんが、サークィンでは契約書に必ず娼婦や男娼たちの自由移店を認めるとの一文が記載されています。あまり読まずに契約する人もいるようですけれどね。特に新たに娼館経営に乗り出す新規経営者に多いのですが」

そういうにわか経営者は違約金の支払いで揉めたりなど、後で死ぬほど後悔するのだと団長は黒い笑みを浮かべた。

労働契約を円滑にするのと雇用主被雇用者双方の権利を守るため、雇用契約を結ぶ用紙は府庁で配布されているものを使う決まりがある。勝手に文言を書き換えることは許されず、書き換えた契約書を使った場合には厳罰が待っている。契約に際し、どうしても記しておかなければならない特記事項があれば府庁で公証人立ち合いの元、記載して契約を交わす必要がある。

店に属さずに、自宅や宿を使うことで生計を立てている娼婦や男娼もいるが、多くは取りまとめを行っている組合に属して契約を交わしている。一定の金額の納入は必要だが、怪我や病で商売が出来ない期間があった場合に補償がつくので、国としても率先して進めている。何より、客と揉め事が生じた場合に組合が間に入ってくれるのが有り難い。

そんな手続きをせずに、開かれているのが無認可の娼館。無認可であるが故に堂々と宣伝するわけにもいかず、料金の安さを売りにするところが多数。娼館には行きたいが金がなくて行けない者たちが利用することで成り立っている。

「中には飲食店として開業しておきながら、実際には売春宿になっているところもあります」

サークィン国内の人なら避ける店でも、馴染みのない観光客や他国からの移民は安い方安い方へと流される傾向があり、それで営業できているところもある。どちらにしても薄い氷の上に立っているような危うい商売であることに変わりはない。

違法薬を使われた形跡が最初に見つかったのは安宿を利用した買春で、人が変わったように振る舞うようになり、家族が訝《いぶか》しみ始めたからだった。

具合が悪いと家族に連れられて施療院に担ぎ込まれたのがきっかけで、症状と家族から聞いた内容から不審に感じた医師が皇国軍に報告したことで違法薬の使用が発覚。調査を進める間にも事例が増え、利用の多い店の洗い出しと同時にどこから持ち込まれたのかを皇国軍と騎士団が協力し、水面下で調べている最中である。

高等学術院は立地的には図書館や劇場などがある文化区にあるが、王都の中でも上から数えた方が早いくらいの広い敷地を持つため、商業区や歓楽街に近いとも言えた。佐保の送迎後の副団長の行き先はおそらく歓楽街で間違いない。諜報《ちょうほう》活動をするには顔見知りが多過ぎるものの、逆に馴染み客という建前を押し出して、花街や歓楽街にマクスウェルがいることの違和感を持たせず済む長所もある。

「副団長様、そんなに頻繁に出向いて大丈夫なんでしょうか。薬を盛られる可能性はないわけじゃないんですよね。人が変わったような副団長様なんて嫌です」

「可能性は高いですが、今のところ盛られてはいませんし、ふざけた態度はいつもと同じです」

「わかるんですか？　長く続けたらわかるかもしれないですけど、幸せな気持ちになるだけだったら気づきにくそう。副団長様、いつも元気で幸せそうだから僕なら気づかない気がします」

いつも幸せそうのくだりでレグレシティスが笑いを零す。

「マーキーは幸せそうに見えるのか」

「はい。幸せで楽しくて堪らないように見えます。不機嫌な時もあるけど、それ含めて生きていることを楽しんでいるんだって思いませんか？」

「そこまで深く見たことはなかったな」

「じゃあ今度よく観察してみてください」

「文句を言われそうだが」

「文句言うのもきっと楽しんでると思いますよ」

副団長マクスウェルとはそういう男だ。籠もり切りで塞いでいた毒の皇太子を外の世界に引っ張り出し、ついでに生きる意欲を導き出し、反抗期まで経験させてくれた傑物なのだ。内面に抱えるものがあるとしても、それを含めてマクスウェルは楽しんでいる。

　わかったと言ったレグレシティスがそれを実行に移した時、マクスウェルがどんな反応を見せてくれるのか、是非とも間近で見物したいものである。

「殿下が不肖の弟子を買ってくれていることは十分伝わって来ました。でも本当に違法薬には手を出してはいないし、盛られてもいないのは確かです。実はですね」

　と言いながらリー・ロンが長衣の裏のポケットから取り出したのは小さく折り畳まれた白い紙。薬包だ。

「解毒薬……いえ、中和薬は既に作られているのです」

「えっ、そんなに簡単に作れちゃうんですか？」

　そういう薬は試行錯誤して苦労しながら作るものだと思っていただけに、意外だった。

「簡単ではないと思いますが薬師たちが頑張ってくれました。違法薬の現物が所持品として残っていたので、それを分析すれば割とすぐでした。勿論、きちんと治験して効能は確認していますよ。実験体……治験者はそれなりの数を準備できましたから」

　調査の過程で違法薬の使用が認められた人々である。彼らが幸せだったのか不幸だったのかはわからない。ふわふわで幸せな時間を台無しにされたことを嘆くのか、無料で早期治療を受けられたことを喜ぶのかは、本人たち次第だ。

「調査に携わる者たちすべてにこれを持たせています。少しでも違和感を覚えればすぐに飲むようにと。本人が気づかない場合には同僚や上官お構いなく飲ませるように言っています。それで漏れが出れば、帰還後に私の目の前で中和薬を飲むことを義務化しようと思っていましたが、今のところは大丈夫なようで安心しています」

　余計な手間をかけられずに済んで良かったとリー・ロンの笑みは語っていた。

「あの、団長様。それ、違法薬の症状が出てない人が飲んでも平気なんですか？」

「無害なのも確認済みです。元の違法薬もそこまで強い成分を含んでいるわけではないからでしょう。即効性を求めた強い薬ではなく、長く使い続けるうちに依存性を高めることで常用させるのが目的だからだろうと薬師が話していました」

　注意点として、酒と一緒に体の中に入れた場合、効果が出て来るのが早いと喚起もされている。

「――学院はどう関係しているんですか？」

「学院そのものは無関係でしょう。少し調査しただけですが健全な運営でした」

　王立――つまりは国立なので運営しているのは国であり、府吏が経理を担当しているため資金の流れは明確にされている。横領なし、癒着なし。年度によって物品の購入費に変動はあるが不自然なところは一つもない。

「教師間で私的な問題が発生したことはあっても、違法薬とは無縁のようです」

「じゃあ生徒？」

「生徒と学院関係者です。少なくとも殿下が気になっている四人の生徒が関わっているのは間違いないと見ています。明日の将軍の聞き取りは重大ですね」

　軽い口調ではあるがリー・ロンの言葉に滲《にじ》む責任と重圧を感じてか、将軍は軽く身震いをした。

「そうやって追い込むのは止めてくれと何度言えばわかるんだ」

　げんなりしている将軍の様子から、佐保から見れば接点があまりないように見える二人だが、常日頃から似たようなやり取りをしているのが見えて来る。騎士団長と皇国軍大将軍、皇帝の左右に控える武力代表としての立ち位置は同じはずなのに、やはりリー・ロンの方が精神的に上位に立っているようだ。

（団長様の上を行く人は想像できないんだけどね）

　レグレシティスやマクスウェルは弟子として頭が上がらない。唯一対等に張り合えそうな人は宰相くらいか。

「殿下には誤魔化さずにはっきり伝えます。殿下が気にしていた四人、高確率で違法薬に手を出しています」

佐保の目が大きく見開かれた。宣言通り、誤魔化しもない結論ありきの真っすぐな断定だった。

「え……薬に手を出すって……買ってたってことですか？」

「買うだけでなく使用していたと考えています」

「でも、でもまだ子供ですよ？　十三や十四歳の子供ですよ？」

同じ学級の生徒ではないので年齢まで把握はしていないから、遅れて入学して来たかもしれないがそれでも十六歳を上回ることはないだろう。十分に子供だ。

「子供でも。いえ、子供だから手を出したと考えた方がいいかもしれません」

「理由は？　薬を買う理由は？　それにお金は……あ、お小遣いか」

彼らは支払いが滞ったから「早く金を払え」と脅す目的で襲われたと考えていたようだった。

「理由についての予想はつきますが聞き取りをしなければ確かなことはわかりません。ただ、寮住まいの学生が薬の売人と接する機会など考えにくいので、そちらから重点的に調べていくことになりそうです」

リー・ロンや将軍の中では四人の学生が違法薬と関わっていることは決定事項だという口ぶりだ。信じられないと思う一方で、不確定であれば佐保には伝えないだろうというのも団長のこれまでの言動を知っていれば理解できる。

「問題はその四人だけなのか、他にも薬に手を出した生徒がいるかどうかです。そこも早急に確認する必要があります」

「わかっている。一学年だけでなく、全生徒にまで範囲を広げるんだろう」

「まず寮生からで構いません。こういう場合、同じ生活圏内で蔓延していることが多いですから」

「蔓延……」

「あくまでも可能性ですよ、殿下。使用期間が短ければ広がる速度も緩やかです。共有する秘密は少なければ少ないほどいい。今なら止められます」

　どちらにしても内々で済ますには事が重過ぎて、軍の介入はやむを得ない。違法薬に依存する症状が出る前に薬や売人と距離を置き、物理的に断たせる必要がある。

　四人組の話を盗み聞きしていた時点では、ここまで話が大きくなるとは考えていなかった。ただ襲撃者を特定し捕らえる助けになればいいかと思って語った短い話は、騎士団と皇国軍が追う違法薬に繋がっていた。

　学生たちのこれからを思って内密にして欲しいと頼むことは簡単だが、聞き届けられるとは思っていない。裏で処理するのではなく、表に出すことで同じ被害に遭う子供を減らせる機会から目を逸らしてはいけない。

「――わかりました。僕も注意して見ておきます。寮に住んでいる友達もいるので、気になることを聞いたら伝えるようにします」

「間諜のようなことはしないでいいんですよ。殿下は普通の学生として過ごしていただければそれで十分です」

「ありがとうございます。僕もわざわざ聞きに行ったりするつもりはないです。ただ、同じ寮に住んでる子たちから話題に出された時には注意しながら聞くようにしたいと思っていますけど」

　同じ寮に住んでいる友達、というのにすぐに見当をつけた三人が「ああ」と頷いた。

「クリステンとアンゼリカがいたな」

　苦い顔をしたのは将軍で、佐保に向かって頭を下げた。

「敏《さと》い子たちだから異常に気づかないわけがない――ということに気がつきました」

「テスタス家の双子ですね。あの二人なら寮内に不穏な空気があれば気づいてもおかしくないですね」

　それがあったかとリー・ロンも苦笑だ。

「身内贔屓《びいき》をするわけではないのですが」

　と将軍は眉間に皺を寄せながら眉を下げた。

「なまじ優秀なだけに事件に気づいた時に首を突っ

込む可能性があるのを否定できません。特にアンゼリカが。軍が介入していると知れば無理に詮索しないだけの分別は持ち合わせているはずですが、ただクリステンと違ってやや無鉄砲なところがあるので……」

わかっていますと佐保は頷いた。

親しくするようになってまだひと月に満たないが、双子がそれぞれ持つ個性がどういうものかはわかって来ている。襲撃を受けた時に自分がやると真っ先に棒を手にしたアンゼリカなので、自負と正義感が先走れば、自分から関わっていこうとするだろう。

「大丈夫ですよ将軍様。アンゼリカにはクリステンがいるので。クリステンの言うことはちゃんと聞いてます」

「……時間を取って彼らに会いに行きます。私はもう少し親戚と会話をすべきかもしれません」

自信たっぷりに言った佐保だが、却《かえ》って将軍を悩ませる結果になってしまったようだ。双子にとっては憧れの親戚に会えるご褒美でしかないので効果があるかどうかは不明だが。

「それで師範、我が国の民でないのは前提として問うが、襲撃者たちの身元の見当はついているのか？」

「いえ、まだです。今、港に人を派遣して調べています。このイリヤ大陸の南方か、中央大陸の南半分のいずれかだと予想はしています」

襲撃者たちに対応した教師や騎士の話では、彼らは一言も声を発しておらず、顔の半分も布で隠していたので言語や身体的特徴からの判別が出来なかったらしい。佐保が見た限りでも、衣類はサークィンの市井でもよく見かけるありふれたものだし、覆った布からはみ出した髪の色は茶や暗褐色などの一般的な色で、特筆すべき部分はなかった。お揃いの装身具でもつけていればそこから手がかりを得られたはずだが、こちらも外から見えるところには何もなかった。

逆に言えば、皇国の衣類を揃えた店を見つけるのが正体を探る最短方法だとも考えられる。移動手段に使う馬車や馬についても同様で、集団で行動している分、衣類と同じく同時期に大量に購入した者がいれば、そこから手がかりを得ることが可能だ。

港での出入りを調べるのは、魔獣の存在が明らかになったからである。一度に同じ種類の魔獣を五頭使役するには、元になる魔獣がいなければならない。だが、王都周辺に野生の獣は棲息《せいそく》していても、人が住まう場所に出没する魔獣はいなかった。生存していないのではなく、巧妙に人里を離れて餌を獲りながら棲息している種が多数なのだ。

魔獣・獣の種を問わず、彼らは知っているのだ。生きるために避けて通らなければならない絶対的強者がいることを。

大陸最強の武人リー・ロンがいる——というただそれだけで、知能の有無にかかわらず魔獣や獣たちは衝突を避けようと本能で動く。

そんな魔獣をサークィン皇国内で探し出し、人の目につかない場所を選んで時間を掛けて使役するよりも、出身国から連れ込んだ方が早い。

大きな檻《おり》を運んだ船がなかったか、完全に目隠しされた大型の馬車はなかったか。

東西それぞれの港湾都市で調べれば遠からず結果は出る。港を利用しない場合でも、海賊対策として沿岸部を巡回している海軍の船に見つからずに通るのは困難なので、密入国だが、正当な手続きを経た船に便宜を図って貰い上陸したと考えられる。

また、船を使わずに商隊に擬態して南の運河や砂漠地帯を抜けたとしても、大所帯での移動が目立たないはずがなく、足取りは追いやすい。バラバラに入国して王都で合流したとしても、怪しい連中が密会していれば確実に誰かの目にはつく。

王都での売人組織の行動はある程度マクスウェルら精鋭の調査によって判明はしているらしい。

「一つ質問いいですか？」

「どうぞ」

「幸せな気分になるという触れ込みだけじゃ買おうとは思わないような気がするんですけど、依存するほど飲みたくなるものなんですか？」

「なるらしいですよ。仕事で失敗をした時、賭け事で負けた時、人間関係で疲れた時、そういう時に酒場に出掛けてやけ酒を飲む。そこに声を掛けられれば好奇心から手を出すこともあるでしょう。一度味わってしまえば、また気分を高揚させるために飲みたくなる。ううん、逆ですかね。飲まないと怖いと言っていました。飲んだ時に得た自信を持ち続けたい、持っていないとまた失敗しそうで怖い」

「賭け事と同じだな。小さな勝ちが続けばどこまでも続けたくなる。勝った時に得た幸福な気持ちをまた味わいたいと望んで賭け続ける」

「レグレシティス様も賭け事をしたこと、あります？」

「……ないとは言わない。だが佐保、私は別に賭け事を好きなわけではないからな」

「遊技盤では普通に賭けていますけどね」

「あれはそういう遊びだから仕方ないだろう。賭けの対象も酒や料理や嗜好《しこう》品くらいだ」

佐保はふうむとレグレシティスを見つめた。

「断じてやり過ぎることはないと誓う」

「遊びなら僕は別に何も言いませんよ。大金を賭けて全部失うなんてことはないと信じてますから」

皇帝が私的財産を失うほどの賭け事とは——とは思うが、好きな銘柄のお酒を貰ったり、副団長を好きに使う権利などは賭けの景品としてあってもいいと思う。

「賭けの話は一例として、気分を高揚させる、緊張を和らげるという効能だけを聞けば使うのに飛び越える壁は低いでしょう。それに高くはないようなので」

「え？」

最後の台詞に佐保は目を丸くした。

「でも、生徒たちは薬の代金を払えなかったから脅されたって思ってるんですよね？」

現時点では実際に薬を購入しているか不明だが、事実とした場合に先ほどのリー・ロンの台詞とは合わない。

しかし「だからですよ」とリー・ロンは言う。

「安いからです。安いと言っても殿下のお好きなトーダの店の一番上等な菓子一切れよりは高価ですが、他国から入って来た調味料ひと瓶と同じくらいです。裕福な家の子供なら買えない価格ではありません」

一番高価な菓子――ケーキ一切れが日本円換算で千円ほど。市民の生活の中では高級品になるが原材料費を考えればこのくらいになるそうだ。反対に焼き菓子などは他店との差はあまりなく売れ筋はこちらだ。

（輸入された調味料……ショースじゃないなら香辛料かな。一個が二千円くらいだったような）

確かにそのくらいなら買えなくはないだろう。

実際にリー・ロンはトーダの店とイオニア商会の王都支店に足を運び、顧客が払う違法薬の金額でどの程度の品が買えるのかを確認している。リー・ロンがお得意様になっているイオニス商会は突然の騎士団長の来店に大喜びしただけだったが、庶民も足を運ぶ人気の菓子店に行った時には一時場が騒然としたらしい。違法薬事件が解決した後日、菓子を買いに行った佐保に、店員でもあるトーダの伴侶アンリスが笑いながら教えてくれた。

「安いから、自分たちの小遣いで買うことが出来るから買う。買い続け、使い続ければもっと欲しくなる。小さな金額でも積もれば大金になります。これは私の推測ですが、四人で金を出し合ってまとめて購入していたのではないでしょうか。学生がそう頻繁に買いには出られないので」

必然的に大量購入大量消費になると。

一度嵌《は》まれば止められない。止め時がわからないからずるずると続け、足りない金をツケという形で借金するか、実際に売人から勧められるまま金貸しから借りる。まだ子供の生徒たちに利息という知識があるかどうか。

家での一般教育が行き届いていれば安易に知らない人から金を借りたりしないだろうし、親の手伝いをすることもある純朴だけれども強《したた》かな庶民の子供たちなら、そこに潜む危険に気づく。

よくも悪くも世間知らずの子供たちを手玉に取るくらい、悪い大人には造作もない。言われるがままに資金を工面しようと四苦八苦する子供たちを見て、さぞかし笑いが止まらなかっただろう。

「……ものすごく悪質ですね」

　食いものにされるというのはまさにこういうことなのだ。

「知らぬ間に底なし沼に引きずり込まれてしまい、気づいた時にはもう抜けられなくなっている。誘惑はあらゆるところから手を伸ばす。昔の王や為政者の中にもそれで身を持ち崩し破滅した例は幾らでもある。怖いことだがな」

　盤石に見えるサークイン皇国だが長い歴史の中にはそういう例もあったのだろう。

　しみじみと語るレグレシティスの言葉は重い。

　これが為政者——皇帝が己を律する理由の一つなのだろうと思うと、皇妃として隣に立つ佐保も身が引き締まる思いだ。

　だがそんな真面目な皇帝夫妻に彼らは言うのだ。

「一番多いのは色事で身を持ち崩したり国を傾けたりすることですが、幸いにして当代の皇帝に当てはまらないのは民や国にとって幸いです」

「殿下はもっと陛下に強請《ねだ》っていい」

　団長はやや茶化している感じだが将軍が至って生真面目なのには、どう反応を返していいのか困ってしまう。

　しかし場の雰囲気を気にする必要はなかった。

「では、私たちはお暇《いとま》しましょう」

　さっとリー・ロンが立ち上がり、将軍もそれに倣《なら》った。

「お話はもう終わりですか？」

「必要なことは伝え終えましたし、殿下から有意義な情報を得ることも出来ました。いつとは約束できませんが早めに片をつけられるよう努めます」

　言うとリー・ロンは流れるような綺麗な所作で佐保とレグレシティスに一礼すると黒衣の裾を翻して扉に向かった。後に続く将軍もきっちりと両脇に腕を揃えて頭を下げ、廊下に出る。

　彼らはこれから各々の所属する本部に戻り、人員配置など明日以降の対策を円滑に進めるため、深夜に及ぶまで働くのだろう。

（よろしくお願いします）

　佐保は黙って後ろ姿に頭を下げた。


　長く話をして疲れただろうからと侍従長に入浴を勧められた佐保はレグレシティスと共に二度目の湯浴みを済ませると、部屋に戻るなり寝台に倒れ込んだ。

「やはり無理をしていたようだな」

　ボフッと倒れ込んだまま枕に頭を預けた佐保の上に毛布と掛け布団を掛けながら、レグレシティスも隣に潜り込んで来た。

　サークィン皇国の冬の必需品、温石《おんじゃく》を入れていた寝台はほこほこと温かく、湯船に浸かった時と同じように体から強張りをほぐしてくれる。締め付けのない柔らかな寝衣は絹と綿の混合素材で肌触りも良好だ。

「無理をしているつもりはないですよ」

「だが眠そうだぞ」

「そうなの？」

　佐保は自分の目の周りを触った。

「ちゃんと目は開けてるつもりなんですけど。レグレシティス様の顔もしっかり見えてるし」

　横を向けば片肘をついて見下ろすレグレシティスの優しい灰色の瞳が見える。

「いや、いつもよりとろんとしている」

「じゃあ眠いのかなあ」

　レグレシティスがくすっと笑った。

「自分ではわからないんだな？」

「全然」

　寝台に入ったらストンと眠りに落ちて、気がついたら朝だった——になると思っていただけに、眠くないと感じるのは肩透かしを食った気分だ。他の生徒たちも佐保と同じように眠れない夜を過ごしているのだろうか。

「目を閉じてしまえばすぐに眠りに入るだろう」

　有言実行の人レグレシティスはすぐに自分の手で

佐保の顔半分――目の上を覆った。

「せっかくレグレシティス様の顔を見ていたのに残念」

「それはまた明日だ。それに私の顔など見ようと思えばいつでも見られるだろう？」

「それはそうなんだけど」

　佐保はもぞもぞと掛け布団の中から手を伸ばし、レグレシティスの顔に触れた。

　猛毒の後遺症が残る顔の右半分。常には仮面で覆われているそこは、二人だけの時に隠されることはない。

「レグレシティス様の顔、見るのが好きなんです」

「見るだけか？　この手は何だ？」

「触るのも好き」

　目を覆われているせいで鼻に当たった指をレグレシティスが触れたかった場所に誘導してくれた。レグレシティスの頰、レグレシティスの瞼。

　素顔を見せることへの抵抗があったレグレシティスも、今では佐保の好きにさせている。触れるだけで毒に侵されると忌避される緑の蔓に覆われた肌にも平気で触れて来る伴侶が愛しくて堪らなかった。

　ゆっくりと確かめるように撫でる手は無意識に動いているだけで何の意味もないのだろうが、それだからこそ心地よく感じるものでもある。

「あ」

　ふと動いていた手が止まり、顔を覆っていたレグレシティスの手も外された。

「ん？　どうかしたのか？」

「ええと、団長様に言うのを忘れてたことがあって」

　夫婦が揃って横になっている寝台の上でするには相応しいとは言えない話題だが、襲撃に関わる内容と聞いたレグレシティスの表情も引き締まる。

「必要なら伝令を走らせるぞ」

「いえ、そこまでする必要はないと思います……ない、よね？」

　あれ？　どうだろう？

　寝たまま首を傾げて瞳で伴侶に問うも、レグレシティスは苦笑しつつ佐保の額を撫でた。

「お前が話してくれなければ私はわからないぞ」

「あ……そうだった」

「それで何があったんだ？　緊急性はないようだが」

笑われたのが恥ずかしく、佐保は掛け布団を顔の下半分まで引き上げて赤くなった顔を隠した。

「隠れてないで話してみろ」

掛け布団の上からぽんぽんと軽く叩いて促され、「実は……」と佐保は学生たちの話を盗み聞きしていた時のことを話した。

団長や将軍の前では生徒たちの会話を偶然聞いたことと台詞だけしか伝えていなかったのだが、その場には佐保以外にもう一人いたのを思い出したのだ。

「ベア先生……伝承学のことを教えてくれているオーランド＝ベア先生もたぶん四人が話していたのを聞いていたと思います」

佐保がベアに気づいたのは、人の気配を感じた生徒たちが誰何《すいか》の声を上げたからだが、いきなり出て来るまでは足音も何も聞こえなかったので、佐保同様、気づかれないよう回廊の柱の陰か講義棟の扉の奥などに身を隠していたと考えられる。

「オーランド＝ベア、か」

学術院での生活は「今日あったこと」として毎日レグレシティスに話していたので、ベアのことは当然既知である。そもそも伝承文化の講義があるからと佐保に学術院を勧めたのがレグレシティスなので少なくとも名前だけで通じる人物ではあった。

「はい」

「お前たちが聞いた内容についてベア講師と具体的な話はしたのか？」

「ううん、してないです。僕はすぐに副団長様のところに行って、ベア先生は自分の部屋……教務室に戻ったと思います。僕が副団長様のところに着くまでは見ていてくれたはずだけど、着いて後ろを振り返った時にはもういなかったから」

「そうか」

レグレシティスの考え込む様子に佐保は不安になった。

「やっぱりベア先生も四人の話を聞いていたって伝

えた方がいいですか？」

「そうだな……話を聞いた限り、緊急性はないように感じたが」

「でも」

　推理小説やドラマなら、自分の身が危うくなったことを盗み聞きによって知った犯人が目撃者や証人の命を奪う展開になるのがほとんどだ。大抵の場合、犯人は関係者と近しい場所にいて、到底犯罪を犯すような人ではないと証言され、正体が明らかになった際には全員が驚きの目で見るものである。

　まさかあの人がこんなことをするなんて……！と。

　その定型に添うなら四人の生徒は目撃者・証人で、盗み聞きをしていたベアは実は学術院で手引きを行っていた売人組織の一員で、生徒たちを監視する目的で派遣されていたという説が成り立つ。

　そのことに思い当たり、佐保は身を震わせながらレグレシティス様の寝衣をくいくいと引っ張った。

「レグレシティス様、やっぱり団長様か将軍様に言いに行った方がいいかもしれません」

「ん？　どうしてそう思う？　急がなくてはならないようなことでも思い出したのか？」

「ううん、そうじゃなくて、この話って騎士団とか皇国軍で共有はしていても、第三者や一般の人には知られない方がいいんですよね？」

「まあそうだな。今は軍部が決定的な証拠を集めながら売人組織の一斉検挙を狙っているところだ」

「それならやっぱり事情を知っている人は少ない方がいいんじゃないですか？　僕はレグレシティス様が身元を保証してくれてるし、間違ってもこの国の人たちをどうにかしたいなんて思わない。黙っていることの大切さもわかります。でも先生は国がいろいろ動いているのは知らないでしょう？」

「なるほど、お前の懸念は理解した。要はオーランド＝ベアが何らかの拍子に生徒たちのことを誰かに話してしまうかもしれないと考えているわけだ」

「そうです」

　世間話で出すかもしれない。校外学習の日に様子がおかしかった生徒がいたと誰かに話すかもしれない。

「それに」

それに内通者だったら、証人になる資格を持つ四人の生徒に危害を加えることだって可能なのだ。直接ベアが手を下さなくても、学院内に引き入れてしまえば済む。暗がりだったとはいえ、判別できる程度には距離も近かった。柱の陰に隠れていた佐保と違い、ベアははっきりと姿を見せて対応していたのだから、生徒たちを探し出すのは簡単だ。

ベアは講義もわかりやすく生徒たちにも慕われている。とっつきにくい印象はあるが実際には丁寧に教えてくれる。柱の陰にいた佐保が見つかりたくないのを察して動けるくらいに敏く、誠実な人柄だとは思う。

だが、まだ数回しか講義を受けてはおらず、直接言葉を交わしたのも講義の後に質問をした短い時間だけで、どういう経歴でどういう人物なのかを深く知るまでには至っていない。

もしも演技だったら？　という疑念は一度気づいてしまえば簡単には払拭できなかった。

「佐保」

いつの間にか瞼を伏せていた佐保はレグレシティスの呼びかけに目を上げた。

「お前の不安はわかった」

「……何も言ってないのに」

「それくらいわからなければ皇帝などやっていられない」

上半身を起こしたレグレシティスは佐保の両頰を大きな手で包み込み、額をこつんと合わせた。

「お前は私の半身だぞ。月神と神花に祝福された唯一の伴侶だ。その伴侶の心情を推し量れなくてどうする」

「レグレシティス様」

もっとも――とレグレシティスは笑いながら額に唇を落とした。

「婚姻前には苦しい思いをさせてしまったがな」

佐保はふふっと笑った。あの皇帝に忠実な侍従長キクロスが婚礼の直前にレグレシティスに対して見せた心底呆れた表情は、一生忘れることはないと思う。

「お前は不安なのだろう？　オーランド＝ベアが事件の関係者だったらと。軍関係者しか知らないことを知ってしまったオーランドがそれを利用して何かをするのではないかと。そして、そうあって欲しくないと、信じられる人でいて欲しいと思っている」

「その通りです……。すごい、本当に当たってる」

　頷き、佐保は黒い瞳にレグレシティスを映した。

「僕は先生はそんなことする人じゃないって思ってます。事件の関係者が偶然居合わせることなんてあるわけないって。でも疑わざるを得ないことがあるのも知ってます。最初から見張っていたとしたらどうなんだろうって」

「佐保、疑いを持つこと自体は悪いことではない。お前が言うようにそうせざるを得ないことはよくある。誰よりも人を信じられなかったのは私自身だしな」

　笑顔の裏で毒を隠しているのではないだろうか。この菓子は本当に食べていいのだろうか。優しい言葉をかけたすぐその後で機嫌を取るのは疲れると嘆いているのを聞いたこともある。

　毒入りの菓子を食べたせいで母を失い生死の境を彷徨《さまよ》った直後の幼いレグレシティスは、何も口にすることが出来なかった。誰も彼もを疑って疲弊していた幼い心を引き戻し、この世界に生を繋ぎ止め、深い愛情で育んでくれた人がいたから今のレグレシティスはある。

　遊び相手だったマクスウェル、侍従として仕えていたキクロス、父皇帝の妃《きさき》だった妃《ひめ》たち、今はバッーク国の第三妃となったメイザーリンなど周りには優しいだけでなく厳しくもあった人々がいた。

　ミネルヴァルナ州総督エウカリオンも異母兄ではあるが、皇妃毒殺・皇太子毒殺未遂事件の首謀者が他ならぬ彼の実母だったせいで、レグレシティス以上にきつい半生を余儀なくされた結果、若干難儀な性格になってしまっているが、異母弟を労《いた》わる気持ちに偽りはなく、今は徐々に双方が歩み寄りつつある。

「疑うのは悪いことではない。それが嫌なら疑わないでいいよう自分を納得させろ」

「納得？」

「そうだな。たとえば、マーキーは私やサークィンを裏切ると思うか？」

「全然。まったく思いません」

「なぜだ？」

「だってレグレシティス様の幼馴染でずっと一緒に育って来た人だし、団長様のことを大好きだし。それに騎士のお仕事を好きでやってるって伝わって来ます。副団長様は抜け目もないし、打算的なところもあるけど、わざわざレグレシティス様と対立する側に立つとは思えません」

「ならばキクロスは？」

「絶対にないです。キクロスさんはおとうさん枠とおじいちゃん枠を兼任してて、一番大事なのはレグレシティス様です。裏切るなんてグラスとリンデンの色が交換されるくらいあり得ません」

「わからんぞ。お前を人質に取られたらキクロスも寝返るかもしれない」

「レグレシティス様……」

佐保は眉を下げて顔を僅かに横に振った。寝ているのとレグレシティスに頬を掴まれているので首ごと振れなかったのだ。

「キクロスさんには絶対に今のやり取りは教えないでくださいね。泣きますよ。キクロスさんを泣かせたら僕も怒ります。キクロスさんを連れて実家に帰るかもしれません」

日本の実家に帰ることは出来ない佐保だが、こちらの世界にもネーブル裁縫店という優しい老夫婦一家が暮らす家があり、そこが佐保の実家であり家族となっていた。

「わかったわかった。キクロスに叱られるのは私もごめんだ。私が言いたかったのは、オーランド＝ベアにお前が抱く不安は信じられるだけの関係性をまだ築いていないからだということだ」

「関係性」

「信じるに足るだけの関係の有無。どんな人物なのかを知るに至っていないこと、至っていないことをお前自身が無意識に気づいているから信じきれないのではないか？」

「難しいです……。でも何となくわかるような気がします」

「ただ深く付き合うのは言うほど簡単ではない。知らないことの方が多いのが普通だ」

「そう考えたらレグレシティス様たちみたいに国の上に立つ人は困難さが桁違いですね。だって知らない他国の人と仲良くするための話し合いをしたりしなきゃいけないんだから」

「お前も一度立ち会ってみるか？」

「遠慮します」

　即答だ。レグレシティスの方も目が笑っているので本気で誘っているわけではないのだろうが、それが「お前にはまだ無理だ」と言われているようで少し悔しい。

（いつかは一緒に他国の人の前に立って堂々と話をすることが出来たらいいとは思うけど、ずっと先だろうなあ）

　レグレシティスの義兄の一人、メイザーリン第三妃と第一王子との面会の場に佐保が同席できたのは、相手が子供連れだったことと身内だったからだ。一癖も二癖もある外交官との対話は、安易な一言で不利な言質《げんち》を取られかねない危険があるため、今の佐保には試みることも許されない最高難易度を持つ。

「難しいですよね、よく知らない人を見分けるのは」

「まあな。ただ、ほんの少し背景が追加されるだけで信頼性が上がる場合もあるぞ」

「えっ!?　そんなのがあるんですか？」

「ある。むしろこちらの方が信頼性の証明として利用されることが多いぞ」

「証明？」

「身元証明書だ。人物を評価する上での目安として最も使われている」

「あー……そうか、そういうのがありましたね」

　自分でも使ったことがあるのに存在を失念してい

た。ナバル村から王都に来てネーブル裁縫店で暮らす当初、佐保の身分を確かにするためにメッチェたちと府庁に行って手続きをした。その時の保証人が御用達《ごようたし》職人でもあるメッチェだったのですんなりと認められた。

「じゃあベア先生にもそういうのがあるってことですね」

「多くの学生を預かる学舎だ。職員の身元調査は基本中の基本だな。それに学院に行くのをお前に勧めたのは私だぞ。受講する科目が決まった時点で担当する教師や講師たちの素性は念入りに調べ上げている」

「……レグレシティス様……」

　佐保は半眼でじっとりと伴侶を睨んだ。

「じゃあ僕が悩む必要なかったってことじゃないですか。僕が授業を受けてもいいってレグレシティス様が認めた人なら何にも心配はいらないじゃないですか。もうっ」

　ぽかぽかと胸を叩く――ことは出来なかったので、行儀悪いと思いつつ、布団の下の足をげしげしと蹴って不満を訴えた。

「もうっ、すごく悩んで考えたのに！」

「訊かれれば教えるつもりではいたのだぞ？」

「それはそうですけどっ」

　通学と受講を勧めたのはレグレシティスだとわかっていたはずなのに、当たり前過ぎて考えが及ばなかったのが腹立たしい。

　おそらくレグレシティスは佐保が「オーランド＝ベア先生ってどんな人なんですか？」と尋ねれば偽らずに教えてくれただろう。人物については把握済みで、その上で講義の様子を佐保から聞いて楽しんでいたのだ。

「改めて訊きます。ベア先生は信用に足る人ですか？」

「それは確約する。個人的な事情からオーランド自身が伏せていて私の口から話せないことはあるが、お前や私、皇国に反することは絶対にない」

　胸の前に手を当てるレグレシティスの真摯な態度

は十分佐保を満足させた。

「話を聞かれても問題はないんですね？」

「ない」

「誰かに話すことはありませんか？　ベア先生は信頼できても話した相手の口が軽かったら意味ないです」

「その辺りのことは弁《わきま》えているとは思うが……念のため団長と将軍には伝えて対処してもらおう。何だったら佐保、お前が口止めに行ってもいいぞ」

「僕が!?」

「治安に関わるため口外無用と言えばわかるだろう」

　どうしようかと考えている間にレグレシティスは起こしていた上体を寝台に戻し、佐保の隣に横たわった。布団の下を潜って来た手が佐保の手を握る。

「どちらでも構わないぞ。誰かには行って貰うことになるからお前は好きにしたらいい」

「僕が行く意味ありますか？」

「ないな」

　思わず、握られた手に力を込めて握り返すが、剣も握るレグレシティスの手には少しも痛みを与えることは出来なかった。

「だが佐保、オーランドの部屋に行く口実にはなるぞ。いろいろ訊きたいことがあるのなら利用できるものは利用すればいい」

「！」

　横目でチラリと佐保を見るレグレシティスには、佐保が持ち得ない大人の男の余裕と色気があった。

（さすが癖のある人たちを相手にしてその上に立つ皇帝陛下……っ）

　この域に到達するのに一体何年掛かるのだろうかと思いながら、そういう男が自分の伴侶だと思うと喜びもある。

　今度はゆっくり、やんわり手を握ると、同じように握り返された。

「おやすみなさい、レグレシティス様」

「おやすみ佐保」

　もう何も考えようとは思わず瞼を閉じた佐保は深い眠りの底に沈んでいった。

六章

「本当に大丈夫か？」

「大丈夫です。学校……学院に行ける時には行きたいから今日もちゃんと授業受けて来ます」

　校外実習の翌日、本宮の前で馬車に乗り込む佐保は見送るレグレシティスに笑いながら言った。

　休むようにと昨夜は言わなかったレグレシティスだが、一晩明けると心配性が出て来てしまったようで、出来れば今日は学術院への登校を休んで本宮にいてはどうかと朝食の時から言っていた。

「それに友達の様子も気になるから」

　テスタス家の双子はけろっとしていそうだが、荒事と縁のない他の生徒たちはおそらくそうではない。だからと言って佐保に何か出来ることがあるわけではないが、様子を把握しておくに越したことはない。

　それに四人の学生のことも気になる。おそらく軍の監視下に置かれるはずの彼らと直接の接触をするつもりはないが、寮内での様子などをさりげなく聞き出すことは可能だろう。

　昨夜の話から授業を受ける以外にも佐保に目的があるのを知っているレグレシティスは困ったように眉を寄せた後、

「わかった。だが無理はするな」

　念押しも込めて佐保の頬を撫でた。

「はい」

　あくまでも日常の延長の中で彼らの様子を知る機会があれば、という程度なので、無茶はしないと思う。

「行ってきます」

　いつもの朝のようにレグレシティスは王城へ向かう馬車へ、佐保は王都へ降りる馬車へと乗り込み、キクロスやミオら見送りの使用人に手を振りながら動き出す馬車の揺れに身を任せる。

　昨日の騒動でやや汚れてしまった紅茶色の髪はミオの適切な処置により、艶とサラサラの手触りを取り戻している。これまで一日も同じ色で結ばれたことのない髪は、今日は薄緑——ミントグリーンと白の縞《しま》模様のリボンで緩く結わえられた。

「この格好もすっかり慣れちゃったな」

　ふわふわの長い髪の毛の自分を鏡で見ても違和感を覚えないくらいに馴染んでしまっている。目の色や顔貌《かおかたち》は一切隠していないのだが、鬘の有無だけで学院に通うクサカと皇妃サホが同一人物とわからない人が大半なのではないかと思うくらいに、人に与える印象は違う。

　普段の佐保の姿を知っている人の方がすんなりと学生クサカの姿を受け入れるのが早かったことが面白い。普通なら親しければ親しいほど姿の差異に違和感を覚えそうなものだが、黒髪黒瞳で区別する時期は疾《と》うに過ぎている彼らは、

「雰囲気が殿下そのままなので」

　というような内容のことを言葉を変えて言っていた。

　今、なぜそんなことを思い出していたかというと、

「……もしかして弥智さん？」

　城門前で護衛として乗り込んで来たのが佐保が親しくしている騎士、弥智だったからだ。ただ弥智がいるだけでは驚きはしない。皇妃の護衛を務める騎士は当番制で弥智が担当することはこれまでもあったからだ。加えて、佐保の側近で現在は宰相の下で補佐として鍛えられている木乃、騎士団に入った弥智と瑛杜のサラエ国出身の三人は、佐保が後宮にいた時からの知り合いで深い縁《えにし》がある。身体を張って守って貰ったことも一度や二度ではない。

　その弥智が学術院に行く佐保の護衛として派遣されるのは何らおかしなことではないのだが、

「……サホ様、あまり見ないでいただけると有り難いです」

　弥智を乗せるために停車した馬車の横に立った弥智は、いつもの騎士団の黒い制服ではなく、どこから仕入れて来たのか佐保が着用する高等学術院の制服を身に纏っていた。それだけでなく、きっちりと七三分けにした暗褐色の鬘まで着用している。

「あ、ごめんなさい。でも、あの」

チラチラと弥智の全身を見ながら、隣に立つ団長を窺う。

（団長様、すごく楽しそう）

昨日の夜、護衛の手配はしていると楽しそうに告げていた姿を思い出し、このことだったのかと合点がいった。そして弥智には悪いが安堵した。

（副団長様が女装で乗り込んで来るんじゃなくて本当によかった……）

似合う似合わないは二の次で、女装にしろ普通の変装にしろ、学院内で絶対に目を引くのが確定のマクスウェルが来れば、本人が注目を集めるばかりで秘かに護衛をするのが無理なのは明らかだ。

それを逆手に取って衆目を集める役目は可能だろうが、売人組織を炙《あぶ》り出して殲滅するのに悪手なのは違いない。リー・ロンの力が及ぶ皇国の民に手を出す命知らずな襲撃者たちだから、副団長マクスウェルのことも知らない可能性は高いが、花街で調査を継続しているマクスウェルを見掛けていない保証はなく、表立って動かない方がいい男なのは間違いないからだ。

弥智は役職についている一般の騎士だ。一般でも騎士団員というだけで十分に腕は立つのだが、大勢いる騎士の中の一人でしかない。抜きん出て能力があるからと何かの場に出ることも前に立つこともなく、目立つこともない。埋没するほど地味ではないのだが、同じ一般騎士のグライスナーが王子のような煌びやかな容姿で城下の人々から熱い目で見られているように、秀でた容姿や能力を持つ者が多い騎士団の中では割と平均的な位置にいる。

騎士の中では小柄な方で、俊敏さを活《い》かした戦い方が得意——とは木乃やマクスウェルの弁である。

実際に佐保は弥智が戦っているところを見たことがあるが、自分よりも上背や体格のある男たちの剣戟《けんげき》を巧く捌いていたように見えた。居合わせたその時は佐保自身も絶体絶命の危機にあり、多人数対一人という状況で佐保を守りながら戦い、怪我は負ったが重傷にまでは至らなかった弥智の健闘は褒《ほ》め称《たた》えるに十分なものだった。

その弥智が学生服を着て恥ずかしそうに立っていることから導き出される答えとは。

「今日から弥智が護衛としてお側に控えさせていただきます」

　にこやかなリー・ロンの紹介に合わせて恥ずかしそうに一礼する弥智。

「あ、はい。お願いします」

　反射的に佐保も頭を下げたが目は弥智に注がれたままだ。

「それから、非常に残念ながら、本日は下町の調査の手が空かないことからエドストレーム副団長は同行いたしません」

　エドストレーム副団長って誰だっけ？　と頭の中でハテナマークを浮かべてから思い出した。滅多に耳にする機会がなかったので忘れていたマクスウェル・ドネリー＝エドストレームという副団長の本名を。

「はい、わかりました」

「女装を嫌がったのか気配を察したのか、現場の指揮を執ると言って昨夜のうちに王都内の潜伏先に向かってしまっていました。殿下も楽しみにしていたのに申し訳ございません」

「いや？　別に、そこまでして見たかったわけじゃないので、仕事を優先してくださって構わないです」

「殿下の護衛も優先されるべき第一ですけれどね。いつか殿下の目を楽しませて差し上げますのでお待ちください」

　笑うリー・ロンが本気でマクスウェルに女装をさせる気だったのかはわからないが、本気を感じたからこそマクスウェルが先手を打って城を出たとも考えられる。昨夜から一気に慌ただしさが増したため、指揮権——決定権を持つ者がいるのは迅速な対応が求められる現場においては重要でもあるので、女装のマクスウェル云々《うんぬん》は冗談だと思いたい。

「弥智さんも学生として学院に通うんですか？」

「殿下と同じく聴講生として通うということになっています。同じ学年はさすがに無理があったので上級生としてですが、午後からの選択科目にはご一緒できるようにはしています」

　見れば弥智の首元で蝶結びにされているリボン――は佐保の薄黄色ではなく緑色で、二学年上の三年生を示している。長いキュロットスカート風の佐保と違って普通のズボンに長靴はちょっと羨ましい。

（眼鏡を掛けたら皆が想像する真面目な優等生そのままだね）

　この世界にも眼鏡はあるので着けさせてみたい気もするが、そこまでせずとも弥智も鬘だけで随分雰囲気が違って見えるので、街中を騎士として巡回する弥智の姿を見掛けたことがある生徒がいたとしても、佐保同様、結びつけることはないだろう。

「名前は弥智さんのままでいいんですか？　話し掛ける時は偽名の方がいいですか？」

「弥智のままで。今回急でしたから偽名に慣れさせるまでの時間が足りませんでした。いざという時に名を呼ばれて反応できないのは困りますからね」

「ああ、そういうのがあるんですね」

　確かに慣れていなければ反応が遅れるよね、と納得していた佐保だが、

「本人もですが殿下も慣れていないでしょう？」

「僕？」

「いざという時に偽名より呼び慣れた本名の方が反応しやすく、襤褸《ぼろ》も出ません。弥智の場合は殿下の呼称を間違わないよう気をつける必要はありますが」

「あ、そうか。今ここで偽名を聞いたとしても慣れてなかったらいつもの名前で呼んじゃって、偽名を使う意味がなくなっちゃいますもんね」

　一番身近な例は学術院の友人アルフリートだ。佐保が皇妃だと知る少年は、頭では偽名の方を使わなくてはいけないとわかっているのに毎回「こうひでんか」の「こ」や「でんか」の「で」を言いかけたところで「クサカ」に言い直している。アルフリートとはそれなりの日数と時間を同じ学院で過ごしていてもこれなのだから、親しい弥智ならば自然に呼び慣れた「弥智さん」と呼んでしまうだろう。

　それに佐保の学生名「クサカ」と呼ばなくてはならない弥智の方も言い間違いに気をつけなければな

らない。平時では「殿下」よりも「佐保様」と呼ぶことが多い弥智なので間違えても身バレにまで繋がらないとは思うが、「佐保様」にしろ「殿下」にしろ、アルフリート同様、最初の一文字で言い直す程度の間違いであって欲しいものだ。

「それにしても弥智さんが上級生……。三年生だったら専門課程ですよね。やっぱり騎士科ですか？」

　弥智はずんと暗い表情でゆっくり首を横に振った。

「……いえ史学科です……」

「へぇそうなんだ」

「午後の選択科目で殿下と一緒になっても違和感のない科がそれだったのですよ。騎士科だとご一緒しにくいのもありますが、授業の中で現役騎士だと気づかれる恐れがありますから」

　騎士は専属講師として派遣される以外に、持ち回りで補助に出向くこともあるらしく、今回については不都合なことに弥智も二度ほど学術院へ出向いたことがあった。剣を持ち武技を見せなければ気づかれる可能性は低いだろうが、低いだけで保証はない。

　言い訳や理由は幾らでも用意できるが、可能な限り疑問を抱かれないよう自然に側にいるようにするには、この科が最適だったと説明するリー・ロンだが、弥智の顔色は優れない。

「弥智さん？　具合が悪いんですか？」

「いえ、そういうわけではないのですが……」

　ちらりと隣の上司を見た弥智は、深い溜息と共に理由を告げた。

「俺……私は、その、勉強が苦手なもので……」

「あー……」

　納得の理由であった。実際に弥智が試験や小テストを受けることはなく、ただ座っていればいいだけのはずだが、勉強に対して持つ苦手意識が「学院に行きたくない」と拒否反応を示しているのだろう。

「往生際が悪いですよ」

「私よりもっと適任がいると思います。クンツ先輩とかトマソン先輩とか私と同じくらい背も低いし、経験も豊富じゃないですか。モース先輩とカメリアン先輩は頭がいいから勉強も好きに違いありません」

個人名を列挙して自分以外の適任者がいるのだと訴えるも、

「確かに彼らは背丈も高くありませんし、学ぶことも好きでしょう。でもね弥智、髭面の学生がいますか？　骨太で可愛げの欠片もない学生がいますか？」

　軒並み却下されてしまう。理由が理由だけに佐保に口を挟む隙はない。

「ひ、髭は剃《そ》ればいいかと」

「剃ったところであんな厳《いか》つい顔の学生がいますか。十代二十代どころか三十過ぎ、見ようによっては四十代にしか見えません」

　先輩たちまだ二十代前半なのに、という弥智の呟きが聞こえたが、佐保は四十歳に見える二十代前半の騎士の方が気になった。

（激務で疲れているからかな。うん、でもレグレシティス様より年上に見える学生はちょっと目立つかなあ）

　実は二十歳過ぎの学生がいないことはない。通常の入学過程を辿るなら十四歳で入学し、十八歳で卒業するが、既に他国の教育課程を経て留学して来た学生や佐保のような聴講生に関しては暗黙の了解として年齢の上限が撤廃されている。そのため専門課程に属する学生たちの中には二十代半ばの生徒もおり、構内で見掛けることも何度かあった。最初にそのことを聞いた時には、

「大学の院生みたいな感じなのかな」

　と思ったが、大学への進学を考える前に異世界へ来ることになってしまったので、その知識が正しいかどうかは不明だ。

「違和感を抱かせない見た目で選んでいます。あなたの場合、その条件にぴったり合います」

　以前に聞いた覚えがある弥智の年齢はミオより一つか二つ年下の二十代前半。だが童顔なので騎士服を脱いで変装していれば、十分十代の若者だ。

　弥智はまだ交代できるならと粘っているが、よくよく考えれば騎士団長の命令に平騎士が逆らっているのは凄いことである。

（弥智さん真面目だし、勤務態度もいいって副団長

様も褒めていたのになあ）

それだけ苦手意識があるのだと思い同情はするのだが。

リー・ロンは呆れたように溜息をついた後、腕組みして弥智に向き合った。

「弥智、これは命令です。もう一度言います。あなたがすべきことは学術院内で殿下が円滑に行動できるよう補助し、悪意ある者たちから護ることです」

きつい言葉ではなかったが、騎士団での生活がしっかり身についている弥智には効果絶大だった。

それに、とリー・ロンは続けた。

「誠心誠意を以て佐保様にお仕えさせていただきます――そう陛下の前で誓ったのはあなたたちですよ」

佐保はハッとした。それは佐保がサラエの王女の身代わりとして後宮で暮らしていたことがレグレシティスに知られた時、皇帝や団長たちの前で木乃・弥智・瑛杜のサラエ国の三人が告げた言葉だ。膝をつき、頭を垂れて真摯に佐保と共にあることを誓った。

弥智もその時のことを思い出したのか、ハッと佐保の顔を見て、それから騎士団長へ深く頭を下げた。

「了解いたしました」

すっと背中を伸ばし、胸に手を当て顎を引く姿は誇りある騎士のものだ。それから佐保に向かっても今度は謝罪の意味で深く頭を下げた。

「勉学が苦手なあまり、初心を忘れるところでした。私たちがこうしていられるのも佐保様のおかげです。命を懸けて護らせていただきます」

ところどころ苦手意識を隠しきれない辺りよほど勉強するのが嫌いなのだと思うが、言葉や態度から真摯さが伝わって来る。

「よろしくお願いします。講義はじっと座っている修行だと思って頑張ってください」

「はい。そう思うことにします。睡魔と戦う訓練だと思えばたぶん耐えられます」

それもなんだかなあと思うが、忍耐訓練だと思った方が本人が楽ならばそっちの方がいいのだろう。長時間の行軍と短時間の座学、佐保には後者が楽でも弥智にとっては前者の方が有意義な時間を過ごせるということだ。

弥智が乗り込むとクコッティが御す馬車は緩やかに走り出した。

「改めて、よろしくお願いします」

「いえ、先ほどはお見苦しい姿を見せてしまって申し訳ありません。木乃さんに知られたらすごく叱られます。団長に叱られるのもあれですが、木乃さんも団長とは違った厳しいところがあるので」

「木乃さん、真面目ですもんね」

「あの方は昔からそうです。だから貧乏くじ引かされちゃったりするんです。そのおかげで私たちは助かったんですけどね」

サラエの姫をサークィンに連れて来たものの逃げられてしまい、サラエに戻っても厳罰、サークィン側に知られても罰を与えられるところを佐保を巻き込んだことで、未来が良い方に変わった。サラエの姫の逃亡は皇国上層部も知るところであったし、後宮を閉めたい皇帝側には利でしかなかったのだが、当時の木乃たちにそれを知る術はなく、その場しのぎのために立てた代役だった。

それが縁で五大国の一つ、サークィン皇国に召し抱えられ、皇帝や皇妃の近くに仕えるようになったのだから運命とはわからないものである。佐保の運命が大きく変えられたように、サークィンに来て人生が変わったのは三人も同じなのだ。

「午後は僕と同じ授業を受けるって聞きましたけど、弥智さんは午前中はどうするんですか？」

「団長からはどちらでもいいと言われています。その、授業に参加しても参加しなくても。ただ何かあった時にすぐに駆け付けることができるようにすぐ近くに控えることにはなります」

「廊下に立っていたり？」

「それは目立ちます。私としてはそちらの方が楽ではありますが、構内を回っていることの方が多いと思います。近くにはおりますが」

午前中に必修科目が詰め込まれている一・二年生などの下級生と異なり、上級生は午前から選択科目が組み込まれていることも多く、史学科であれば課題を貰ってのレポート作成のために図書館や資料室、教務室を使っての自主学習が多く、必ずしも座学というわけではないらしい。

「だから構内を歩いていてもそこまで目立つわけではないそうです。史学科だけなく、上級学年は空き時間があったり、部屋の外での活動があったりいろいろだと聞きました」

　佐保たちはまだ一般教養科だが二年次を経て三年、四年次から科が分かれる。アンゼリカが目指しエイクレアが在籍する騎士科が一番人気で、クリステンやアルフリートは文官の育成を目指す官吏科を希望している。他にも弥智の史学科や類似している郷土研究科、農林畜産に関する農業科などがあり、大枠の中で必要な授業を受けて単位を取得し卒業になる。

　佐保がこのまま通学を続けて進級するなら三年次には科を選択する必要があり、その時にはまた改めてレグレシティスと相談して決める必要が出て来る。

「じゃあ弥智さんと一緒になるのは本当に午後だけなんですね。帰りも一緒ですか？」

「いえ、帰りは別行動です。佐保様はいつもと同じように馬車でお帰りください。同乗はしませんが護衛は別の騎士が引き継ぎます」

　その後弥智は現在調査用として軍で借りている家に徒歩で向かい、そこで着替えて馬で城の本部に戻る予定になっている。今日は護衛としての顔見せのため同乗したが、基本的に明日以降の弥智はその家を起点にして動くようになる。背中合わせに立つ二軒の家のうち、一軒は民家だが、もう一軒は店を装っており、私服姿の兵士や騎士が出入りをしても怪しまれないよう工夫されている、らしい。

「副団長が詰めているのも基本はそこです」

「忙しいんでしょうね」

　大抵は朝か夜のどちらかで顔を合わせるマクスウェルとは昨日の夜に学院で話をして以来会っていない。それまでも多忙だったのに、襲撃事件を受けてさらに忙しさが増したから仕方がないとはいえ、毎日のように顔を合わせていた人との会話がないのは、マクスウェル本人には言わないが寂しさを感じる。

今は学術院周辺で動いているらしいが、術院で堂々と顔を晒《さら》していたマクスウェルなので、学生クサカの格好をしている佐保が道端でばったり出会ってしまった場合、騎士と学生が通じていると思われ事態を複雑にしないためにも、気安く話し掛けない方がいいだろう。

二人で話をしている間にいつも馬車を停めている場所に近づいたが、今朝はそこを素通りした。

「クコッティさん」

佐保はコンコンと軽く叩いてから御者台に繋がる小窓を開いた。

「馬車止めに停めないんですか？」

「はい。今日からしばらくは学術院の中に着けるようにと言われています」

「やっぱり昨日のことがあったからですか？」

「はい。陛下がそうするようにと」

団長の指示かと思っていたがまさかのレグレシティスによるものだった。

皇族を示す紋がないので門前まで着けても佐保の正体を知られることはないが、これまで念を入れて離れた場所で乗降していただけに、レグレシティスの心配が伝わって来る。

昨晩の馬車の混雑を見るまでもなく、自宅から馬車で通学している生徒も多いため悪目立ちすることはないとわかっていても、根が庶民の佐保なのでちょっとドキドキする。喩えるなら学校に高級外車で乗り付けるお金持ちになった気分だ。――現在の佐保は正しく金持ちなので的外れではないのだが。

「門前で降りてもいいですよ。帰りも門のところまで歩いて行けばいいですよね」

「あー、それはたぶん難しいと思いますよ」

佐保と話をしながら上手に馬を操る御者は前を向いたまま苦笑した。

「昨日の混雑ぶりを見る限り、外に着ける場所がないと思われます。中は中で混みはするでしょうが、外で停めるよりはすんなり着けられるかと。皆さん馬車で来られると思うので、外だと接触事故の方が心配です」

　普段は徒歩通学や佐保と同じように離れた場所で馬車を降りて歩いて来る生徒たちのうち、事件に遭遇した一年生の多くが佐保と同じような対処法を取るだろうと考えられていると御者も弥智も言う。

「そういえば不安な人には迎えを出すようなことを将軍様が言っていたような気がします」

　個別に兵士をつけるのか、乗り合い馬車のように各家庭を回って生徒を拾っていくのかまではわからないが、もしも軍用の大型馬車が昨晩のように構内に出入りするのなら、渋滞しそうな門前よりは中に入った方が賢明だろう。

「じゃあ門の中まで入って、帰りも同じようにしますか？　それとも昨日みたいに裏門を使いますか？」

「陛下からは正門から入って乗降と言われています。昨日は夜だったから目立ちませんが、日中だと裏の方が逆に目立ちますし。護衛の方がいてもやっぱり裏門は遠いですから、安全を重視なさったのでしょう」

　裏門へ行くには帰宅する生徒の波と逆行しなくてはならず、人の通りも多いわけではない。クコッティが言うように危険を排除しようとすれば基本に忠実な行動するのが確実だ。

　そうこうしているうちに馬車は正門の中に入った。

「ほんとだ、いつもより馬車が多い」

　窓の外を眺めれば生徒を降ろして帰る馬車が間を空けずに横を通り過ぎていく。

「心配なさるお家《うち》が多いということでしょう。さ、殿下。着きましたよ」

　話している間に馬車は停まっていたらしく、佐保は慌てて鞄を肩に掛けた。皇妃専属の御者を務めるだけあり、振動をほとんど感じさせない丁寧な馬車の取り回しである。

　横に回ったクコッティが扉を開けて踏み台を出すのを待ち佐保が降りる……より先に弥智が降り、それから小さく左右に目を走らせて「どうぞ」と佐保を促す。

（危険がないかを確認したんだろうけど、今のは生

徒っていうより護衛の動きだよね）

　学生に擬態するのを忘れてしまっているのは緊張のせいなのか。

　考えながらも後ろにも馬車が詰まっているので佐保は慌てて降りた。

「では放課後に参ります」

「よろしくお願いします。気をつけて帰ってくださいね」

　急いで御者台に戻ったクコッティは軽く頭を下げ、すぐに馬車を動かした。次の馬車が滑り込んで来て生徒が降りて来る。見知らぬ生徒だったので軽く会釈だけした後、弥智と並んで校舎に向かった。

「佐保様は午前は第一校舎で、午後の最初が第三大講堂ですね」

「うん、そうです。でも弥智さん、呼び名、早速間違えてる」

「あ……クサカ、そうクサカでした」

「言葉遣いももっと楽に年下に話すような感じの方がいいんじゃないかな」

「それは……」

　逡巡した弥智だが、

「名前の呼び方に気をつけるだけで精一杯なのでこのままでいいです」

　キリっと表情を引き締めた。

（髪の毛もきっちりした七三分けだから丁寧語キャラだね。やっぱり眼鏡を掛けて欲しいかも）

　二人並んで校舎に向かいながら佐保がそんなことを考えていると知らない弥智は弥智で、「私は学生、私は学生」と自分に暗示を掛けるように呟いていた。

「おはようございます、こ……クサカ」

「おはよう、アルフリート」

　構内を見て回るという弥智と別れて佐保が教室に入ると、真っ先にアルフリートが駆け寄って来た。

「よかった、クサカは学校に来られたんですね」

「ん？　学校に来てない人がいるの？」

「いつもは早めに来る人が何人かまだ来ていないから休みかと思いました」

　言われてクルリと教室内を見回すと、いつもの時刻にしては確かに少し人数が少ない気がした。

「昨日のことがあったから体調を崩したのかもしれないね」

「クサカは大丈夫でしたか？」

　不安そうに佐保の頭の上から足元まで目を走らせるアルフリートに佐保は笑いながら腕を上下左右に広げ、どこにも不調がないことを伝える。

「元気そうですね」

「うん」

　少しだけ、棒を振り回した時に日頃あまり動かさなかった部位を使ったせいで筋肉痛はあるものの、概《おおむ》ね平気と言っていい。朝の時点で「いてて」と声に出しレグレシティスに心配されてしまい、単なる筋肉痛だと告げる時には恥ずかしかったが。

「特に何も引き摺《ず》っていそうじゃなくてよかったです」

「アルフリートはどう？」

「私も。怖い夢も見ませんでした。疲れてしまってたのか、寝台に入ったと思ったら朝でした」

「お家の人に何か言われなかった？　昨日のことで」

「言われました。でも私が帰り着くより前に伯父が屋敷に来て家族に説明をしてくれていたので、無事なのはわかっていたらしく、その時の状況だけ教えました」

　アルフリートが外政官長の縁戚なのは事前に判明していたため、外政官長が同伴した兵士による聞き取り調査も短時間で済んだ。

「休むように言われなかった？」

「言われました。でも伯父が言ったんです」

　殿下は休まずに学院に行くぞ、と笑いながら。

「それを聞いたら親も休めとは言いづらくなったみたいで」

「それ昨日の夜の話でしょう？」

「そうです」

「僕、その時にはまだ行くとも休むとも言ってないし、そんな話題も出てなかったんだけど」

「ええっ!?　伯父は自信たっぷりに断言してましたよ。あれは絶対に私に言ってました。殿下が休まないのにお前は休む気なのか？　ん？　って心の声が漏れてましたよ」

　佐保は明るく笑った。

「外政官長様ってそういうところあるよね。煽《あお》るっていうか、軽い調子で正論を述べたり、痛いとことか図星を突いて来るようなとこ」

「……幼い頃から実体験してます」

　佐保は一頻《ひとしき》り笑った後、アルフリートの背中をポンポンと叩いた。

「外政官長様には悪いけど、アルフリートはしたいようにしていいからね。いつもお世話されている身でこんなこと言うのはどうかと思うけど、好きな時に好きなことをしていいんだよ。もう半月以上も学院に通ってるんだから僕だって少しは慣れてるはず！」

　拳を握って力説するも懐疑的な目を向けられたが気にしない。

「だから本当はお休みしたかったなら言ってね。僕のためにって無理する必要は全然ないからね」

「俺……私は別に無理なんかしてないです。伯父に言われたんじゃなくて、殿下のお側にいたいからいるんです。それに昨日のことだって別に怖くなんかないし。平気だし」

「アルフリート」

　ちょっと拗《す》ねたように口を尖《とが》らせるアルフリートは年相応の少年で、佐保の手は自然にアルフリートの頭に伸びていた。五歳年下のアルフリートの身長は佐保よりも高く手を伸ばさなければならなかったが、しょんぼりと俯《うつむ》いているので比較的撫でやすかった。

「で、殿下」

　慌てて一歩後退しようとするアルフリートの頭を押さえつけ、より力を込めて撫でる。

「クサカだよ。僕の名前はクサカ」

「あ……はい、気をつけます」

いつもは辛うじて誤魔化せている呼び名を間違えていたことに気づいた少年は、肩を落として恥ずかしそうに顔を赤らめた。

相手は十四歳でしかない少年で、偶々佐保の正体を知っていただけのこと。自分のために何かをして欲しいと願うことも従属しろと強制もしない。ただ普通に仲の良い友達として学院生活を共に送ることが出来ればと思うだけだ。

「僕は知らないことが多いから、アルフリートみたいに教えてくれる人がいるのはとても心強いです。それにアルフリートはいい子だし、前の夜会予行会の時も助けてくれたでしょう？」

「あれは……あの時は伯父の視線の圧力に屈して……」

「でも一番最初に名乗りを上げるのはすごく緊張したと思う。だから僕も助かりました」

「あの後、パーメリン家の下の子たちに文句言われましたよ。もう少し待ってくれていたら自分が殿下に申し込んだのにって。胸がドキドキして落ち着くのを待ってたら私に先を越されたって」

「そんなことがあったんだ」

あははと佐保は笑い声を上げた。パーメリン家は法務官長の家で、夜会予行会の時には本来ならまだ参加するには早い小さな子たちも来ていた。まだまだ子供らしいふくふくした頬を薔薇《ばら》色に染め精一杯気取って話し掛けて来たのがとても可愛らしかった。

「とにかくアルフリートは僕の友達。だから無理な時は無理、きつい時はきついって言って？　僕はアルフリートを頼りにしてるけど、アルフリートだって僕を頼っていいんだから」

五つも年上なのだ。社交界に出始めたばかりの子供よりは精神的に強いと思いたい。

「わかりました。でも」

「ん？」

「でも伯父から言われてるから出来るだけ側にいるようにします。で……クサカは目を離すと何があるかわからないそうなので」

「……」

「あ、殿下自身がじゃなくて周りに巻き込まれやすいとか」

「……否定できない僕がいる……」

「だからもしも何かに巻き込まれるなら私も一緒に巻き込んでください。これは伯父の命令……お願いじゃなくて私自身のお願いです」

　落ち込んでいたはずが、新たな使命を得たとばかりに高揚した顔を上げるアルフリートの目は真剣だった。純真な子供が向ける、忠誠心にも似た使命感を否定することも出来ず、佐保はコクコク頷いた。

「は、はい。わかりました。でも一言だけ言わせて。僕は進んで巻き込まれたいと望んだことは一度もないからね」

「あ、はい。私も出来ればそうじゃない方がいいです」

「だよねえ」

　あははと二人して笑っているとドンッと背中に重みが掛かり、続いて体に腕が回された。

「アンゼリカ！」

　慌てたアルフリートが倒れそうになった佐保を支えたが、

「うぷっ」

　年下の少年の肩先に鼻の頭を打ち付けて涙目になる。

「アンジー！」

　叱責と同時に重みがなくなり、佐保は鼻を押さえて後ろを振り返った。

　尋ねるまでもなく犯人はアンゼリカで、双子の弟クリステンに羽交い絞めにされて引き剝がされ、佐保から距離を取らされているところだった。

「いきなり飛び掛かるなって前から言ってるだろう！　クサカが倒れて怪我でもしたらどうする」

　当然アルフリートも参戦して佐保を横に退《ど》かしアンゼリカの前に立って抗議する。

「そうだよ、アンゼリカ！　泣いてるじゃないか！」

「いやこれは……」

「アンジーはもう少し落ち着きを勉強した方がいい

と思う。そんな調子で騎士団に入れるわけない。皇国軍にだって無理だろ」

「クリステンの言う通り。アンゼリカみたいな人が近衛騎士団に入って皇帝陛下や皇妃殿下の警護に当たるなんて、私は絶対に認めないぞ」

「大丈夫、アルフリート。今のままだと十割の確率で入れないから、そんな心配は無用だよ」

「よかった。陛下や殿下がアンゼリカに巻き込まれて危ない目に遭う未来がなくて」

　本当にとウンウン頷き合う二人の側ではアンゼリカがわなわなと震えているが、二人は気にした様子もない。

（わかっててやってるんだろうなあ）

　鼻を打つという被害を受けた佐保は三人を眺めて苦笑いだ。

　一通り小芝居をやったクリステンは真面目な顔をして姉に向き合った。

「僕たちが言ってるのは冗談じゃないからね。おじ様をご覧よ。感情に動かされることなく堂々としてるだろう。お手本になる人が身内にいるんだから、もっと見習おう。ってこれも前から言われてることだよね」

　佐保から見た将軍像も概ねクリステンと同じなので、落ち着きという点だけでも見習って欲しいものだ。

「それはわかるけど、でも私が憧れているのはリー・ロン様だから」

「それならなおさらだろう？　騎士団長は規律にも厳しいって聞くし、浮わついた団員なんて入ってもすぐにクビにされるよ」

（浮わついていても理由と実力さえあれば見逃して貰える場合もあるようです。某副団長様という前例があるのでその辺はもしかすると将軍様より柔軟かもしれません）

　ただし、不正や不敬には容赦しない。ミネルヴァルナ州総督エウカリオンの元護衛隊長だったイクセル＝グライスナーを容赦なく平騎士に降格させ、鍛え直しているのも騎士団長なのだ。

憧れだけで騎士が務まるわけがない。

「そうそう、甘い考えは捨てた方がいいよ」

小さな拍手と共に聞き慣れない、だが確かに聞いた覚えのある声がして佐保たちはハッと廊下の方へ揃って顔を向けた。

廊下側の窓枠に半身を預けて身を乗り出すように教室を見ているのは昨日の郊外実習で会った騎士科の上級生シュテルンだ。

「シュテルン先輩だ！」

「朝から先輩の顔を見られるなんて！　今日はいいことありそう！」

気づいた他の生徒たちの歓声に片手を上げて応える辺り、慣れている様子が感じられる。そんな下級生たちへ手を振りながら、シュテルンはアンゼリカを指さした。

「君、テスタス家の双子でしょう？　騎士団に入りたいなら技量以上に心を鍛えておいた方がいいよ。あそこは憧れだけでやっていけるほど甘くないところだから」

「騎士科の先輩たちは騎士団にも詳しいんですか？」

「うん？　うん、まあ詳しくはなるだろうね。指導して貰っているし、接する機会も多いから」

ぱあっと顔を輝かせたアンゼリカの膝の裏をクリステンが軽く膝頭で蹴ったのを佐保は見た。暴走して何を言い出すかわからない姉への牽制のためだろう。

下級生は見学という形で上級生の授業を見たりすることは出来るが、本格的な騎士の指導など実技を伴うものに関しては基礎体力の向上などにとどまっている。そのため、実際に騎士と話す機会をなかなか得られないアンゼリカが、シュテルンがこの場にいることに大喜びするのはわかるのだが放っておくと突っ走ってしまいかねない彼女には、制御する人間が不可欠なのだ。

「私、騎士に憧れているのもそうなんですけど、リー・ロン様にとても憧れているんです。それでリー・ロン様のいる騎士団に入って一緒に勤務できればと思っています」

模擬剣を持ち、男子相手にも引けを取らない力と技で容赦なく打ち据えるアンゼリカを知る級友たちの中には、

「誰だっけ、あれ」

という目で見る者もいるが、頬を上気させながら憧れの人と夢について語る少女は傍目《はため》にはとても可愛らしく映る。長い髪の少女たちが多い中、弟のクリステンよりも短く髪を切っているアンゼリカはハキハキした口調やしっかりした性格から学級の中でも頼りにされているところがあり、そんな彼女が見せた意外な一面を微笑ましく思う者は多かった。

しかし、

「ハッ。君みたいな小娘がリー・ロン様について語るのは百年……千年早いし、一緒に仕事するならあと万倍は鍛えなきゃ無理だね」

笑顔で言ったのは会話の相手だったはずのシュテルンで、顔は笑っているが目が笑っていない先輩の台詞に一同、目を見開いてしまった。

佐保も同様で、下級生にも気軽に声を掛け、親しみやすい柔和な雰囲気の上級生がいきなり冷ややかになったのだ。驚かないわけがない。

「無理……ってそんなことやってみなきゃわからないじゃないですか」

「だって無理なものは無理だからしょうがないでしょう？　リー・ロン様を語るならもっとあの方を知る努力をすべきじゃないかな？　たとえば好きな茶葉の種類とか贔屓にしている店や職人とか髪の手入れの回数とか？」

佐保はちょっと引いた。

（お茶やお菓子の好みはわかる。行きつけの店もわかる。でも髪の手入れの回数って……それってどこから仕入れて来る情報なの!?）

佐保同様、憧れの先輩の意外な一面に触れて若干引いた者が数名、シュテルンがいる窓際の席の生徒が本を片手に立ち上がり、他の生徒の近くにスススッと移動したのも見えた。

「それは、これから知ればいいことですよね。私たち領地から出て来たばかりだからこれから知ればい

いんですよ」

「アンジー、その言い方だと僕も君と同じで知りたがっているように聞こえるから言葉をちょっと考えようか」

　双子の弟も姉と距離を置いた。

「リー・ロン様の私生活を探るなんて羨ましいけどっ、軍に通報したら牢屋に入れられてしまいますよ。それでもいいんですか？　せっかく騎士科に入って卒業まであと少しなのにお気の毒さまです、先輩」

「別に俺だけが知ってる情報じゃないからいいんです。リー・ロン様を敬愛してるなら誰でも知ってて当然のことだしね。あ、ごめんごめん。君は知らなかったんだっけ」

　ウィンク付きで煽られて、アンゼリカは「ぐぐぐ」と悔しそうに唇を噛む。

　佐保は再び引いていた。

（団長様が人気あるのはわかるけど！　騎士の人たちの中に性癖を拗らせた人たちがいるのは知ってるけど！）

　十代の若い学生たちまでそうならば、情報に関する規制を考えないといけないのでは。

（とりあえずお城に戻ったら団長様に身辺に気を付けるように注意しておこう）

　あの騎士団長のことだから身の回りのものが紛失したなどということはないだろうが、若い学生が暴走するのは早めに止めた方がいい気がする。もしかするとそうやって自制できずに暴走した生徒を入団前の試験の時点で失格にするためわざと放置しているのかもしれないが、哀れな若者を量産するのはしのびない。皇妃として皇国の未来を担う学生たちにはもう少し自分自身の在《あ》り方を見直して大切にして欲しいと思う。アンゼリカに対しても、二年後の彼女がシュテルンのようにならない保証はないのだから、制御弁としてクリステンには頑張って欲しいものである。

「こ、これから知るもの！」

「君が今、俺が知っているのと同じことを知る頃には俺は騎士団に入っているから、もっといろいろ把握できているだろうねえ」

「くっ……」

二人の間に散る見えない火花。

（此処《ここ》に団長様がいれば何て言うだろうなあ）

佐保がこの状況をどうにか出来ないものかと半ば思考を放棄しつつも考えあぐねていると、

「下級生と張り合ってどうする」

「……グエッ」

「アンジー」

「むぐぐうっ」

睨み合っていた二人の背後に立つ人たちが収拾を図るため行動を起こした。

「いつまで経っても教室に戻って来ないと思ったら。もうすぐ点呼の時刻だぞ」

シュテルンの襟首を摑んで廊下に引き起こしたのが灰色の運動着を着たエイクレアで、

「乗せられてすぐに乗るのがアンジーの悪い癖だよ」

姉の口を片手で塞いだクリステンだった。

それから、

「ごめんね。変なのに絡まれて朝から不快な思いをさせちゃって。この子、騎士団長を好き過ぎて時々おかしくなるんですよ。そういう種類の人もいるって知れた人生経験の一つだと思って流してくれると嬉しいな」

エイクレアと一緒に来たのだろう、伝承文化学の講義で知り合った薄い金髪に銀色の瞳の麗人マイルトルテが華やかな笑顔で教室の皆に謝罪する。制服着用のマイルトルテは運動着姿のエイクレアやシュテルンとは一限目の授業が異なるはずだが、エイクレアに頼まれて共に探しに来たのだろうか。

思いがけない美人な上級生の登場に魂を抜かれかけている生徒もいるが、その現象はマイルトルテにとって日常茶飯事なのか、気にする様子もなくにこやかに笑んでいる。まさか教室の中からは見えないがシュテルンの足を踏み付けているとは思えないほどの笑みである。

そのマイルトルテは教室の中に佐保がいるのに気がつくと、特徴的な銀色の瞳を瞠った。そして「また後でね」と唇を動かした。午後にはオーランド＝ベアの講義があるので、マイルトルテとエイクレアとはそこで顔を合わせることになる。

「貴重な朝の時間を無駄なことに費やさせてしまって本当にすまなかった」

「シュテルン、ごめんなさいは？」

「……騒がせてごめんなさい」

　嫌々なのを隠すつもりのない口先だけの謝罪だが、クリステンは当事者の片方であるアンゼリカの頭を前方に押さえつけた。

「こちらこそ礼儀がなっていなくて申し訳ありませんでした。アンジー」

「……ごめんなさい」

　多少なりとも熱くなった自覚があるアンゼリカの方は渋々ではあるものの、シュテルンに対してよりも級友の前で見せた姿に対する羞恥心が今頃になって襲って来たらしく顔も上げられないようだ。

　じゃあとシュテルンを真ん中に腕を組んだ三人が立ち去ろうと向けた背に、

「昨日はありがとうございました！」

　思い切って佐保が掛けた声につられるように、他の生徒たちも口々に感謝の言葉を伝えた。

「先輩たちがいてくれて心強かったです」

「怖くなかったのは先輩たちのおかげです、ありがとうございました」

　思いがけない礼の言葉にエイクレアは目を丸くした後、照れ隠しなのかやや俯いてシュテルンを引き摺る腕に力を込めたが、その横顔に照れくさそうな笑みが浮かんでいるのを見つけたマイルトルテが慈愛の籠もった眼差しで見つめている。

　シュテルンもまさか騒がせてしまった後にそんな声を掛けて貰えるとは思わなかったのか、虚を突かれたように瞬きした後、摑まれて動かせない腕の手首から先をひらひらと振って笑った。

　何人かの生徒と一緒に窓から顔を出すと仲良く三人並んで歩く姿が見える。何か話しているのか時々シュテルンが頭を叩かれているが、これが彼らのいつもの風景なのだろう。

「もう少しで先生が来るから席に着いて準備しておこうか」

　パンパンと軽く手を叩くクリステンが主導し、思いがけない上級生との邂逅《かいこう》に浮ついていた気分も戻る。

　佐保も隣の席のアルフリートも椅子に座り、筆記用具と帳面を出して授業に備えた。

　ほどなくしてやって来た教師から連絡事項を伝えられた後すぐに始まった授業で、いつものように必死にペンを走らせ日本語で書き取りをしながら佐保は、午後の講義の時にエイクレアとベアに礼を言うのを忘れないようにしようと心に書き留めるのだった。


　昼食は佐保たちは大体屋外で摂るのだが、今日は昨日の襲撃のことが他学年でも話題になっていないか気になって食堂に行くことにしていた。

「クサカはいつもみたいに家から持って来てたんだね」

「うん。食堂の料理も気になるけど、うちの料理人さんたちが毎朝張り切って作ってくれるからこれでいいかなって。それに食べられないものがあったら困るっていうのが一番の理由かな」

　嘘ではない。城で食べる食事に使用される食材は佐保のために厳選されていると言っても過言ではない。元から皇帝が口にするものということで念入りな検査が行われているが、それに加えて佐保の体質や好みを反映させたものになっている。

　一番顕著なのは魚料理だろうか。海から遠く離れた王都に届けられる魚はこれまでは川魚などが多く、海産物が運ばれて来る頻度は高いものではなかった。豪雪に見舞われる冬場は鮮度はあまり気にしないでいいが輸送に困難をきたし、夏は暑さ対策を施さなければならないせいで費用が割高になるという現実的な理由もある。

　だが佐保が魚料理や生魚——刺身料理——を食べるとわかってからは、輸送される頻度も高くなっている。鮭《さけ》のマリネなどは元からあったので海魚のマリネ風前菜などは今ではレグレシティスも好きな料理の一つだ。

　無論、食べられるものもあれば食べられないものもあり、王宮では使われていない調味料や食材を使ったものを出す食堂での飲食は、安全上の問題から避けるよう厳命されている。

「食べられないもの……そうか、クサカは他の国から来たんだったね。それなら仕方ない」

「そうね。私も前に南の国の料理を出す店に食べに行ったことがあるんだけど、とんでもなく辛くて、とても食べられたものじゃなかったわ。お水を心の底から美味《おい》しいと思ったのはあの時が初めてだった」

　朝の騒動のことなどケロリと忘れた顔でアンゼリカが当時を語る。

「その時に同じ食卓に出されていたのが私の嫌いな水気の多い野菜だったんだけど、まさかあれが救いになるとは思わなくて、それからは嫌いな食べ物から嫌いじゃないものに変わったわ」

「南の料理は辛いよね。僕も知人に振る舞って貰ったことがあるんだけど、もう辛くって。見た目から真っ赤で辛そうだってわかってるのに食べなきゃいけないのは拷問だと思う。その時は比較的辛くない料理を出してくれたから助かったんだけどね。辛いものを食べる時には一緒に果物を食べたり、発酵飲料を飲んだりしたら口の中がまろやかになるらしいよ」

「ありがとうクサカ。覚えておく」

　三人の前には、大きな骨付き肉の炙り焼きに野菜の盛り合わせ、お代わり自由なパンが籠に三人分で七つ、輪切りにした果物に玉蜀黍《とうもろこし》入りの濃縮スープが並んでいる。利用する人数が多いので、毎日提供される定食と日替わりで提供されるのが一つの二種類体制となっている。アルフリートたちが今日選んだのは決まった定食の方だ。

　寮生でも事前に申請していれば弁当を作って貰えるし、構内にある購買でもパンや惣菜が販売されているので、寮生である双子も食生活に不便を強いられることはない。

「料理はいろいろなものを食べ慣れてた方がいいって伯父が言ってたよ」

「アルフリートの伯父様って外政官長なさってる方よね？」

「そう。外政官だから他国に行ったりもするし、皇国に招いた人たちに招待されて会食に出掛けることもあるんだって。その時に出されたものは根性で食べるだけのお腹を持ってないと辛いって」

　聞いていた三人はそれぞれ苦手な食べ物を思い浮かべ、それを皿が空になるまで食べなくてはいけない姿まで想像してしまい、しょっぱい顔になる。

「それは苦痛だわ……」

「不味《まず》くても顔に出せないのは辛いな」

「……避けられるものなら避けたい……」

　佐保は切実に思った。外政官長が会食から逃れられないように、佐保も皇妃として公に出る場が増えれば増えるほど会食の誘いが増えて来るだろう。出席の取捨選択はレグレシティスや木乃、キクロスに任せればいいが、全部を避けられるわけではない。

　外政官長のように、皇帝夫妻が二人揃って出席するのが望ましい他国の重鎮との会食の場合、どういう振る舞い方をするか、どんな風に食事をし、またはどんな断り方だと角が立たないかなどを判断する能力は、これから佐保が磨いていかなければならないものだ。

「ええと、クサカは頑張って食べる練習してください」

「クサカのお世話になっているお家がどこか知らないけど、料理人が複数いるなら大きなお屋敷でしょう？　お願いしたらいろんな国のお料理を作って出してくれるんじゃない？　それで練習すれば？」

「どうして僕が住んでる家がお屋敷ってわかったの？」

「クサカが自分で言ってたじゃない。料理人さんたちが毎朝頑張って作ってるって」

「料理人さんたち、ってことは複数人いるってことだろう？　普通の家は料理人なんていないし、少し大きな家でも料理人一人に、いても下働きだ。それなのに複数いるのが前提の話し方をしたからね、それでわかったってわけ」

「あー……なるほど」

盲点である。

「それにクサカが乗って来てる馬車、小型だけどすごくしっかりした造りだってジンズが感心して自分の家でも欲しいって言ってたぞ」

老舗食器屋の息子で自ら行李《こうり》を背負って各地へ出掛けることも多いジンズならではの目の付け所だ。

「家紋みたいにわかりやすい印がないからどこか大きな家の隠し子説、亡命して来た亡国のやんごとない身分の子供説とか。クサカがどこの子かわからないから気になってるって子も多いのよ」

「僕を？　気になるって？」

まさかーと笑いながら手を横に振って否定する。

（いや気になってるのは他国からの聴講生で王都の知り合いの家にお世話になってるって触れ込みなのに、その家がどこかわからないってことか）

それなら探りたくなる気持ちはわからなくもないが、佐保自身が級友の家事情に関心を持たなかっただけで、上流階級の子供たちは既に社交界に出る前の情報収集に余念がないのかもしれない。

「その顔見るとなんだか誤解してるようだけど、クサカのお家だけじゃなくてクサカ本人にも興味が集まってるのよ？」

「へ？」

「え？」

アルフリートと二人、ポカンとする。

「あのねアンゼリカ、自分で言うのもなんだけど平凡な僕に興味持つってものすごく珍しくない？　もっと興味を持った方がいい可愛い子とか素敵な子もいると思うんだけど」

「まさか」と笑いながら、自分を客観的に見た場合の正直な感想を述べたのだが、

「クサカは素敵ですよ。とっても優しいし、気遣いも出来ます」

「弟みたいで可愛いわよ」

「世間知らずだからかな、放っておけない雰囲気があるよね。素直だし、話し掛けやすいのもいいところだよ」

友人三人はつらつらと佐保の良いところを挙げて見せた。

レグレシティスやミオをはじめとした城の面々やネーブル裁縫店の家族たちは可愛いと言ってくれるが、自分が容姿で人の目を引くほど秀でているとは間違っても思っていない佐保には、内面を重視した三人の言葉は心からそう思ってくれているのが伝わって来て擽《くすぐ》ったい。

「でもまあ、自分で火種を放り込まない限りそのうち収まるとは思うけどね」

佐保たちが首を傾げると双子は苦笑した。

「クリステンの言う通りよ。学術院にはいろいろな事情を持っている人が通っているから、根掘り葉掘り聞くのは駄目っていう暗黙の了解があるそうなの」

「初めて聞きました」

「私も初耳」

「僕たちみたいに元から素性が明らかだったり、自分から言って回ってる人もいるし、名前を売った方がいいって判断している人は隠しもしないし宣伝もしてるんだけどね。自分からどこそこの家です、誰々の身内ですって言わない限り、しつこく聞いたり探ったりしないのが礼儀だって寮の先輩から教えて貰ったんだ」

「それって寮生だから知っているってことじゃないの？」

「最初は寮生から始まって、学年の終わりには自然に浸透しているものらしいよ」

アンゼリカが肉をつつきながら佐保を指さした。

「クサカの場合はどこの生まれかなとかどこの出身かなって興味持たれてるの。家の繋がりとかは関係なくて、クサカのことだから知りたいって思ってるのよ」

「それは……」

有難迷惑とはっきり言ってしまっていいものかどうか。うーんと悩む佐保を見てあまりよろしくないのだろうと敏い三人は判断したようだ。

「クサカのことは私が守ります！」

　意気込むアルフリートに、

「知りたい気持ちはわかるけどそれで逸《はや》るのもどうかと思うから、クサカの話題が出た時には、さりげなく他の方向に向けるようにするね」

　自身も名家テスタス家の子供として現在進行形で興味の的になっているアンゼリカが請け負い、

「さっきも言ったように、クサカに限らずこういうのは最初のうちだけだから。でも、もしもしつこく探ろうとする人がいたら僕たちも注意しておくよ。知られたくはないんだろう？」

　とはクリステンの言。

「知られたくないというか、家の人……後見人になってくれている人に迷惑を掛けたくないから」

「考えたんですけど、クサカには怖い人たちがついてるって噂を流せばもっと早くに収まるかもしれません」

　アルフリートは嬉々《きき》として提案したが、すぐにストンと視線をスープに落とした。

「……それじゃクサカが悪い人と繋がってるようにしか聞こえないから却下します」

「うん、そうして貰えると僕も嬉しいな」

　怖い人といえば怖い人たちではあるのだが、噂にしても佐保のことを大事にしてくれる人達のことを悪い風に思われたくなかった。

「いろいろ考えてくれてありがとうアルフリート。クリステンもアンゼリカも。放っておけばそのうちなくなるならそのままでいいです。ただ僕がお世話になっている人たちに迷惑が掛かったり、全然関係ない人が噂に巻き込まれたりしたら対処したいから、その時はお手伝いをお願いします」

「勿論ですとも」

「害があるような時には容赦しなくていいよね！」

「アンジー、お前は手加減ってものをそろそろ覚えてもいいと思うんだ。勿論、クサカには僕も協力するよ」

「ありがとう」

佐保はひっそりと学院生活を送ることが出来ればそれだけで満足なのだが、身元を隠して通っている以上何らかの詮索は許容しなくてはならないのだろう。悪意のある誹謗《ひぼう》中傷が佐保に向けられた場合には学院に通えなくなるかもしれず、そうならないことを切に願うしかない。双子が聞いた話では、見知らぬ国から来た聴講生に興味があるだけという子供らしい想像に留まっているため、これを悪用する人が出て来なければいいと思う。

「噂と言えば」

塩パンを千切りながらクリステンが思い出したように口を開いた。

「この高等学術院には不思議な噂が幾つかあるんだって知ってるかい？」

佐保とアルフリートは初耳だと首を振るが、アンゼリカは聞き覚えがあるようで首を傾げた。

「それって夕暮れに階段ですすり泣く声が聞こえる話？　それとも音楽室の楽器の劣化が早かったり、夜中に弦楽器が鳴る話？」

「ああ、アンジーは知ってるんだ。うん、その二つの他に七つあるんだよ」

「えー何それ面白そう」

ぱあっと顔を輝かせたアンゼリカだが、対面に座るアルフリートの顔色は悪い。

「それっていかにもな怖い話だよね。私は苦手です。こ……クサカはどうですか？　やっぱり怖いですよね」

「うーん、僕はちょっと興味あるかな」

そう言うと双子とアルフリートは意外そうに目を見開いた。

「クサカはそういうのは苦手だと思っていたわ」

「私もクサカは私の仲間だと思ってた」

「ええっとじゃあ続きを話してもいいってことかな？」

「僕はいいけど、アルフリートが」

三人の目が一人震えている少年に向けられた。

「アルフリートが怖がってるから別の場所でする？」

「クリスの寮の部屋でもいいんじゃない？　私は姉

弟関係だから男子寮にも入れるのよね」

「じゃあ午後の授業が終わってアルフリートが帰ってから僕の部屋に集合しようか。クサカは帰りは少し遅くなっても大丈夫かい？」

「遅くなるって連絡すれば大丈夫だとは思うけど……あ、やっぱり駄目だ。寄り道しないで帰って来なさいって言われてるんだった」

　放課後に友達の部屋に遊びに行くという状況にはワクワクするが、違法薬売人組織問題が片付くまでは予定外の行動は極力取らないように念を押されているのだ。

「えー駄目なの？　どうしても？」

「うん。ほら、昨日あんなことがあったばっかりだから心配してるんだよ。それに今からじゃ迎えの馬車に連絡も出来ないし。そうじゃなかったら寮でお喋りするのも駄目とは言われないと思うんだけど」

　少し前にも寮にお邪魔して中を見せて貰ったことがある。あの時は前日に話を通していたので迎えの馬車も佐保の帰りの時間に合わせてくれたが、今日の場合は当日の思いつきのため、仮に組織の件がなくても許可は貰えなかっただろうとは思っている。

　ただ、事件があったから寄り道は出来ないというのは双子たちには理解しやすかった。

「そうだった。僕らも出来るだけ門限より前に帰って来るように言われてるんだった。女子寮はどう？」

「女子寮も同じね。課外活動も早めに切り上げて寮に戻るように言われてるわ。今日も軍の兵士が来て調べたりするんだって」

「もしかすると僕らが知らないだけで寮生以外は立ち入り禁止になってたかも。張り紙あったかなあ？」

　寮の方で規制を設けているのなら、部屋訪問はやはり先延ばしにするしかなさそうだ。

「でも不思議な話は気になるから早く聞きたい」

　アンゼリカは食卓に肘をついてアルフリートをじーっと見つめた。

「な、なに？　私のせい？」

「ううん、アルフリートのせいじゃないけど、不思議な話が途中だったから続きを聞きたいなって思って見つめてるだけよ」

「それを圧力って言うんだけど」

　にこやかに攻防を繰り返すアンゼリカとアルフリートはさておき、実は佐保も続きが気になっていた。

（だってこれって学園七不思議だよ。異世界にも同じように学校の怪談があるなら知りたいと思うに決まってるよ）

　怖い話を好むとまではいかないが、この月神と幻獣が棲む世界の七不思議も日本と似たような内容なのかなど、不思議な話への興味は大きい。

「じゃあクサカにはこっそり教えようかな。アンジーは後ででもいいけど、このままだとクサカは気になって夜も眠れなくなりそうだし」

　爽やかに笑うクリステンに頷き、佐保はアルフリートの隣からクリステンの隣へと移動して椅子を寄せた。

「階段と音楽室の楽器は話したから、次は――」

　涙を流す絵画。時々目から涙が零れ、絵画に描かれた人物の頬が濡れるらしい。

　森の白い人。広い敷地面積を持つ高等学術院に点在する林の中をふらふらと歩く白い服を着た人影が目撃されている。夜が多いが、稀に昼間にも目撃証言があるとか。

　動く銅像。歴史ある高等学術院の中には成功した卒業生などからの贈答品も多く、壁や廊下の至るところに飾られている。その中の一つ、誰もいない旧講堂へ続く回廊の真ん中に置かれた銅像が時々向きを変えているというものだ。

　歩く銅像。動く銅像と同じく卒業生からの贈答品。少しずつ廊下を移動している銅像で、ある時は脚に泥がついていたこともあったとか。

　姿なき声。階段の泣き声と重なる部分もあり基本は同じ。構内を巡回している警備の人間がよく耳にする。主に男が被害を受けやすく、この声を聞くと眠れなくなる呪いが掛けられる。

　血に染まる池。構内のどこかにある池は痴情のもつれで殺された学生の恨みで、殺された時間になると水面が赤く染まるというもの。

旧講堂の怪異。誰も足を運ばない敷地の外れにある旧講堂には時々明かりが点り、笑い声が響くという。交際を親族から反対された二人が無理心中を図る前に逢引《あいび》きをしていた思い出の場所から離れられず、時々思い出したように現れるのだとか。

（学園九不思議だった）

　簡単に概要を聞いただけでも怪談としか思えない話が九つ。どれも学園九不思議に相応しい不可解な怖さだ。

「寮の先輩から聞いた話だけど、年代が変わると話が変わったり、新しい話が加わって古い話がなくなったりしてるから、本当はもっとたくさんあるみたいなんだ」

「それはそれで凄いと思う」

「だよね。僕も最初に九つの話を聞いた時にはゾッとしたけど、その後でまだまだ増えるぞって言われたら、途端に怖さも半減してしまったよ」

「ちなみにどれくらいあるか知ってる？」

「先輩は十六までしか辿れなかったけど、今男子寮の寮監をしている人が通っていた時に五十四まで数えた人がいたんだって」

「五十四！　凄い数だね」

「僕もそう思う。でね、五十四まで見つけたその人は喜んで友達と一緒に祝い酒を飲んでいたんだけど、酔っぱらって階段で足を滑らせてしまって……」

「まさかとは思うけど、それってアンゼリカが言ってた夕暮れにすすり泣く声が聞こえるっていう階段なんじゃ……」

　クリステンは重々しく頷いた。

「そう、不思議な話を探していた学生は自分自身が不思議な話になってしまったんだ」

　そうまでして集めた不思議な話の一つになってしまって不幸なのか幸せなのか。

「実はこの話にはまだ続きがあって」

「うん」

「それよりもっと遡った年代にも熱心な学生がいて、その人も学院内で亡くなって不思議話になってしまってるらしい」

静かで落ち着いた声は聞き取りやすく、それだけに敢えての淡々としたクリステンの語り口調が怖さというスパイスを話に添える。

いつの間にか佐保たちの卓の周りはシンと静かになっており、そわそわと自分の腕を摩ったり、隣の人と手を握り合ったりしている生徒の姿が見えた。彼らよりも近くにいたアンゼリカとアルフリートもいつの間にか言い合いをやめ、卓越しに二人手を握り合って聞き入っていたようだ。

「――クリステン」

「うん。怖がらせるつもりはなかったんだけど、結果的にそうなってしまったみたいだね」

双子の片割れは自分のせいじゃないと肩を竦めた。

学園七不思議という言葉に馴染みがあった佐保はともかく、あまり幽霊の話を聞かないこちらの世界では真偽不明の噂に過ぎない伝聞による話でも、恐怖心を教えることは出来るようだ。

「こういうお話をまとめた本があってもよさそうだけど。ないの？」

「あくまでも口伝の形で語り継がれて来てるからなあ。でも十個くらいまでなら覚えられてもそれ以上の話は聞いた方も忘れるだろうから、どこかに書き残されているとは思う」

佐保はクスリと笑った。

「それもまた不思議な話になったりして」

「どこかに謎の本が隠されていて、それを見つけて読んだ人はいつの間にか本の中に引き摺り込まれて行方不明になってしまう……なんて話になりそうだ」

不思議な話を集めていた過去の寮の先輩たちが不審な死に方をした挙句、それが別の話になってしまう。つまりは話の中の主人公として本に取り込まれてしまうという解釈も出来るので、あながち間違いではない。

「もしかすると最初は一冊の本から始まって少しずつ話が書き込まれていくようになったのかも」

「そのすべてが犠牲者たちの話って考えたら確かにクサカの言う通り、その本が元凶になるね」

「呪いの本だね」

「まさにその通り。呪われた本だね」

　きゃっきゃと怖い話で盛り上がる二人をアンゼリカとアルフリートだけでなく、周囲でいつの間にか聞き入っていた生徒たちも「信じられない！」と見つめている。

「知り合いに怖い話が好きな人がいて、この話をしたら大喜びで飛びつきそう。理由をつけて学院に来てしまうかも」

「へえ、面白い知り合いがいるんだね」

「大人で、親切で優しくて気が利く人なんだけど、話もしやすいし面白いよ」

　皇妃付筆頭侍従ミオのことである。城の中で囁《ささや》かれる怖い話をなぜかたくさん知っていて、時々歴史の勉強中に雑談として語ってくれる。ミオの話を信じるならば、城の宝物庫に収められている道具や宝物の十分の一は曰く付きの呪われたものになる。十分の一とは少ないようで多い。十個のうちの一個だと少なく感じるが、百個の中の十個、千個の中の百個と数を増やしていけば、どれだけ呪いのアイテムがあるんだとツッコミたくなるものだ。

　実際に佐保がミオから話を聞いたその時に思ったことは、

「それだけたくさん呪いの品があってよくお城や働いている人が無事でいられるね」

だった。正論である。

　宝物庫を管理しているのは典礼官府なので、典礼官長と話す機会があって尋ねたところ、

「不調を訴えたり精神に異常をきたしたという話は今のところございません」

　ただし、過去に遡ってはわからないというのだからミオ好みの話が隠されていそうだ。

　閑話休題。

　いつもよりやや静かな食堂の中で食事を済ませ、お茶を一杯飲んで膨らんだ腹を休ませた後は午後の授業の開始である。

「じゃあ実技、頑張ってね」

「クサカも迷子にならないように気をつけるんだよ」

「もうっ、それはもう忘れて！」

笑いながら手を振る三人へ佐保はむくれながらも同じく手を振り返した。

文官科を志望しているが家の方針から体術も学ぶことを奨励されているクリステンとアルフリートは、騎士科志望のアンゼリカと一緒に体術の授業が行われる演習場へ向かう。佐保は一人、第三大講堂へと足を進め、

「ご一緒します」

途中の回廊でスッと横に並んだ弥智と合流した。

「朝ぶりです、弥智さん。お昼ご飯はちゃんと食べました？」

「日替わりをいただきました。実は俺も食堂にいました。佐保様たちがいたすぐ隣の食卓の端っこの方で食べてたんです」

「ええっ、全然気づかなかった。本当に？」

「俺が食堂に入ったのは遅かったんですが、逆にそれでちょうど食事を終えた生徒たちが席を立ち始めまして。お隣の人たち、少し顔色が悪かったからそれで早めに退席したのかもしれないですね」

何となく心当たりがある佐保だが黙っていることにした。おそらく弥智が席を確保した時には既に不思議な噂話の終わりかけか、昨日の事件の後のことについて話をしていた頃だ。

「ご飯は美味しかった？」

「普通に美味しかったです。俺は普段は騎士団本部内の食堂を利用するんですが、少し柔らかめな感じですかね。大人と子供が混じってるような環境だから必然的にそうなったんだと思います」

「お昼代は経費で出るんでしょう？　足りなかったら二人分食べたらいいんじゃないでしょうか」

「俺の向かいの生徒は二人分食べてましたね。食べっぷりがとてもよかった」

あははと笑う弥智は明るい。サラエ国からやって来てサークィン皇国で騎士になって、ここに来てまさかの学生生活。生徒と一緒に食堂でご飯を食べるなど想像もしていなかっただろうに、環境への順応性が高いにしても馴染むのが早い。

「弥智さんもサラエでは学校に行ったりしてたんで

すか？」

「行きましたよ。といっても軍学校だからこんな風にのんびりとは出来なかったですが」

国王が好戦的な爺《じい》さんで……と笑う弥智。良い思い出がないのか、佐保の前ではあまり祖国サラエのことを語らない木乃から聞いた少ない情報でも、独裁政権下での圧政と選民思想により貧富の差が激しく、王侯貴族と官僚、軍人以外の暮らしは総じて厳しいものだったらしい。だから食べるために軍人を目指す子供も多かったとか。もしかすると弥智や瑛杜もそんな子供たちの中の一人だったかもしれない。

「騎士団の生活の中で不便はないですか？」

「まったくありません。しいて言えば、酒癖の悪い先輩方が多いのと、口煩《うるさ》い後輩がいることくらいでしょうか。口煩いのの筆頭はグライスナーっていうんですけどね。鍛錬の時もなぜか俺に挑んで来ることが多いので練習の範囲内でやり返してます」

にやりと不敵な笑みを浮かべる弥智に佐保は察した。

「あー……理解しました」

弥智と、それから木乃と瑛杜は金髪のイクセル＝グライスナーとはミネルヴァルナ州での皇妃への態度が原因でやり合ったことがあり、少々因縁がある。あの時は直接剣を交えることはしていなかったが、目の前で自分の部下が手も足も出ずに伸《の》されたことで思うところがあるのかもしれない。

「騎士団長や副団長にも徹底的にやっていいと言われているので、手加減はしません。あくまでも、練習で許される範囲でやってますから」

本当にとてもいい笑顔である。王都に降格左遷という形で引き取られ、騎士団長リー・ロン直々の指導の下、グライスナーも大分柔軟な考え方をするようになり、周りを見る余裕も生まれて来てはいるようだが、高いプライドは健在のようだ。

「弥智さんが楽しそうでよかったです。瑛杜さんも？　時々護衛についてくれるんだけど、仕事中はあんまりお喋りしないでしょう？」

「あいつは元から多く喋る方じゃないですしね。瑛杜も同じく楽しんでますよ。休みの日には似たような体格の先輩方と効果的な筋肉のつけ方を研究しています」

「……それは、うん、楽しそうで何よりです」

佐保としても活き活きしている彼らを見られて嬉しい。

「今度、時間が出来た時にでも木乃さんと瑛杜さんと弥智さん、それに僕の四人でお食事会でもしましょうか」

「大歓迎です。でもミオ殿は入れなくていいんですか？　サラエの宮で暮らしていた仲間という意味ならミオ殿にも資格があると思うんですけど」

「ミオさんも入れてもいいんだけど、サークィン国出身じゃない僕たち四人が出会って始まったからね」

遡れば佐保がナバル村に来たことやメッチェたちと出会ったことなど契機となる出来事は多くあったが、最後の分岐点は木乃たちと出会ったことだと思っている。

「それに三人で会うことって滅多にないでしょう？　弥智さんたちは会っているかもしれないけど僕はいないし」

「いやいや頻繁じゃないですよ。とにかく木乃さんが忙し過ぎて。俺も陛下の執務室の前に詰めることがあるんですが、その時に宰相府からの遣いで来る木乃さん、前以上に研ぎ澄まされている感じでした。一見して疲れているように見えない……見せない人だからわからないですけど、宰相府はかなりきつい職場で有名だから無理してなきゃいいんだけど」

「木乃さんってそういうとこあるよねえ。疲れてるから侍従の仕事はしなくていいっていうのに、僕の手伝いしたり、グラスとリンデンの世話をしたりしてるんですよ」

「休んで欲しいですよねえ」

「ほんとほんと」

「でももしかしたら佐保様や二匹と遊ぶのが疲労回復に役に立っているのかもしれませんね。団長には内緒ですけど、うちの騎士たちも本宮配置の時は秘かに仔獣当番って言って散歩や遊びに付き合う人を決めてます。当番制だから持ち回りなんですけど、希望者が多過ぎるからこれまで二人だけだった毎日の当番を三人にしようと画策しているところです」

「そんなのあったんだ」

　初耳である。ミオやキクロスからもそんな話は聞いていなかった佐保は立ち止まって弥智を見上げた。小柄とは言っても佐保より高い位置にある顔なので見上げねばならないのである。

「二匹とも可愛いですから人気なんですよ」

「あの子たち、あっちこっち歩き回ってるでしょう？　小さいから探すの大変だし、悪戯や我儘《わがまま》が酷い時には教えてくださいね。しっかり叱っておきます」

「大抵はお行儀いいから平気ですよ。高い木を登るのも鍛錬になるし、岩を持ち上げるのも苦にはならないです」

「……グラス……リンデン……あの子たち普段何してるの……」

　佐保は額に手を当て宙を仰いだ。一度樋《とい》を伝い屋根の上に登り降りられなくなったことがあるのは知っているが、野放し状態で本宮奥の森に出掛けて帰って来た後は汚れが酷いことも多いので、たくさん冒険したんだくらいにしか思っていなかったが、騎士が鍛錬だと思うくらいの行動力なら話は別だ。

「――今度、こっそり二匹の後をつけてみます。親の僕が子供たちが何をしているのか知らな過ぎるのは問題です」

「そこまで大袈裟にしなくても」

「ううん。あの子たちは前科があるから。隙間に嵌《は》まって出られなくなったり、鳥に攫《さら》われたり……」

「攫われても、今はシェリーがいるから何とかなるんじゃないですか？」

「甘い！　甘いよ弥智さん。シェリーは自分が王様だと思ってるからしたいことしかしないんです。グラスとリンデンの世話をしてくれることはあるけど、気まぐれだから。二匹もシェリーに乗せて貰ったことがあるのを覚えているからよくせがんでて。シェリーに相手にされてないのが救いかなあ」

孔雀《くじゃく》に似た長い尾羽を持つ青い鳥シェリー。種族名はミチェルといって南の国バッークの国鳥だ。自らが希望してサークインへ赴く使節団の船に乗り、はるばるやって来て稀人《まれびと》の皇妃がいる本宮を住まいと定めている。本来は白いはずのミチェルだが、シェリーは青い色を持っていることから幻獣の一種もしくは幻獣に準ずる鳥ではないかと考えられている。

「時々二層のお屋敷街の上を飛んでいるのを見掛けますよ。城の尖塔《せんとう》のてっぺんに留まっていたりしてますね。天気の良い日は屋根の上で丸くなっているのも見掛けます」

制約のない、どこまでも自由な鳥である。

「尖塔と言えば」

第三大講堂への入り口の手前で弥智は足を止め、木立の遠く向こうに見える塔を指さした。間には木《こ》立……針葉樹が並ぶ林があり、石畳で舗装された小径《みち》が続いている。間に木しかないためそれよりも高い塔の先端が見えるが、歩いて行けばかなりの時間が掛かりそうだ。

「あの建物がどうかしたんですか？」

「旧講堂です、佐保様」

「旧講堂？　……あっ！」

最初は何のことかわからなかった佐保だが、言葉の響きで思い出した。

「あの！　悲劇の恋人たちの思い出の場所！」

「そうです。夜になると火の玉がゆらゆらと揺れ、この世で添い遂げられなかった若い恋人たちの悲し気な泣き声が聞こえるという旧講堂です」

クリステンから聞いたものより怪現象が多くなっているが、九不思議とは別の旧講堂が他にない限り、同一の不思議話の舞台で間違いないはずだ。

「——って弥智さん、話聞いてたんですか？」

「聞いていたというより聞こえました。諜報活動や隠密行動も多いせいで耳もいいんですよ、俺たち」

弥智は自分の耳を指さした。鬘を被っている今は少し長めの髪で耳が半分隠れているが、音や声を聞くのに支障はない。

「俺もそういう話は嫌いじゃないので、佐保様と合流するまでの間に聞いて回ったんです」

「僕と合流したのはついさっきだよね!?　そんなにすぐに話を聞けるものなんですか？」

　得意気な弥智だが地球時間の単位でも体感で一時間も経っていない。遅れて食堂に来て佐保より早く出たとしても調べるのに三十分もないはずだ。

「実は昼前まで老人に捕まっていまして」

「はい？」

「いや悪いことをしていたわけではなく、庭掃除に必要な荷物を運ぶという良いことをしたつもりだったんですが、そのまま作業を手伝っている間中、昔話をずっと聞かされまして。それくらい昔のことに詳しくて長く学院で働いているなら、佐保様たちが話していた不思議な話も知っているんじゃないかと思って昼食の後で訪ねてみたんです」

　そうしたら実際に知っていたというわけである。

「雑役夫の仕事をしながら敷地内をいろいろ歩き回っているおかげで、噂話や学院内で起こった事件には詳しかったですよ」

「やっぱり事件ありますよねえ。これだけ歴史が長いんだもん」

「ご老人曰く、学生さんより学はないけど自分で見たり聞いたりしたことは忘れないようにしてるそうです。御年七十七歳、重い荷車も軽々運ぶ頑健なご老人です。佐保様も通っている間に見掛けることがあるかもしれませんね」

「そうだったらいいな。もし会えなかったら弥智さんに探して貰いますね」

　高等学術院の不思議話を集める上で欠かせない人物になりそうだ。クリステンにも教えてやらねばなるまい。

「お任せください」

「でも旧講堂かあ」

　他の校舎や講義棟から離れているのを考えると、あまり頻繁に使われていたわけではなさそうだ。旧とつくことからわかるように、現講堂も存在する。こちらは教職員の研究室や教務室、理事長室や事務室がある教務棟に近い場所にある。学期の最初と最後、卒業式や入学式に使われる。生徒全員を収容できるだけあって、吹き抜け構造の一階と二階の広さは、王城に入ってすぐの大広間よりも広く感じたくらいだ。

「ご老人の話では学院内にある建物の中で一番古いそうです」

　最初は近くに校舎が立っていたが、敷地の拡大と共に学生の数が増えるたびに建て増しするのを繰り返すうち、複雑な迷路のようになって来たため新しい校舎を建てることになった。それが佐保たちが今授業に使っている校舎や講義棟というわけだ。

　新しい校舎にすべての業務を移行した後、一時期学生や教師たちの寮として使われていたこともあったらしいが、結局それらも離れた場所に新しく建てたことによって解体されることに。最終的に六十年ほど前に新しい講堂が建てられ、お役御免になったというわけである。

「じゃあ、旧講堂の怪談……不思議な噂はそれ以降に出て来たってことになるのかな」

「ご老人がここで働き始めた頃には既にあったらしいから、どうでしょうね。使用中で誰が来るかわからない場所で逢引きはしないでしょうから、放置が決まってからだと思います」

「本当に家族に反対されている仲だったとしたら人の目に触れたくはないから、使われなくなってから忍び込んだんだろうね」

　深夜の逢瀬《おうせ》である。辛い恋をしている若い学生たちが密会の場でただ話をするだけで終わったとは考えにくい。肉体関係があるならなおのこと、念入りな後始末が必要な「使われている建物」で事に及んだりはしない、と思いたい。

　じっと塔を見ていると、

「佐保様」

　じっとりとした弥智の視線を感じて頭を振った。

「行きません。どんな建物なのか興味はあるけど一人で行くような真似はしません」

「一人じゃなくても止めてください。古い建物なんですから壊れない保証はないんですからね」

「弥智さんの今の言い方、ミオさんに似てる」

「ミオ殿に似てると佐保様が思うということは、ミオ殿が今の俺と同じように注意する場面があるってことですね」

「そうでもない、ですよ。ミオさんは心配性だから」

　時々キクロスに注意される程度には心配性で過保護な面がある筆頭侍従だ。

「中に入ろうか。この講義、お昼休憩が終わって最初だから席が埋まるのが早いんです」

「わかりました」

　静かな廊下を歩いて講堂に入ると、やはり三分の一ほど席が埋まっていた。佐保はいつものように教壇に近い、中央寄りの前から二列目の席に鞄を置き、弥智は佐保の真後ろの席を確保した。

「隣も空いてるけど」

「俺はここでいいです。俺みたいなのよりも熱心に授業を受ける学生が前の席に座るべきです」

　弥智の誤算は、机が階段状に段差をつけた配置になっているため、前後左右どの席を選んでも教卓に立つ教師からは丸見えということだった。

「僕の背丈がうんと高かったら隠せたかもしれないですね」

「いや瑛杜でも無理でしょう」

　後ろを向いて弥智と話をしていると、ドサッと荷物を置く音がして隣を見ればエイクレアが椅子に座るところだった。

「こんにちはエイクレアさん」

「朝ぶりだな、クサカ」

「あの後、大丈夫でしたか。訓練場に間に合いました？」

「何とか遅刻はしないで済んだよ。シュテルンを引き摺って歩いた時間が勿体《もったい》なかった。最後は尻を蹴飛ばして走らせたさ」

「ご苦労様です」

　朝のシュテルンを思い出し苦笑を浮かべたエイクレアは、二人の会話をじっと聞いている弥智を見て首を傾げた。

「この講義では初めて見る顔だな」

「僕と同じで聴講生で入った人です。朝一緒になっていろいろ話をしていたら、午後の講義で結構被ってるのがあって、それなら一緒に行ける時には行って、どっちかが先に教室に入った時には席を取っておくといいねって話してたんです。ね」

「弥智といいます。三年の史学科に籍を置いてます」

弥智がペコリと頭を下げると分けていた前髪がハラリと零れた。

「エイクレア、騎士科の四年、最上級生だ」

「よろしくお願いします。騎士科の人を近くで見たのは初めてだからちょっと緊張します」

「大丈夫ですよ、弥智さん。エイクレアさんはとても親切で優しい人で、僕もいろいろ助けて貰ってるんです」

「え、そんなに助けられるようなことが何度もあったんですか？」

この時の弥智は学生のふりではなく本気で驚いていた。襲撃時に騎士科の学生が駆け付けたことは事前情報として伝えられていたはずだが、個人としてのエイクレアとの接触は知らされていなかったようだ。

護衛につく弥智に要注意人物の名を知らせないはずがないので、この時点でエイクレアは佐保にとって無害だと判断されていることになる。

「そこのところ詳しく知りたいです」

佐保の肩越しに身を乗り出した弥智の様子に、エイクレアは目を見開いてパチクリさせた。落ち着いた大人の雰囲気で頼もしいエイクレアのあまり見かけない表情に笑みが零れてしまったのは佐保だけではなかった。

「エイクレアが珍しい顔してる」

遅れて部屋に入って来たマイルトルテが微笑みながら声をかけてきた。

「こんにちは」

「こんにちはクサカ君。朝はシュテルンがごめんね」

マイルトルテも挨拶の中にするりとシュテルンの行為に対する謝罪を織り込んでいて、シュテルンの暴走が日常的になっていると誰が聞いてもわかるようになっていた。

「いえ。シュテルンさんのことはさっきもエイクレアさんが謝ってくれたし、僕自身に何かを言われたわけじゃないから気にしないでください」

　謝るとすれば口論の相手だったアンゼリカになるのだろうが、シュテルン本人が謝るならともかく、友人たちが謝罪の言葉を口にするのは違うような気がする。だが二人を会わせれば同じことを繰り返しそうで避けたいところでもある。結局は周りが後始末をすることになるわけで、二人共が反省し仲直りするまでは極力会わせないようにした方がいい気がして来た。

（そうは言ってもアンゼリカは騎士科志望で授業も武芸に関するものばっかりだから、顔を合わせないわけじゃないのが不安なんだよね）

　高確率で二人がいる場所に居合わせることになる教師や騎士たちには是非とも頑張って貰い、反発し合う二人が暴発しないように目を光らせて貰いたいものである。

「シュテルンは面倒見も頭も人当たりもいいんだけど、騎士団長が絡むとちょっと……いやかなり、性格が変わるんです」

「団長様？」

「だんちょ……騎士団長に何か恨みでも？」

　朝の教室でのやり取りを知らない弥智がそう思うのも無理はないが、実際には正反対の理由だと知っている佐保たち三人は顔を見合わせ、一様に何とも言い難い表情で眉を下げた。

　誰が本当のことを話すかと無言で押し付け合う中、

「シュテルンは」

　仕方がないとエイクレアが口を開いた時、

「授業を始めるぞ」

　低い男の声が室内に響き渡った。

　ガタガタと慌てて席に着く生徒たちを教壇の前で見ているのは、この講義の担当オーランド＝ベアだ。

　弥智がさっと後ろに引っ込み、佐保たちも前を向いて席に座り直した。

　いつの間にかほぼ満席となった講堂をぐるりと見

渡すと、ベアは満足そうに一度頷いた。

「よろしい。では開始する。今日の主題は歴史の中に見る神花の出現と開花条件についての考察だ。最前列の者は配布する資料を取りに来なさい」

二十人ほどが席を立ち、自分の分を取ると後ろに回していく。佐保も五枚重ねられた一人分の資料を取ると体を半分捻って後ろの弥智に残りを渡した。

「さっきの」

「後で話します」

団長の名が出されたのに中断されたシュテルンの話が気になっている弥智の気持ちはわかるのだが、今は講義に集中だ。違法薬売人組織の事件が動いた時、最悪の場合は通学を断念しなければならないのだ。一つ一つの授業を真剣に受けること。それが今の佐保の最優先事項だ。

「――ということで本日の講義は終了する。次回はもう少し詳しく神花や月神の遣いと呼ばれているものたちについての考察を深める内容になる」

定刻通りにベアが授業の終わりを告げると、いつものように数名の生徒がベアの周りに群がって質問をしていた。

「佐……クサカは行かないんですか？」

「今日は止めておきます。知りたいこととか質問をもう少しまとめて聞きたいから」

先日参考資料として教えて貰った幻獣の生態を綴《つづ》った輸入書は城の図書室になく、王都の書店でも在庫がなかったため、他都市の書店に問い合わせ中だ。入荷するなら東西の貿易都市と南方エッシャール州の州都が最有力候補で、町の小さな書店や古書店も含めて探して貰っている。

国内で流通している書物を購入するのが一番いいのだが、見つからない場合は発行元の国からの取り寄せになり、手間と時間と多くの費用が掛かるので出来ることなら避けたかった。

「それでも欲しいものは欲しいし欲張っちゃうんで

すよね」

　リー・ロンも個人的な伝手《つて》を辿って他国から書物を取り寄せては佐保に持って来てくれるが、専門にしているベアが推薦する本は出来るなら全部読みたい。

「それくらいいいと思いますよ。あれが欲しいこれが欲しいって全然言わないのですから、本くらいはねだってもいいと思います」

　弥智は言うが佐保が求める図鑑や事典は装丁も立派なだけに総じて高価だ。製紙の技術があるので紙は一般の家々にも出回っているし、佐保が使っている帳面のように消耗品ではあるのだが、長く保存する必要のある書物に使われるのは褪色《たいしょく》防止処理をされた特殊な紙なので、工賃などを含めるとどうしても値が上がってしまう。

　現代日本でも一般書は誰もが購入しやすい価格だが、専門書は高額なものが多かった。二千円でも高いと思うのに、一万円近くとなると一気に手を出しにくくなってしまう。それ以上になると指を咥えて見ているしかない。図書館にあれば読むことは出来るが、そういう本の場合は指定の場所以外持ち出し禁止だったり貸出禁止だったりする。

　演劇部在籍中も衣装制作のために昔の衣装や暮らしぶりを解説した本を見ることがあり、学校の図書室や町の小さな図書館で本と顔を突き合わせながら書きとったりしたものだ。

　興味があるからという理由だけで買うには、高い場合がほとんどなのだ。

　今の佐保は、その高価な書物を価格を気にせず欲しいと言える立場にあるのだが、買って欲しいとお願いするたびに申し訳ない気分になってしまう。

「でも考えようによっては必要経費ですよ」

「経費？」

「幻獣である二匹のことを知っておくのは国としても大事です。それに神花について書かれている書物なら神花を国花にする皇国にとって益しかありません」

「言われてみれば確かに」

かつては特性を知らなかったがために遷都を実行した皇帝が、強制的に退位させられるという事態になってしまった。これも神花がイルレーゼという土地でしか咲かない――咲く気がないと言うことを知らなかったために起こった悲劇である。この事件があったから性質がわかったのだという人もいるが、寒い北部のイルレーゼでしか咲いていないのだから暖かい南部で咲くはずがないよね、植物なんだから当たり前のことだよね――と返されるのが常である。

　今の佐保と神花の関係なら皇国内ならどこででも、もしかすると月神の加護を得ているのなら世界のどこにでも芽吹きそうな気はするのだが、それは今後の検証待ちだ。といっても、佐保が危険な目に遭うのを看過する皇帝たちではないので、人の手では手遅れになりそうなほど重大で危ない場面が偶発的に起こらない限り、検証は難しいだろう。

　そのあたりのところもベアに訊いてみたいのだが、必然的に佐保が皇妃本人だと正直に告げるのが前提となるため、訊くにしてもレグレシティスの許可を得てからになる。

　昨晩のレグレシティスとの話の中で、信頼できる人物だと太鼓判を押されているとわかったので、この騒動が収まった後にでも身分を明かす許可を得たいと考えている。

「僕の私物だけど経費でいいのかな」

「侍従長や陛下にお尋ねしてはどうですか？　その方が殿下もすっきりするのではないかと思います」

「うん、そうしてみる」

　佐保の普段の買い物はキクロスから貰う月々の小遣いで賄われている。出どころはレグレシティスの個人資産なので私費なのは間違いないが、それとは別に皇妃用に割り当てられた資産があるので、購入している書物がどこの財布から出されているのかは確認しておきたい。

「団長様は自分も読むし、他の取り寄せ荷物もあるからって全然代金を貰ってくれないんだけどね」

「あの方は読書家ですから。ただ周りに読書を好きな人が少ないので殿下に渡す本を選んでいる時はとても楽しそうですよ」

「自宅のお屋敷には本がたくさんあるんですよね」

「時々非番の騎士が掃除と虫干しに駆り出されてますよ。普段は家令が管理を任されています」

　騎士も兵士も基本はそれぞれの宿舎で生活しているが、城内に屋敷を構えている者もいれば、城下の家で家族と暮らす者もいる。リー・ロンも同じく宿舎に自室を持ち、通常はそこで寝起きをし、三層にある屋敷はリー・ロン曰くの「物置き」として活用していると聞いていた。書物に限らず、武具や家具、酒に楽器など、本人の多彩な趣味を存分に知らしめるように収められているらしい。誘われたら絶対に飛びつく自信がある。

「そう言えばシェリーもよくお屋敷にお邪魔していると聞きました」

「そうなんですか？」

「ほぼ無人で静かなせいか、庭でよく休んでいるそうですよ。半日くらいいることも珍しくないとか。本当に自由な鳥ですよね」

　まったくもってその通りである。

　弥智と話をしている間に質問を終えた学生たちが教室を出て行き、ベアの周りにいるのはマイルトルテとエイクレアだけになっていた。

　人がいなくなるのを待っていた佐保は弥智を伴って席を立ち、穏やかに話をしている彼らに近づいた。ベアの顔が上がり、佐保の顔を真っすぐに見る。

「質問か？」

「質問したいことはありますけど、それはもう少しまとめてからにします」

　緩く否定すると小さく頷かれる。ベアの方も質問があって佐保が残っていたとは考えていなかったようだ。

「昨日のお礼をしようと思って終わるのを待っていました」

「それは昨日のうちに貰っている」

「はい。それでも明るい場所ではっきり顔を見てお礼を言いたかったので。いろいろありがとうございました」

いろいろ――。学生たちから存在を隠してくれた礼、不安に怯えていた四人を寮に戻るよう促してくれた礼、佐保を見守ってくれていた礼。

言葉にしなくてもベアならきっとわかるはずだ。

「教師としては当たり前のことだ。君が気にすることはない。――だが礼をすると言うのなら受け取っておこう。その方が君も気が楽になるだろう？」

礼を述べたいと望んだのは自己満足だと指摘され、佐保は苦笑した。だがはっきり言ってくれる方が有り難い。

しかしそこに非を唱えた人がいた。

「オ……ベア先生、失礼ですよ。お礼と謝罪は黙って受け取るのが良い大人です」

マイルトルテはずいと顔をベアに寄せると、ほっそりとした指をつきつけた。

「先生とクサカの間に何があったのかわかりませんが、気持ちを否定するのはよろしくないんじゃないでしょうか？」

マイルトルテの銀色の瞳に至近距離から責めるように見つめられ、ベアはバツが悪そうに肩を竦めた。

「わかった。わかったから指を収めなさい。当たったら痛いだろう。それに怪我をする」

自分に向けられている指ごとマイルトルテの手をやんわりと握って下ろさせたベアは、その状態のまま「すまなかった」と佐保に頭を下げた。

「もう大人ってこれだから嫌ですよね。斜に構えて人の裏を読み過ぎたり考え過ぎたり。もっと単純に素直でいいのに、自分から複雑にしてしまってるんだから」

呆れて物も言えないと腰に手を当て、プンプンと擬音がつきそうな態度のマイルトルテにさすがのベアも言葉がない。エイクレアの方は友人と教師のやり取りを笑みを浮かべて眺めているのだから、もしかすると日常的に見慣れた光景なのかもしれない。

「マイルトルテの言う通り、私が悪かった。少し神経質になりすぎていたようだ。クサカの立場を考えるなら礼を言わないのが当たり前だと思い込んでいた私が悪い」

あれ？　と思った佐保だが、ご機嫌斜めのマイルトルテの声が疑問をつき止める前に霧散させる。

「お礼はお礼ですよ、ベア先生？」

「お前は少し黙っていなさい」

「エイクレア、先生が私をいじめます」

泣き真似をして友人の肩に顔を埋めたマイルトルテの口からは可愛らしく舌が覗いていた。

（この人……美人と可愛いを共存させる技巧を身につけてる……！）

外見は硬質な硝子《ガラス》のように壊し難い美を持っているのに、中身は非常に人間らしく温かみがある。そして場の空気を読む繊細さも持ち合わせている。

佐保は改めてマイルトルテという上級生に興味を持つと共に、エイクレア同様、得難い人物と知り合えたことを感謝した。

「エイクレアたちに聞きました。昨日は大変だったんでしょう？」

ベアが礼を受け取ってひと心地つけたところでマイルトルテが佐保を気遣うように話し掛けて来た。

「大変ではありましたけど全員が無事に戻って来れたから、ホッとした方が大きいです。エイクレアさんたち騎士科の皆さんも駆け付けてくれて、とても心強かったです」

にこりと笑い掛けるとエイクレアは照れたように目を伏せた。

「あれは時機もよかったんだと思う。演習を終えたのが遅くなったせいで街道に出るのも遅れ、馬を飛ばして王都に向かおうとした丁度その時に報せを持った騎士と会ったんだ。そこから脚の速い馬に乗った人たちで先行した形だな。間一髪といったところで間に合って、俺たちよりも騎士たちの方が安心していた」

その時のことを思い出したのか、エイクレアは何と言ったらいいのかわからない複雑な表情で話を続けた。

「帰りの道中はまだ気を張っていたみたいだが、皇国軍に後を引き継いで、演習場に戻って点呼して解散の声が出た瞬間、ほとんどの騎士たちが地面にしゃがみ込んで、よかったよかったって泣きそうな顔して。本気で泣いている人もたぶんいたと思う」

「それ本当？」

「本当だ」

「本物の騎士？」

「正真正銘本物の騎士。付け加えると郊外の演習だからって補充で派遣された中隊長もいた」

　そんなに怖かったのかな、それとも大勢の命が助かって喜びに泣いてたのかな、騎士たちって意外と人情味があるんだねえ——とマイルトルテが独り言を言うのを聞きながら、佐保は、

（ごめんなさい騎士様たち。僕がいたせいでプレッシャーがとんでもなかったんだよね）

　心の中で騎士たちに感謝すると同時に詫びていた。

　襲撃者たちを相手に防戦している時には余裕がありそうに見えたし、実際に大陸最強の男に鍛えられている騎士たちにとっては低い難度だっただろうが、内面では緊張と不安と恐怖が渦巻いて必死だったのだろう。

　佐保をチラチラ見ていたのも、安全圏にいるかどうかの確認と佐保が妙な動きをしないでくれという願いがあってのことなのかもしれない。

　マイルトルテが騎士を目指す友人の全身を眺めた。

「騎士の仕事って泣くほど大変なんですね。エイクレアも騎士になるんでしょう？　大丈夫なんですか？」

「そうだな。死に物狂いにならなくてはいけない時があるのを間近で見て体験することも出来たし、実際に戦う姿を見て怖さを感じなかったと言ったら嘘になる。だが、騎士になりたいという願いは逆に強くなった」

「そうまでして騎士になりたいの？　成績も優秀なエイクレアなら文官でも十分上を狙えると思いますけど」

　エイクレアは穏やかな笑みを浮かべ、言った。

「——俺には護りたいものがあるからな」

「ふぅん」

　腕組みして目を眇《すが》め、友人を眺めたマイルトルテ

はそれで納得したようだ。

「なるほど。人によって護りたいものは違いますもんね。私にもあるし」

なぜかフフンと鼻を高くしたマイルトルテはポンとエイクレアの肩に手を置いた。

「私は君を応援します」

「あ、ああ。よくわからないがありがとう？」

何故か上から目線の言葉に戸惑いながらも頷くエイクレア。

後ろで弥智が小さく吹き出す音が聞こえた。エイクレアが語った学園帰着後の騎士たちの様子に「わかるわかる」と小さく頷いていた。そして護りたいものがあるから騎士を目指すことをやめないという言葉に自らに通じるものを感じたのか、深く頷いていた。

「それでクサカ、用事が済んだのなら早く帰りなさい」

「もう！　また先生はそんな冷たい言い方をして！」

自身も教材などの荷物をまとめたベアは再びマイルトルテに詰め寄られているが、

「マイルトルテ」

片手で軽くいなすと溜息をつきながら美人な教え子の名を呼んだ。

「なんですか？」

「お前が言ったんだろう？　クサカは昨日大変な目に遭ったばかりだと。疲れていないはずがない。そんな中、私の講義を受けるために休まず学院に来た彼を早く帰らせてあげたいとは思わないかね？」

「あ」

諭す言葉に「しまった」とマイルトルテが顔を顰《しか》める。そしてすぐにしょんぼりと肩を落とした。

「……ごめんなさい。そうでした。本当はお休みしたかったのにベア先生にお礼を言うために講義にも来てくれたんでしょう？　雑談しかしてなかったから割り込んでよかったんですよ」

「生徒たちの質問を雑談と言うんじゃない」

呆れるベアだが、そんなことは気にせずマイルトルテは佐保の腕を取ると出口に向かった。

流れるように廊下に押し出された佐保だが、

「クサカ」

背後から掛けられた声に振り返る。

「明日か明後日か、講義が終わった後に教務室に来ることは出来るか？」

「明日は所用で学院を休むので明後日なら。家の者に言っておけば大丈夫だと思います」

「では明後日に教務室で資料を作成する手伝いを頼みたいのだが、どうだ？」

「僕でいいんですか？」

「作らなければならない資料の枚数が思っていた以上に嵩《かさ》んでしまって、人手が欲しかったところだ。労力の対価としてクサカが読みたいと思う本があれば貸そう」

「絶対、お伺いします！」

ベアが所持している書物にはとても興味があったので佐保は即答した。

「あれ、でも先生さっき気遣って早く家に帰させようとしてなかったですか？」

「それは」

「大丈夫です、マイルトルテさん。明後日は今日よりもっと大丈夫になってますから！」

佐保は拳を握って元気を示した。

「え、いいの？」

マイルトルテは不安げにエイクレアに意見を求めたが、騎士科の友人は緩く首を振った。

「クサカ本人が大丈夫と言うのなら本当に大丈夫なんだろう」

「勿論です！」

「いきなり元気になったね、クサカ君……」

「だってベア先生の本ですよ。どんなのがあるか見せていただきたかったから、僕にはとっても素敵な提案です」

「うんそうだね。素敵な提案ですね。それなら今日は早く帰って、ゆっくり休んで明後日に備えた方がいいんじゃないかな」

心なしかマイルトルテの声から張りが消えたように感じられたが、佐保は自分のせいとは露ほども思っていない。

「それでは先生、エイクレアさん、マイルトルテさんもさようなら」

弥智を後ろに連れて佐保は浮かれた足取りで正門前の馬車止めを目指して歩き出した。

「佐保様、嬉しそうですね」

「だってベア先生の本ですよ。一体どんな本があるのかすごく興味あります。最初の授業の時に教えて貰った本だけでも興味深かったのに、他にもあると思ったら楽しくって！」

「佐保様が楽しいのならいいんですけど」

苦笑いの弥智は日暮れが近づいて柱の影を長く落とし始めた回廊を佐保の半歩後ろを歩きながら、隙なく辺りを窺っている。遠くから聞こえる声は訓練に励んでいる生徒たちだろうか。

「そういえばエイクレアさんは演習場に行かなくてよかったのかな。騎士科の生徒はずっと外で訓練している印象の方が強いんだけど」

「騎士科といってもまだ学生ですから。実技だけで卒業できるわけじゃないですし、騎士科としての必修科目以外は自由に選んで、課外はあくまでも自主訓練の延長でしょう」

「じゃあ今、あっちの方から聞こえてくるのは自主訓練？」

「おそらくは。自主とは言っても騎士が指導につくので実質的な補講みたいなものです。そのために学院担当の騎士が班を作って人員を回しているので、無償で現職の騎士から教えて貰えると人気ですよ。俺はまだ講師が出来るほどの経験がないので当番の中には入れませんが」

今回に限っては、佐保と馴染みがあり小柄で童顔という以上に、騎士としての顔を学生に直接は知られていない弥智だからこそ護衛に振り分けられたとも言える。

「アンゼリカも参加してるのかな」

「学院の生徒なら誰でも参加資格はありますが、下級生なら最初は体を作って体力をつけるところから始めるので、つまらないと感じるかもしれません」

「走り込みをしたり素振りをしたり？」

「指導する騎士や教師がどのような方針を取っているかわかりませんが、おそらくは」

「それでアンゼリカは満足するかなあ」

「腕に自信のある者、学院に入る前に指導を受けていた者にはつまらなく感じられるかもしれませんね。習熟度別の班分けはするでしょうから、そこの中でまた練度を高めていくように持って行くと思います。実際に騎士団でもやっている方式ですよ」

　皇国軍も騎士団も剣の腕前など強さがものを言う集団ではあるが、裏付けのある強さを何よりも尊重している。試合では強くても実戦では弱さが露呈するというのは割と多く、自分よりも強い人、強い敵がいることを最初に叩き込んで教えるのだ。

「本格的な訓練は三年になってから、実戦や遠征に同道できるのは最上級生のみと決められています。最上級生にとっては進路を決める最終確認も兼ねているので、毎年数人は騎士にならなかったり、騎士団に入っても事務方に専念する生徒もいると聞いています。州軍や海軍に入る生徒もいますよ」

「州軍はわかるけど、海軍は勝手が違わない？　イオニアみたいに海軍の港がある街には学校はないの？」

「あります。高等学術院があるのは王都だけですが、中等・高等学院は他の都市にもあって、海軍の場合はここの騎士科のように海軍科が設けられてそちらに進むみたいです。だから海軍を目指す場合は最初からそちらに入学する子が多いです」

「船を動かしたりもするんでしょうね」

「前にイオニアに行った時に現地駐在の騎士から聞いたんですが、最初にするのは泳ぎを覚えることでしたよ。遠泳といって近くの島まで泳ぐのが日課だそうで、その課題を達成して初めて乗艦が許されると聞いています。普通の船の操舵《そうだ》は初期から学ばせて貰うんですが、軍艦に乗る資格を得るには相当修練を重ねないといけないみたいです。俺には無理ですね」

「そうなんだ。今度イオニアに行くことがあったら領主様に見学させて貰えないかお願いしてみよう。それとも海軍提督に直接お願いした方がいいのかな」

「陛下にお願いすればどちらにでもすぐに話を通してくださいますよ」

　確かに。それに王都を離れる時はレグレシティスも一緒のはずだ。希望が叶《かな》えられるかどうかは別として、頼んでみる価値はあるだろう。

　高等学術院の校舎は、漢字の「回」の文字の中央の口部分にほぼまとめて配置されている。文字で見ると隣接しているように見えるが、実際の敷地は相当の広さがあるため建物間を繋ぐ渡り廊下をはじめ、回廊が巡らされており、移動を楽にするためか分岐路が幾つもあって、歩いているうちに自分が今いる場所がわからなくなることもある。

　途中途中に構内案内図があるのも、以前の佐保のように迷子になる人が少なからずいた証拠だ。教務棟を中心に、学生寮は口から離れた北側、演習場は東側、正門と馬車止めがあるのは南側というようにきれいに分けられている。その間に点在するのが木立や林道、小さな池や森の自然。第三大講堂へ行く時に見えた旧講堂は構内配置図によると学院の敷地の端、北西端にあった。

　佐保たちが第一校舎へ続く回廊に差しかかった時だ。

「――だから！　それは出来ないって言ってるだろ！」

「少しでいいんだ、ほんの少しだけ。それ以上のことは望まない。お願いだ、頼むよ……」

　一年生など主に下級生の授業に使用されるため、午後にはほとんど誰も使うはずないの校舎の中から言い争う声が聞こえ、佐保と弥智は足を止めた。

「今の聞いた？」

「はい、聞こえました」

「喧嘩……？」

「痴話喧嘩には聞こえませんが、もしかすると無体なことを働こうとしているのかもしれません」

「助けた方が」

　いいよね、と佐保が続けようとした時だ。

ガタンッという何かを倒したかぶつけたような激しい音が聞こえ、反射的に二人は校舎の中に駆け込んでいた。

「佐保様は、外でお待ちください」

走りながら弥智が小声で叫ぶが、佐保は首を横に振った。

「僕も行きます。だって、あの声……」

聞き間違いでなければ佐保が知る人の声だった。責める方ではなく、責められている方の声が、親しくしている人の声に酷似していたのだ。放っておけるはずがない。

走りながら声の出どころを探す。シンと静まり返った校舎の中で反響する音と声は一体どこから聞こえて来るのか――。

「頼む、アルフリート！　俺にはもう君だけなんだ！」

「――ッ！　止めろッ！」

地下に続く階段室に近い教室だと佐保が気づいた時にはもう弥智が中に飛び込んでいた。

「そこまで！」

声に出しながら、壁に押し付けたアルフリートの襟元を掴んでいた男子学生を、後ろから羽交い絞めにして引き離す。

「アルフリートっ」

遅れて駆け込んで来た佐保が崩れ落ちる友人の体を支える。

「アルフリート！　しっかりして！　もう大丈夫だから」

「……で、でん……か……」

「うん、僕だよ。声は出せる？　喉は痛くない？」

顔を上向きにして喉元を見ると、押し付けられた時に出来たのか薄っすらとシャツの痕はついていたが、痣《あざ》は見られなかった。

「怪我はない？　痛いところは？」

どちらにもアルフリートは首を振る。今は混乱しているようだが、意識はしっかりしている。よかったと安心した佐保は喉を押さえて空咳をするアルフリートを見守りながら、すぐ側で弥智に取り押さえられている生徒に目を向けた。

「こいつ、どうしますか？」

「どうしたらいいんだろう……」

今は弥智に腕を後ろに回されて大人しくしている生徒だが、このまま野放しにしてよいものか。悩みながら佐保はどうしたものかと生徒を眺め、

（あれ？）

既視感に首を傾げた。

（この人、昨日の人だ）

昨日怪しげな話をしていた四人組。その中に二人いた男子生徒のうちの一人だった。

（そういえば声にも覚えがある）

柱に隠れていたため、はっきりと見えていたわけではないが、さすがに昨日の今日で見間違いをするほど視力が悪いわけではない。何より、声にも聞き覚えがあった。

（どうしよう、このまま追い払うより連絡入れて先生か騎士様に来て貰った方がいいのかな。巡回している兵士の方が早い？）

軍部が追っている事件の関係者と見なされている少年をこのまま解放してよいものか判断がつきかねる佐保だったが、

「で、クサカ」

上衣の裾をクイと引っ張られて振り返ると眉を下げたアルフリートがじっと佐保を見ていた。

「アルフリートの知り合い？」

「そうです」

「ただの喧嘩じゃないでしょう？　何を揉めていたのか話せる？」

「それは……」

「お金を借りようとしただけだよッ。それ以外に何にもしていない」

話そうとしたアルフリートの言葉を男子生徒が叫ぶようにして遮った。

「それ本当？」

勿論、アルフリートに確認するのは怠らない。

「そうです。お金を貸して欲しいって言われました」

「でもそれをするために乱暴する必要はないですよ

ね」

　捻り上げられた腕を弥智に強く握られた男子生徒は悔しそうに唇を結んでいたが、これについてはアルフリートが教えてくれた。

「お金を貸してくれって言われて、でも金額があまりにも大き過ぎたから貸せないって断ったんです。そうしたら、どうしても貸して欲しいって、どうして貸してくれないんだって口論になって」

　佐保たちが通り掛かったのはちょうど交渉が決裂して口論になり、興奮した生徒がアルフリートに摑みかかった時、派手な音を立てたのはアルフリートが壁に押し付けられ体勢を崩したせいで蹴飛ばしてしまった椅子だった。

（酷いことになる前でよかった）

　佐保は安堵した。もう少し遅かったら、理性を失った男子学生に首を絞められていたかもしれない。本人にその気はなかったとしても首は急所だ。押さえつけられて気道が塞がれてしまえば呼吸困難になり、意識を失うどころか命を失う危険もあったのだ。

　一つ息を吐いて呼吸を整えたアルフリートは自分を見つめる男子学生にきっぱりと言った。

「お金は貸さない。理由も言わないで大金を動かせるはずがない。私だって小遣いは多くないんだ。君のいうような金額は用意できないよ」

「……無理なのか？　本当に無理なのか、アルフリート」

「無理」

　きっぱりとアルフリートに断られた男子生徒はガックリと項垂《うなだ》れた。

　もう暴れて飛び掛かることはないだろうと、佐保は弥智に拘束を解くよう目で合図した。

「——放していいんですか？」

　頷きで返すと弥智は考えるように廊下に顔を向け、少し考えて頷くとゆっくりと腕を放した。既に廊下には別の騎士或いは兵士が気配を隠して待機していることに気づいたからだ。

　小柄だが弥智は騎士だ。体幹を鍛え、武芸にも秀でている。その弥智が、決して抜け出せない捻り方をしていた腕はすぐには楽に動かせず、男子学生はその場でしばらく腕や手首を回して動きを確認しなければならなかった。

「……メルブレン」

　アルフリートが悲し気に名を呼ぶと、メルブレンと呼ばれた男子学生は暴れていたのが嘘のように肩を落とし謝罪を口にした。

「悪かった」

　それだけを伝えると男子学生は佐保たちに見向きもせず、のろのろとした足取りで教室を出て行った。

「アルフリート、大丈夫？　知り合いだったの？」

「はい。知り合いです。家の繋がりで小さい頃からの顔見知りです」

　小さい頃から知っているのに友人ではなく顔見知りとはどういうことなのかという疑問が佐保の顔に出ていたのか、アルフリートは肩を竦めて教えてくれた。

「知り合いではあるんですけど、性格が合わないというか、お互いの趣味や嗜好が全然違うから友達になりようがなかったと言うんでしょうか。私は静かに本を読んだり屋内で過ごすのが好きで、メルブレンは外に出て大勢で集まって中心で騒ぐのを好むので、一緒に行動するには相性が悪すぎて。会えば話はするけど仲がいいわけではないから顔見知り止まりなんです」

　事情を知れば、それでは友達になりようがないというのも頷ける話だ。割と誤解されやすいが、生まれた時から隣同士の家に住んでいるからといって必ずしも仲良くなれるわけではない。性格が合わない、相手といて苦痛に感じることもあるわけで、アルフリートの場合はこれに該当する。

　特にアルフリートの場合は外政官長を出している家ということで政治的な思惑絡みの付き合いもあっただろうから、子供ながらに自然に線を引こうとしたとも考えられる。法務官長の弟妹と仲良くしているところを見ているだけに、アルフリートにとって、嫌いではないが進んで近づきたいとは思わない人がメルブレンなのだ。

「学院でも学級が違うから接点はほとんどないし、同じ講義を受講してるのが幾つかありますけどメルブレンは他の友達と一緒で、話す理由もない。それなのにいきなり講義が終わった後でここに連れ込まれてお金を貸してくれって言われて……」

　戸惑って、困惑して、それから無理強いされて怒って。

「メルブレンは寮だからそんなにお金が必要なことはないと思うんです」

「寮費には食費や光熱費も含まれていてすべて国が無償で提供しているんです」

　寮生活に金が不要と聞いて首を傾げた佐保に弥智が教えてくれた。寮生だけでなく、佐保のような聴講生には学費の貸与もあり、福利厚生という点ではかなり充実したものになっている。

「それにメルブレンの家は裕福で、メルブレンにも甘かったからお小遣いも多く渡しているはずです」

「それなのにアルフリートにお金を借りたいっていうのは変だよね」

「殿下もそう思いますよね」

「うん。でもそれよりアルフリートの方が先」

　佐保はゆっくりと立ち上がらせたアルフリートの制服についた埃を軽く払い、手で撫でて乱れた髪を整えてやった。

「で、殿下、そんなことしていただかなくても……」

「誰もいない校舎から乱れた頭や服で出て来たら変な想像されるからね、身だしなみは整えていないと」

　まだ十四歳、十四歳の男子がどれくらい性的な知識を持っているかわからないが、本人が他人から見て誤解を招きかねない状況は潰してしまうに限る。

（年下の子を守るのは年上の義務だからね）

　佐保たちが駆け込んだ後に外は人払いされているのが予想されるとはいえ、上位の家の子息が乱れた姿を晒してしまうのは憚《はばか》られた。

「立って歩ける？　声は出てたけど喉は痛くない？」

「喉はもうどこも痛くありません。背中を少し打っただけですから大丈夫です」

「それならいいけど、もし夜に痛いところが出たりしたらお家の人に話して治療を受けに行ってね」

「そこまではないと思いますけど」

「念のためだよ。何もなければそれが一番いいけど、もしもに備えるのは大事」

　こちらの世界の医療技術は、主に科学技術の面で現代日本と比べて進んでいるとは口が裂けても言えない。レントゲンもＣＴスキャンもなく、薬草を主体にした治療が主になる。中には「月神の滴」のように魔法的な力で怪我や病を治すものも存在するが、普通は見える範囲で判断するのだ。

　異常を知らせる体の痛みは、決して無視してよいものではない。

「わかりました。殿下の言う通りにします」

「体は大切にね」

　念を入れ教室の中を歩いて貰い異常がないのを確認してから、佐保たちは校舎を出て薄暗さを増した回廊を馬車止めへと足を速めた。途中、何人もの生徒とすれ違いながら探したが、当然のことながら男子学生――メルブレンの姿は近くで見つけることは出来なかった。

（真っすぐ寮に帰ってくれていればいいんだけど……）

　見張りがついているのなら自暴自棄になったところで誰かが止めに入るだろうが、出来るなら冷えた頭のまま寮室で大人しくしておいて貰いたいものである。

　馬車止めには既にアルフリートの家の馬車も佐保の馬車もおり、互いに挨拶を済ませると乗り込んだ。

「それじゃ弥智さん」

「はい。寮の担当者とはすり合わせをしておきます。気をつけてお帰りください」

　別行動をする弥智は馬車に乗り込まずに徒歩で隠れ場所になっている。佐保は隠れ家まで馬車で送ると言ったのだが、行き帰りが同じ馬車なのはそれこそあらぬ誤解を招きかねないとの理由で固辞されている。

「またお城で」

　小さく告げた後、佐保は御者に馬車を出すよう指示をした。ここで弥智は離れるが、門を出たところから私服の騎士が馬で城まで同行することになる。

馬車が動き出すと佐保は背凭れに体を預け、ふぅ……と息を吐き出した。

濃い半日だった。昨日の校外実習も衝撃的な半日だったが、今日は今日でいろいろな情報が入って来て濃厚だった。

「学院九不思議でしょ、それから四人組の一人……メルブレン君、それと寮の様子」

寮の様子については食事をしながらの雑談の中で双子から聞いた話になる。事情聴取が長引いたせいもあるが、昨晩の寮は男女共になかなか喧騒が収まらなかったらしい。一年生だけでなく、襲われたことを知った上級生たちが心配して寮で待ち受けていたらしく、その時の話を聞きたがる生徒もいたりして、事情聴取に使われた面会室だけでなくいつもなら生徒たちの憩いの場所になっている談話室でも事件について話す生徒が多くいた。

消灯時刻になると寮監が全員を追い出しにかかって部屋に押し込めたが、暗くなってから部屋を抜け出して友人の部屋に転がって話の続きをしたりなど、大体において興奮が収まらないまま朝を迎えた生徒が多かったようだ。

一方で、襲われたことで不安を覚える生徒がいたことも確かで、男女各寮共に眠れずに薬を求めたり、不安で家に帰りたいと訴える生徒もいたようだ。

双子がなぜこういう事情を知っているかというと、各学年複数名いる寮長だからだ。一年寮長から四年寮長まで計八名いて、慣例として四年の寮長が総寮長と呼ばれて権限を持っている。ただし、寮の運営は学院側、つまり国の管轄のため、あくまでも学生生活における範囲での自治が許されているだけで、寮監督官——通称寮監が公的な責任者として常駐している。

今回の事件を受けて生徒たちの心の負担を軽減させるために男女双方の寮へ医師を増員し、心の不安や恐怖を軽減できるよう手配されているようだがどれくらい効果があるかは不明だ。

クリステンの部屋にも夜に別の学級の友人が訪れて、眠れないから一緒に寝て欲しいと頼み込まれ、仕方なく床を貸したらしい。そう、貸したのは床である。

　福利厚生が充実している学生寮の寝台は広く、成人男性が二人並んで寝ることが出来るだけの大きさで設置されている。下は十四歳、上は十八歳、場合によっては二十歳以上と成長著しい時期の若者に対応できるようにというのが理由なので、同衾《どうきん》を奨励するものではない。しかしながら学園生活を送る上で身体関係に及ぶ場合もあり、そういう場面でも非常に有り難く使われている広い寝台なのだ。

　クリステンの部屋に駆け込んだ学生に運が良ければ同衾を……と望む下心があったかどうかはわからない。はっきりしているのは、その夜を頼れる一年寮長クリステンと一緒に過ごしたいと望んだ生徒が一人ではなかったということだ。

　相談に来た生徒がいそいそと寝台に上がろうとしたその時に響いた扉を叩く音。勿論クリステンは誰何した上で招き入れたわけだが、クリステンを間に挟んで二人の生徒は心の中で舌打ちをしたかどうなのか。さすがに三人並んで寝台へというわけにはいかず、野営訓練用に持っている寝袋と予備の寝具を床に敷き、寝かせたらしい。

　それは極端な例として、佐保と同じ学級の中でも寮生で三人、通いの生徒の一人が欠席していたという事実はある。構内にも噂が広がっているので、それが落ち着いた頃には出て来てくれることを願いたい。せっかく入学した学院なのだ。一つの経験として自分の中で昇華して戻って来て貰いたいものである。


「――というわけで四人のうち一人は精神の均衡が危ない感じでした。昨日はそうでもなかったのに、今日はかなり切羽詰まった様子でアルフリートに摑みかかってたし」

佐保から話を聞いたマクスウェルは考えるように顎を撫でた。夕食にはまだ少し間がある頃に本宮を訪れたのは城下に降りて忙しいはずのマクスウェルが、情報共有のためにレグレシティスの執務室を訪れたところ、佐保の学院での様子を聞いて来るようにと団長に命じられたとのことだった。

　軍部が今抱えている中で一番の事案は違法薬売人組織の摘発だが、それ以外の仕事も勿論ある。皇国内各地から上がる報告や要望を吟味し、適切に処理するのも大事な仕事だ。皇帝の決裁が必要なものも多く、皇帝・宰相の多忙の要因の一つでもあった。

　今回の事件に関しても東西と南への照会をしている関係で、途中途中の地点で仕入れた情報も逐一届くようになっていた。

「弥智からも報告は受けている。軍の方で引き続き監視するように人員を当ててはいるんだが、さっき聞いた時点ではエデュケルセの甥に手を出した学生は寮部屋に直帰した後、閉じ籠もって出て来ていないらしい。一応、寮監には様子を気遣うようにと話はしているんだけどな、どこまで知らせていいのか判断がつきかねているんだよなあ」

「どこまでとは？」

「その少年が軍が調べている組織に関与しているかもってやつだな。仮に、仮にだぞ？　もしも寮監が組織の人間だったらこっちが包囲網を狭めているのを知られるのはまずいってのはわかるな？」

「組織の人に漏れて逃げられてしまうからですよね」

「まあな。可能性としてはほぼないとは思うんだが、もしも少年の行動から軍が疑惑を持ったなんてことが相手に伝わりでもしたら、最悪消されてしまう心配もある。そこが引っ掛かって踏み込めねえんだよ。寮の中に兵士は送り込んじゃいるが、あくまでも昨日の事件の後始末と聞き取りの名目だからな」

「でももし本当に昨日の出来事が生徒を脅すためだったんなら、怯えて挙動不審になるのは最初からわかっていたと思うんですけど」

「向こうさんが何をしたいのかがいま一つはっきりしないのがなあ……。薬を売って儲《もう》ける。これはわかる。学生に売りつけて学院内に広めることで未来開ける優秀な学生を薬漬けにして、未来の皇国の弱体化を図る。これは魔獣をけしかけてまでするには期間が長過ぎて却下だ」

　わしゃわしゃと短髪を掻き回したマクスウェルは膝の上に乗って遊んでいたリンデンを持ち上げ、円《つぶ》らな金色の瞳で自分を見上げる仔獣をぶらぶらと揺らした。現実逃避なのか、そこにちょうどいい玩具があったからなのかは不明だが、リンデンが嫌がる様子を見せていないので止めずに眺める。

「これからも昨日みたいなことがあると思いますか？　学院の生徒が襲われるって」

「脅し目的ならあるだろうな。軍の方からしばらく敷地外での活動は控えるよう申し入れをしている。まあ、騎士科が遠出する以外は滅多に外に出ることはないからさほど問題はないんだけどな」

「行き帰りに襲われたりはしませんか？」

「通学している学生のことか？　今は王都のあちこちに兵士が立っているし、うちも巡回を強化しているから手は出せないと思うぜ」

「街の他の人はこのことを知っているんでしょうか」

「軍が迎えに出たから、皆さんご存知だ。逆に考えれば学院の生徒ってだけで気をつけて見る目が増えたと思えばいい。安全を見守る目が多けりゃ魔獣を使った脅しなんて使えないだろ」

「そうだといいんですけど」

「まあ、お前さんは普通に学院に通って普通に勉強していればいい。その中で、今日みたいに気づいたことがあれば知らせる。それで十分だ」

　うんうんと頷きながら聞いていた佐保だが、

「間違っても自分から首を突っ込むんじゃねえぞ。エデュケルセの甥のことだって弥智がいたからって言い訳はあるだろうが、呼び込む罠だったら二人揃って囚われのお姫様だ。いいか？　一人で行くな。護衛がいても自分は動かず助けを呼べ。今日の場合は弥智と一緒に近くにいたはずの護衛を呼んで先に行かせろ。友達だろうが何だろうが、一番はお前だ」

　鼻の頭につきつけられた指が地味に痛かったが、

文句を言える顔ではなかった。

　それでも佐保は言いたい。

「アルフリートは友達で、友達の声がしたら体が自然に動いてました。待っている間に手遅れになるようなことがあったら、僕は絶対に後悔します」

「それでも考えろ。お前が呼べば必ず助けは来る。弥智には知らせていたが、他にも潜り込ませているんだよ。弥智一人だけに任せるにはお前さんの体は重いからな」

「他にもいるのは僕も知ってます。いつもの騎士様たちの他にも隠れてついて来ている人がいるのだって気づいています」

「知ってるなら呼べよ。それだけで状況は格段に変わるんだ。もしもまた誰かを助けたいと思うようなことがあったなら、遠慮するこたぁない。人数を揃えろ。そして動け。俺としちゃ動いて欲しくはねぇんだけどな、お前の性分として動いてしまうのなら負けない場に持ち込め。勝たなくてもいい。負けさえしなけりゃ助けは必ず来る」

　懇々と諭され、佐保は迷いながらも頷いた。自分から危険に飛び込みたくはない。皇妃という身分もあるが、自分が危険に陥った時にレグレシティスがどれだけ心配するかを考えてしまうからだ。

（だけど）

　状況が許すなら待つ。許さなければ、もしも自分しか助けられる手がなければ……。

　俯いた佐保の頭に大きな手のひらが乗せられた。見なくても、この場にいるのは佐保と副団長だけなのだから誰の手なのかはわかっている。大きくて、レグレシティスよりも少し固い手のひらは剣を握って戦う男の手だ。

「――まあ、思慮深いお前さんが飛び出すなんざよっぽどのことでもない限りないのはわかってるんだよ、俺たちも。これまでだって全部巻き込まれてのことだった。殿下自身が何かを起こしたことはない。本宮でのあれこれは除外するとしてのことだけどな」

「……それは思い出さなくていいです」

　本宮で暮らす中で佐保が仕出かした幾つもの小さ

なこと、その多くが笑いを伴うものだったので大事にはなっていないが、完全に佐保に非があるのでこれについては言い訳も誤魔化しもするつもりはない。

「気をつけるようにはします」

「おう、そうしてくれ。俺の体と心の安寧のために。もうほんっと、お前のことになったらレギが煩いのなんの。今日だってお前が帰ってから聞けばいいだろって言うのに早く知りたいって急かすんだぜ。団長もお前贔屓だし、宰相は我関せずだし、木乃は目で早く確認に行けと訴えるし」

「……ごめんなさい」

　関係者一同が過保護でごめんなさい。

「この件が終わったら俺は絶対に休みを取ってやる。休みを取って一日中寝て過ごしてやる」

「副団長様、それフラグ……それ不吉な言葉だから口にしない方がいいと思います」

「あ？　どれの言葉だ？」

「この件が終わったら……ってところ」

「先の予定を楽しみにするのは普通だろう？　それを待ち望んで仕事してるんだぞ」

「それでもです。何か大きなことに取り掛かっている時、転機がありそうな気配がする時、そんな時に口にしたら自分に不幸が降りかかる呪いになるんですよ」

「呪いっていうか、言霊みたいなものか？」

「言霊とはちょっと違うかな。言霊は口にしたことが本当になるって意味に使われることが多いでしょう？　でも、これが終わったら何々したいって言葉の場合は、何々の部分が高確率で破棄されるというものなので」

「つまり何か？　さっきの俺の言葉の通りなら俺に休みは訪れないってことか？」

「ええまあ、概ねその通りです」

「……はっきりしねぇなあ。なんか隠してることとあるだろう？　吐け、そら、とっとと白状しろ」

「ないですないです、ありません。副団長様が寝て過ごせる一日がなくなるだけです……って副団長様、首を絞めるのは禁止っ」

間にあった小さな円卓越しに佐保の首に腕を掛けたマクスウェルは、ぐいぐいと佐保の頭を締め付けた。俗にいう、ヘッドロックである。

副団長の膝の上に戻されて微睡《まどろ》み掛けていたリンデンがびくっと顔を上げたが、逃れようと暴れる佐保と離すものかと締め上げるマクスウェルを見上げ、もたげた頭を下げるとのそのそと椅子から下りて、窓際で丸くなっているグラスの隣で丸まった。

――またおかあさんとおもちゃが遊んでる。

他愛のない感想を抱きながら。

佐保とマクスウェルのいつものじゃれ合いは茶菓子を運んで来たミオの悲鳴と乱入により幕を下ろした。

「いいですか、副団長。この方は皇妃殿下です。しょっちゅう忘れてばかりいるのでもう一度言いますが、皇妃殿下です。髪をぐちゃぐちゃにしてよい方ではありません」

「ぐちゃぐちゃにしていいのはレグレシティスだけって言うんだろ」

「副団長」

直接的ではないにしろ閨事《ねやごと》を匂わせる副団長にミオの眉が急角度でつり上がった。

「あー、はいわかった。降参だ」

「本当にわかっているんですか？」

肩を竦めたマクスウェルは皿の上からサクサクした歯触りが心地よいトーダの店で人気の焼き菓子――バタークッキーを口に放り込み、ついでに三枚ほど鷲掴みにすると立ち上がった。

「わかってるって。じゃあな、殿下。お、これ美味いな」

お行儀が悪いですよ！　と怒るミオをものともせず、飄々《ひょうひょう》と手を振りながら出て行く副団長はこれからまた城に戻ってレグレシティスに報告した後、再び本部か王都に戻って調査を再開するのだろう。

ぷりぷりしながら佐保の乱れた髪を直すミオの手を感じながら、こんな他愛のないやり取りが少しでも副団長の気分転換になってくれたらいいなあと思うのだった。

七章

　一日を書類仕事や諸事務などの公務に費やした佐保がその翌日に学院に行くと、教室に入るなりアルフリートが駆け寄って来た。後ろからは双子が苦笑いを浮かべながらついて来ている。

「おはようアルフリート。どうしたの？」

「おはようございます。実はメルブレンのことなんですが」

　そう言うとアルフリートは双子の方を振り返った。

「寮の中のことは私にはよくわからないから、クリステンが説明してくれます」

　話題を振っておきながら自分で話さず放り投げて来た友人に苦笑しつつ、クリステンは佐保の机の横に椅子を引っ張って来て座った。アンゼリカはしゃがんで机の上に顎を乗せ、アルフリートは横から椅子を引き摺って来て寄せる。

「密度が高い……」

「内緒話だから我慢よ、クサカ」

　笑うアンゼリカは今日はズボンだった。私服らしいが学院の制服の色に合わせて作って貰ったらしく、まだ少女らしいスラリとした肢体の彼女の潑剌《はつらつ》とした雰囲気によく似合っている。

「それで話って何かあったの？」

　メルブレン少年は一昨日《おととい》の時点では寮部屋に閉じ籠もっているという報告が上がっていた。昨日がどうだったのかはレグレシティスからも今朝も一緒に登校した弥智からも聞いていないが、多少なりとも関わって気にしている佐保に何も話が出ない点で動きがなかったと判断していた。

「一昨日から部屋から一歩も出て来ないんだ」

「うん」

　知ってる、とは言わないまま続きを待つ。

「それで何度か寮監さんや四年の寮長なんかが扉の前で話し掛けても全然応答しなくて」

「それ、大丈夫だったの？」

「いや大丈夫じゃなかったんだよ。たぶんクサカが心配しているようなことを寮監さんたちも心配して、扉を開けたんだよ。合鍵はあったし、扉の前に箪笥《たんす》が置かれてて誰も入れないようにしてたけど、そこは力押しで」

　メルブレンにとって不幸だったのは寮室の扉が外開きだったことだ。慌てていたのか、頭が回っていなかったのか、誰も部屋に入れたくないと守りに入ったつもりが扉の前に置いた箪笥は開閉に何ら重石《おもし》の役目を果たさず、荒事対策も出来る体格のよい寮監二人に掛かれば動かすのは苦ではない。

　そして部屋の中に入った寮監が見たのはげっそりと窶《やつ》れて寝台に横になり呼吸を荒くしているメルブレンの以前とはまったく違う姿だった。

「それからすぐに救護室に運んで処置をして貰っている間に外から別の医師が来て、検査したり手当てしたり、とても慌ただしかったんだ」

　そして状態が落ち着いた頃に学院長と将軍が寮を訪れ、昨晩遅くにやって来たメルブレンの家の馬車によってどこかに運ばれて行った——。

「学院の救護室じゃ処置できないから実家で手配した医療院に連れて行くって話していたのを聞いていた人がいたみたいなんだけど、皇国軍が周囲を守るようにしていたらしいからもしかしたら軍に捕まったんじゃないかって噂も一緒に流れてるんだ」

「なるほど。それは……噂になりそうな話だね」

「実はクサカ」

　アルフリートが沈痛な顔で佐保が知らなかった事実を告げた。

「一昨日、メルブレンと私が揉めましたよね」

「うん」

「実はその前にも他の生徒に私にしたのと同じことをしていたらしくて、そっちの話が先に一年生の間に回っていたから余計に軍に連行されたっていう話に信憑性《しんぴょうせい》が出て来てしまったんです」

「あー……それは……」

　間が悪かったとしか言えない。

　だがちょうどいい。佐保は他の三人についても寮生の双子に訊いてみることにした。

「そこまで具合が悪くなったのはメルブレン君だけ？　極端に顔色を悪くして寝込んだり、閉じ籠もったりした人は他にはいなかった？」

「その辺は寮監がちゃんと確認していたよ。一年生で二人、三年生で三人、四年生で二人寝込んでいる人がいたけど、寒くなって風邪を引いてただけって聞いてる」

「女子寮はもう少し多くて一年生で四人、二年生が二人、三年生にはいなくて、四年生に三人くらいだったわ。上級生の人数は正しくないかもしれないけど、一年生の四人は確実よ。仲がいい友達同士だったから風邪がうつったのかもしれないって話をしていたの。お見舞いに行った時に見た顔色は悪かったわ」

　男子寮の一人、女子寮の二人はメルブレン少年と仲の良かった残りの三人で間違いないだろう。

「寮で寝ていれば治る程度だろうって話だからすぐに復帰すると思うけどね。それから実習の次の日に休んだ人はもう全員出席するようになってたよ」

「本当？」

「昨日授業で一緒になったから本当だよ」

「よかった。怖い気持ちを引き摺って欲しくなかったから、戻って来てくれてよかった」

　本心からそう思った。メルブレン少年が切羽詰まって暴挙に出た理由の本当の意味を知っている彼らまでが同じ状態に陥ることは簡単に想像できたことで、自暴自棄にならなかっただけましだ。

　メルブレン少年の方も、医療院に運ばれたのは事実だとしても、王都の街に開設されている一般国民が主に利用するところではなく、城内の医療施設に秘密裏に運ばれたと考えるのが妥当だ。一斉摘発が進められる中、発見された違法薬の被害者——依存患者もそこに運ばれているはずで、安全性という面ではこれ以上ない場所でもある。

　襲われるかもと恐怖に怯えていた少年がこれで落ち着きを取り戻し、事情聴取に快く応じてくれればよいのだが。

　皇帝陛下の膝元の王都で行われた違法薬の売買は

面子《メンツ》を潰されたと騎士団・皇国軍が奮起するには十分過ぎる発火剤なので、メルブレン少年が正直にありのままを話すのを祈るしかない。下手に嘘をついたり隠し事をしたりすれば、過酷な尋問が待っていないとも限らないのだ。

　出来れば他の三名も入院の名目で保護するのが望ましいのだが、学術院から引き離すだけの理由が乏しく、「待て」の状態で待機しているのではないだろうか——と佐保は思った。

「その人たちは今日も休んでるのかな」

「どうだろう。寮の食堂で朝食を食べてた時にはいなかったようだけど。アンジー、君は気づいた？」

「ううん。私も見てない。昨日の夜は寮監さんが食事を運んでいたのは見たけど、今朝は見てないからもしかしたら遅れて食堂に来たのかもしれないけど」

　寮にいるのならその方がいい。あれだけメルブレン少年が怯えるような、背中を押す出来事があったのなら多くの生徒が往来する構内よりも寮の中にいた方が安心感はあるだろう。

　メルブレン少年から情報を引き出すのが先か、残りの三人が耐えられなくなるのが先か——。

　決断のしどころが難しい。

　とはいっても佐保に出来ることは何もない。午前の授業は双子やアルフリートたちと一緒に受けて、昼には食堂での食事。

　組織のことが頭の中になければ至って普通の学生生活の一風景だった。

「クサカは今日の午後の授業は何？」

「今日は地理史。広いから覚えるところが多くて」

「それよくわかる。私も自分のところの領地にある川や村の名前を覚えるのがすごく大変で、頭がどうにかなりそうだったわ。クリスに三日叩き込まれて試験を通った記憶はあるけど、もう遠い昔のことよ」

　ふっと唇に笑みを乗せてカッコつけたアンゼリカだが、双子の弟は呆れた顔で姉を見つめた。

「学術院に来る前に通っていたテスタス領の学校で

の試験だったんだよ。姉が自領の村の名前もうろ覚えだったって知った時の僕の絶望、わかるかい？　覚えていたのは放牧に適した土地の名前、飲料水に最適な水を採れる川の水量の変化、罠を仕掛けるのに適した台地みたいに自分が興味のあることだけ。それ以外を覚えさせるのにどれだけ苦労したか……」

「いいじゃない、実益に即しているのだから悪いことではないはずよ」

「悪いことではないけど、騎士を目指すなら覚えておかないと筆記試験に受からないんじゃないかなあ」

「え？　そうなの？」

　目を丸くしたアンゼリカだが、クリステンの方が目の見開き度は高かった。

「……驚いた。それも知らないで騎士になろうとしてたなんて、僕の方がびっくりだよ」

「え、え？　そうなの？　ねえクサカ、そうなの？」

「いや僕は騎士団の試験がどんな風にされるのか知らないから……。実技があるのと人によっては推薦で入団試験を受けることが出来ることくらいだよ、知ってるのは。詳しくは全然。アルフリートは？」

「同じく。でも伯父に聞いたことがあります。腕自慢だけでは騎士にはなれないって」

　品格は大事だ。たとえ普段がおちゃらけていても場によって使い分けることが出来るならいい。だがそれだけで入団できるほど近衛騎士団は甘くない。あのリー・ロンが直接面談を行うのだ。篩《ふる》い落とす基準が低いはずがない。それに入団した後も正式に任命されるのはさらに後、仮入団中の態度や仕上がり具合によっては退団勧告もある。

　それに筆記試験だが、

「アンゼリカ、騎士様たちが派遣されているのは王都だけじゃないよね。他の領地にも駐留部隊がいるし、主要街道を巡回する隊もある。地理を頭に入れておかないと出来ないことも多いんじゃないのかな？」

「言われてみれば」

「アンジー、馬を走らせる時にも土の状態や地形を頭に入れて動かすだろう？　それと同じで地理地形、気候に土壌、いろいろなことを知っていないと出来ないことは多いはずだよ」

　アンゼリカは困ったように弟の顔を見た。

「クリス」

「僕を頼っても駄目。僕は文官科に進むから騎士科のアンジーの勉強の世話まで出来ません」

「アルフリート」

「私もクリスと同じだから無理ですね。クサカを当てにするのも駄目ですよ。クサカの方がアンゼリカよりも勉強しなきゃいけないことが多いんだから、負担を掛けるのは絶対に駄目です」

　どうやって断ろうかと考えていた佐保は、先んじて牽制し断ってくれたアルフリートに「ありがとう」と言った。

「僕たちは最下級生で卒業までにはまだ時間がたっぷりあるんだから、その間に覚えればいいよ。アンジー、だから苦手な教科を後回しにしたりしないで勉強すること。いいね」

　頭はいいのにやる気が追い付いていないのがアンゼリカらしい。面倒見もよくしっかりした少女ではあるのだが、苦手なものがあるのは子供らしくていいと思う。

　食事を終えた後はそれぞれが受講する教室へ行くのだが、今日は同じ並びにある別々の講義棟というように向かう先が同じだったため、クリステンと佐保、アルフリートは三人並んで渡り廊下を歩いていた。アンゼリカは別の授業だったため、早めに食堂を出て自分の教室に向かっている。学生に擬態する護衛の弥智は佐保たち三人の後ろ、つかず離れずの距離におり、二人と別れて佐保が一人になってから隣に並ぶことになっている。

　先日佐保と一緒にいて親しげな弥智を見ていたアルフリートは不思議そうだったが、あの場で堂々と「佐保様」と呼んでいたのを聞いているだけに城の関係者だと判断し、声を掛けないでいるのだろう。配慮の出来る少年である。

「それじゃクサカ」

「終わるのが同じだったら一緒に馬車のところまで

行きましょう」

「うん。それじゃまた」

　三つ並んだ最初の講義棟にクリステン、次は、アルフリートと佐保が左右に分かれて、教室に向かう。

「佐保様」

　横に並んだ弥智は困ったように眉を下げていた。

「ん？　何かありましたか？」

「いえ、じゃなくて、さっきアルフリートと一緒に馬車止めまで行く約束をされてましたけど、今日はベア先生のところで手伝う予定が入っていたのではなかったですか？」

「あ」

　口を大きく開けたまま佐保は廊下の端に立ち止まった。急に立ち止まった佐保を他の生徒が不思議そうに見ていたが、何もないことを知るとそのまま教室に向かった。

「そうだった。ベア先生のところで資料を作るお手伝いをして、帰りに本を貸して貰う約束をしてるんだった」

　ちゃんとレグレシティスの許可は取っているし、クコッティにも遅い時刻の迎えを頼んでいる。

「今からアルフリートを追いかけて戻って来るには時間が足りない、よね」

「そうですね。私が走って伝えて来てもいいですが側を離れるなと厳命されていまして」

　それはそうだろう。弥智は皇妃の護衛としてここにいるのだ。その佐保を一人にして他の場所に行けるはずがない。着席して他の生徒もいる状態なら、紛れ込んでいると思われる見知らぬ護衛が見てくれていると思うが、前後に教室へ向かう生徒の姿はあっても誰がそれなのか判別は不能だ。

「……仕方ないです。こっちの授業が先に終わるのを祈ります」

　アルフリートを待たせるよりは自分が待つ方がいい。伝達ミスが起きてしまったのは事実で取り返すことは出来ないのだから、挽回《ばんかい》できる今、思い出したのを良しとするしかないだろう。

「教えてくれてありがとう、弥智さん」

「どういたしまして。佐保様の学院での行動の補佐をするのも仕事ですので」

それから弥智はニヤリと笑った。

「副団長様だったらまた違ったかもしれませんね。殿下が馬車止めまで行って、迎えが来ていないことに気がついてから教えるなんてことくらいはしそうです」

「……否定できないのが何とも言えない……」

本宮や他の場所で、佐保が副団長にいいように手玉に取られて遊ばれている光景は、本宮当番に立つこともある弥智もよく目撃している。だからこその仮定なのだが、実現される可能性が限りなく高いので、今、側にいてくれるのが弥智でよかったとリー・ロンの采配に感謝した。

終わりを知らせる鐘の音が学院内に鳴り響き、講師の「今日はここまで」の言葉を聞くと同時に佐保は教室を飛び出した。驚いたように目を丸くした講師には「ありがとうございました」と頭を下げ、弥智を後ろに早足で隣の校舎に向かった。

途中、出入口から吐き出されて来る人の波を見る限り、アルフリートの授業の方も終わったばかりのようだ。選択科目なので不精髭を生やした成人の上級生もいれば、子供特有のまろい頬をした初々しい生徒もいる。一つ言えるのは、

（全員僕より背が高い……）

わかっていたことだが、棟の扉の前に立って友人を待ちながら前を通り過ぎる生徒たちを眺めるだけで感じる敗北感。劣等感に結びつかないのは佐保をまるごと愛してくれる人がいるからだ。

「遅いね」

「そうですね」

すぐに出て来ると思ったアルフリートは予想外に来ず、次第に講義棟から出て来る学生もまばらになったところで佐保たちは顔を見合わせた。先日のことが頭を過《よぎ》り、直接迎えに行くために歩き出す。

「あ」

確か二階の教室だったと思いながら階段を上る途中、踊り場のところで知り合いに出くわして、ちょうどいいと佐保は尋ねた。

「こんにちはマイルトルテさん」

「こんにちはクサカ君。偶然だね。こんなところで会うなんて。今から授業ですか？」

「いえ、友達を待っていたんですけどいくら待っても出て来ないから教室まで行こうと思っていたところなんです」

踊り場の嵌《は》め殺しの窓硝子から入る光を背中に浴びるマイルトルテは、こてんと首を傾げた。

「どの講義かわかる？」

「確か国際法……」

「国際法規範？」

「そう、それです。どの教室かわかりますか？」

「教室はわかるけど、でも」

マイルトルテは不思議そうに銀色の瞳を瞬かせた。

「そこ、私も受けていたけどもう誰も残ってないですよ。私が最後で先生と一緒に鍵を掛けて出て来たから間違いないです」

「え……？」

「さ……クサカ、落ち着いて。すぐに探します」

呆然とした佐保が立ち尽くす中、弥智はサッと窓際に駆け寄って外を見るなり片手を上げると、佐保の手を握って力強く振った。

「佐保様、しっかりしてください。今、この講義棟の外を探しています。必ず見つけます。だからしっかりして」

ぎゅっと握られた手からじわじわと熱が伝わって来て、佐保はぎゅっと目を閉じた。

「探していた子がいなくなったんですか？」

張り詰めたやり取りに異常を感じたマイルトルテの問いに、佐保は頷いた。

「下で待ち合わせをしていたんです。僕を待たせて一人で先に行くことは絶対にしない子だから、もしも用事が出来たとしても自分で伝えに来てくれるはずなんです」

「で、その子が消えたと。名前は？」

「アルフリート。アルフリート＝ノートン。十四歳の少年で、茶色の髪に茶色の瞳で、背は僕よりも高くて……名前でしか探せそうにないですね……」

　自分で言っておきながら、探すには有益な情報が少な過ぎることに気づいて肩を落とす。目の前のマイルトルテのように限りなく白に近く淡く光る薄い茶金――ホワイトブロンドや佐保の黒髪、法政官長の銀髪やレグレシティスの鋼色が珍しいだけで、赤や金、茶色などは国民が持つ一般的な髪色なのだ。身長に関しては言わずもがな。全員が佐保よりも背が高い。

　だがこの場には有能な補佐がいる。

「背丈は俺よりも少し小さいくらいなので同年代の生徒に比べると大きめになるかと。体格もいい方です。前髪は前に垂らして襟足は短く切っています。顔に黒子《ほくろ》や傷などはありません」

　弥智の話を聞きながらマイルトルテは目を閉じ、教室に該当者がいたかどうかを思い出そうとしていた。

「――いつもは前の席に座るのだけど、今日は後ろの方に座っていたんです。だから見ているなら覚えているはずです。リボンの色があるから学年の区別はつくし、一年生以外は顔を知っている方が多いくらいなので、除外すればいいだけなんですが」

　マイルトルテはこめかみを揉みながら頭を振った。

「ごめんなさい。私が見た限り、クサカの友達は今日の授業に参加していない可能性が高いです」

「えっ⁉」

　これには佐保も弥智も言葉を失った。

「いなかったんですか⁉　アルフリート、毎週この時間はいつもこの授業を受けてました」

「それは本当だと思います。いつもはいたんでしょう。でも今日はいなかった」

「マイルトルテさん、どうして断言できるんですか？　アルフリートがいないって」

　マイルトルテは柔らかく、そして儚げな笑みを浮かべた。

「私は覚えているんです。その時その場で見たものをそのまま覚えて留めておくことが出来るんですよ」

　カメラアイという言葉が佐保の頭の中に浮かんだ。

（確か見たままを記憶することが出来る能力で……映像記憶とか瞬間記憶能力とか言われていたはず）

　身内やクラスメイトにカメラアイを持っている人がいたわけではない。劇の練習をしている時に、長い台詞を覚えるのがあまりにも大変過ぎて頭を掻きむしっていた先輩が「カメラアイが欲しい！」と叫んだことで、そういう能力があることが図らずも周知された結果、覚えてしまったのだ。

「……じゃあアルフリートが授業に出ていないというのは本当なんですね」

　肩を落としつつも佐保が言うと、マイルトルテは儚げな表情から一転、パチパチと目を瞬かせた。

「うそ……驚いた……。今の説明を聞いて質問もしないですんなり受け入れて信じたのはクサカ君が初めてだよ」

　心底驚いたと言うマイルトルテは嬉しそうで、だがすぐに表情を引き締めた。

「うん、そういうわけだから該当する男子生徒は教室にいませんでした。ただ、私が教室に入る前には席に着いていて、何らかの理由で私が来る前に出て行った可能性は皆無ではないです」

　どちらにしてもアルフリートがこの場にいないという事実が横たわる。

　周囲を窺いつつ窓の外を見ていた弥智の目に同僚が手信号で「近くにはいない」と知らせるのが見えた。

「佐保様、探しましたが近くにはいないようです。念のため、この講義棟も空き教室含めて全部捜索範囲に入れますが、楽観はできないかと思います」

「アルフリートに監視の人はつけてなかったんですか？」

「例の少年が学院を離れたので外していました」

「そっか……」

　それが悪手だったとか外すのが早過ぎたとか抗議するつもりは佐保にはない。現場の人間がそれでいいと判断したのであればそれは最善だったのだろうし、佐保自身がそうであるように疑惑の四人組――三人の生徒の方を要注意対象として気を配っていた。より深く関係があるのは三人の生徒であり、目的が違法薬売人組織の摘発なので対処として間違ってはいない。

　とにかく講義棟から消えたアルフリートを早く見つけなくてはならない。

（アルフリート）

　佐保は大きな子犬のように後をついて回る世話焼きな少年が好きだった。勿論、恋愛感情ではなく、弟よりはペットの感覚ではあるのだが大切なのには変わりない。

「弥智さん、僕もアルフリートを探しに行きます」

「――俺は拒否した方がいいんでしょうか？」

「ええと、私に訊かれても返事に困るんですけど」

　佐保と弥智、マイルトルテの三人は踊り場に立ったまま顔を見合わせ、はぁと誰のものともわからない溜息が零れ落ちた。

　佐保はぐっと握った拳に力を込め、キッと顔を上げた。

「弥智さんと僕とで講義棟の中を見て回りましょう。外の人たちには引き続き捜索を進めて貰ってください」

「わかりました。軍兵士にも手を貸して貰いますか？」

「寮の周りを固めて貰っているんですよね。それならそこはそのままの方がいいと思います。あ、でもあの三人が部屋にいるか確認して貰った方がいいかもしれません」

「外にいる副団長には報せを飛ばします」

「お願いします。あ、お城はどうしよう。外政官長様には知らせておいた方がいいですよね」

「副団長経由で城に伝われば必然的に知ることになると思います」

　これでとりあえずの手配は終わった。後は応援が駆け付ける前にアルフリートを見つけられればいいのだが……。

　そこで佐保はマイルトルテがいたことを思い出し、

足を止めさせてしまったことを詫びた。

「ごめんなさい、マイルトルテさん。帰る途中だったのを呼び止めてしまって」

「ううん、緊急事態なのはわかりましたからそれはいいんですけど、探すなら手伝いますよ」

　有り難い提案だが佐保は緩く首を横に振った。

「いえ、大丈夫です。人手は足りているはずなのでマイルトルテさんは自分の用を優先してください」

「本当に大丈夫？」

「何とかなると思います」

　佐保は服の上から神花の種子が入った袋を握り締めた。

（大丈夫、アルフリートは絶対に無事でいるはず）

　願いを込めて念じると種子が熱くなり、応えてくれたような気がした。

「それにマイルトルテさんには他にお願いがあるんです」

「私に出来ること？　それ、今じゃなきゃ駄目なこと？」

「今じゃないと駄目なことかなあ、たぶん。僕、今日はベア先生のところで資料作成のお手伝いをするはずだったのを覚えていますか？」

「あー、はい、確かに約束してましたね。午後の講義が終わったらオー……ランド＝ベア先生の教務室で手伝いをすると。代わりに本を借りる約束をしていたのも覚えています」

「そうなんです。でもアルフリートを探す方を優先したいので今日は行けないと伝えて欲しいんです」

「いいよ。それくらいはお願いでも何でもない。それに私も先生の部屋に行く予定でしたから、クサカ……クサカでいいの？　あ、いいんだ。うん、クサカが来られなくなった事情も一緒に必ず伝えます」

「お願いします」

「確かに承りました」

　何を思ったのかマイルトルテは胸に手を当て佐保に向かって優雅に一礼すると、軽やかに階段を走って駆け下りた。

「マイルトルテさん！　走ったら危ないですよ！」

「平気ー」

いつもやってるからという声が続けて聞こえ、佐保は苦笑した。

マイルトルテの足音が消えた踊り場で、佐保と弥智は顔を見合わせた。

「上から？　それとも下から？」

「上から下へ」

決めてしまえば行動は早い。一階と二階を繋ぐ踊り場から一気に三階へと駆け上った二人は端の方から順に教室を覗いていった。そのほとんどは施錠されていて中に入ることは出来なかったが、幸い廊下側はすべての教室が窓硝子だったおかげで中を見ることが出来た。もしも閉じ込められていたら音が聞こえるはずだと耳を澄ませながら調べ始めてすぐ、誰もいないという事実しか見つけることは出来なかった。

「佐保様、下の階は騎士が確認に入りました。それで見つからなければ外を探すことになりますがどうなさいますか？」

先ほどと同じように窓の外と手信号でのやり取りをしていた弥智の問いかけに、佐保は唇を引き締めた。

「――探します。外に出た形跡がないなら必ず構内にいるはずです」

連絡員を走らせて、捜索の範囲を講義棟から広げて。

忽然《こつぜん》と消えてしまったアルフリートは一体どこにいるのか。

今の時点で答えを知る者はどこにもいない。

「――いない」

佐保は第四講義棟の最上階で窓枠に手を掛け、項垂れていた。

講義棟の周辺及び他の建物の中は厠《かわや》――トイレの中まで手分けして全部確認したがアルフリートの痕跡を見つけることは出来なかった。筆記具や帳面を入れた鞄でも発見できればそれを調べてアルフリートがいる場所を特定できるのだが、それすらない。

本当にきれいさっぱりと消えてしまっているのだ。十人以上の騎士、それに寮を担当する軍兵士数名を動員して、初動探索としてはこれ以上できることはない。

「佐保様、アルフリートの家の御者には事情を説明して待機して貰っています」

行方がわからなくなったことが判明した時点で学院長には事情を話し、出入りする馬車の中は検めるようにしている。まだ校外学習で襲撃を受けた記憶も新しいだけに、不審者対策としてという理由を告げればほとんどが納得してくれた。迎えに来るのは大抵が御者一人、中には従者がついている場合もあったが騎士による検めともなれば素直に従った。

「何が動機なのかわからないのがきついなあ……」

違法薬関係、金持ちを狙った身代金目当て、外政官長への逆恨みなど、考えられる理由は幾つも出て来る。

「敷地内から出ていないのは確かだと思うのに」

がっくりと頭を垂れた佐保から少し離れたところでは弥智が他の騎士から報告を受けていた。

「佐保様、副団長がこちらに向かっているそうです」

それで事態が急に変わるかどうかは不明でも、指揮権を持つ頼れる人がいてくれるだけで気持ちが軽くなる。

「わかりました。下に行きます」

佐保は窓の外を見つめた。講義棟の中では一番新しく、一番高い五階建ての第四講義棟からは高等学術院の敷地内を上から俯瞰することが出来る。箱型の昇降機はこの世界でも一般利用されているものの、学校内の建物にエレベーターなどというものはないため駆け上がるのはきつかったが、あまり高い建築物がない王都の中では中央広場の時計台、学院敷地内の時計台、窓から遠くに見える旧講堂に次いで高い建物の一つでもある。

高いところから見ると地平線が赤く染まりつつあるのが見えた。学院の中はまだ夕方の明るさだがすぐに全体が薄闇の夕暮れに包まれるだろう。建物の陰に当たる部分や林道などはすっかり影で覆われている。

（早く見つけないと……）

既に気温はぐんと下がりつつある。王都民は寒さに多少の耐性があるというものの、冬に向かって一日一日と冷えが増すこの時期に冷たい場所にいなければよいのだがと佐保が足を翻し掛けた時、ふと何かが引っ掛かってもう一度窓枠に手を掛けて外を見た。

「時計台、旧大講堂、寮」

学院の北側はかつては通貨局——銀行として使われていた石造りの古い屋敷、西隣には博物館、個人所有の画廊、小さな公園が点在している。文教区画なので賑やかさは控え目ではあるが往来がそれなりにある。しかし各敷地の面積が広めに取られているおかげで隣からの音などを気にする必要はない。

一番騒々しいのが学術院なので、それに比べれば他は静かなものである。夜にはシンと静まり返る区画なので、通りを数本隔てて隣接する花街の喧騒がここまで届いているかもしれない。

「——弥智さん、寮は調べているんだよね」

「はい。念のため女子寮にも人をやっています」

「軍の人が見張ってるから出て行ってはいないと思うけど、三人がいるかどうかは確かめてくださいね。それとあそこ」

佐保は五階のこの教室からならよく見える尖塔を指さした。

「あの旧講堂は探した？」

「人を遣ってはいますが結果はまだ報告されていません」

佐保は頷いた。

「僕も探しに行きます」

言いながら既に廊下に出て歩き出し、階段を下りていた。駆け出したいところだが、逸る気持ちを抑えて気をつけて下りなければ、磨かれて滑らかな石の階段の面で足を滑らせかねない。木製の手摺をしっかりと摑み、極力急いで歩みを進める。

階段を駆け下りていったマイルトルテや弥智ら騎士団はよくあんなことが出来るなと思うばかりだ。

一階まで降り切った佐保は目指すべき方向を確認した。

「第三大講堂に行く途中に見えたから、あっちだね」

今度こそ最短距離を駆け足だと回廊を外れた木立の方へ一歩を踏み出した佐保は、後ろから腕を取られて引き戻された。

「何っ!?」

「違います。佐保様、第三大講堂は今の場所からだとこっちの通路を通っていきます」

弥智が指さしたのは佐保が行こうとしたのとは九十度ほどずれた方向だった。

「わ、わかった！」

「それから林や小径を突っ切るよりも回廊を走った方が足元が確かな分、早いです。俺が先導するので佐保様はついて来てください」

「わかった！」

いつの間にか近くに来ていた騎士に伝言を頼むと弥智は駆け出した。遅れないようにと佐保も続いて走り出す。

すぐ、弥智が小さく笑ったのが聞こえた。

「何かおかしなことでもありました？」

「いえ、なんだか懐かしいなと思って」

「何が懐かしいんですか？」

「佐保様と一緒に同じように山の中を走ったなあと」

ああ、そうだった。

佐保も思い出す。放火され、火と煙と襲撃者から逃れるために弥智と二人、月神神殿を目指して走ったことを。

あれから一年と少し、言葉にすればたったそれだけなのに随分以前のように感じる。それだけ幸せがいっぱいで、怖かった記憶を遠くに押しやっているのだろうか。

「佐保様は、どうして旧講堂に行こうと思ったんですか？」

「さっき上から見た時にっ、奥にチラッと何か灯りみたいのが、見えて」

「それ、噂のやつなんじゃ？」

「そうかも、だけど、そうじゃないかも、だからっ」

　佐保のために弥智は速度を落としてくれているのだとは思うのだが、足を止めないギリギリのところを維持しているのが地味に憎い。

（走り続けるしかないじゃないかっ）

　会話をするのも息切れしがちになり、広い敷地を恨めしく思う。途中、疾走する二人を見掛けた生徒たちが目を丸くして、中には声を掛けようとする生徒もいたが構っている余裕は体力的にも精神的にもなかった。

（やっと第三大講堂……）

　第一と第二は通り過ぎ、通い慣れた第三大講堂までの距離をこれほど長く感じたことはない。ここからさらに、今度は林の中を走らなければならないのだ。

　弥智が回廊から外れ、佐保もそれに続く。

「クサカ！」

　呼ぶ声に振り返れば双子がいた。

　後で！　という声を発する前に駆け出した二人は、あっという間に佐保の背に追いつき並走を始めた。

「なんで、ここに」

「アルフリートを探してるって聞いて、追いかけて来た」

「訓練場にいたら騎士が来て、そこで話してるのを聞いて私たちも探してたの！」

「そうしたら紅茶色の綺麗な長い髪を靡《なび》かせて走ってる美少女を見たって人がいて」

「それで追いかけたの！」

「……」

　端折った内容のところどころ、いろいろと問い質したい箇所はあったが、わかったのは駆けまわっていたはずの双子が息切れすることもなく佐保に追いつき、先導する弥智と並ぶ勢いで走っているということだ。

　よく見れば運動着姿のアンゼリカは模擬剣を腰に差している。クリステンは制服のままだが、ちらりと見えた手には何か銀色の武具が嵌められているような……。

武闘派テスタス家の双子。そんなフレーズが頭の中に浮かんだ。

そんな後ろを気にすることなく、小枝を払い、途切れた石畳を小石を蹴り上げて走り、銅像が立つ枯れた噴水を横目に木立を駆け抜けた弥智は、前方が開けて見えた場所で、

「止まって」

片手を横に開いて後続が前に出るのを制した。

やや距離はあるが十分間近と言える位置に古びた建物がそっと佇むように建っていた。

（テレビで見た大聖堂とか教会みたい）

佐保が抱いた感想はそれだった。正面入り口に続くのはなだらかに裾を広げた段差の低い階段で、見上げれば大きな硝子窓、それよりさらに上方に伸びているのが遠目に見ることが出来る尖塔だろう。

元は白かっただろう石はところどころ苔が生えていたり蔓科の植物に覆われているが、蔓の方は冬を前にして葉を落とし、枯れた色をしたものが壁を這《は》っているだけだ。

「あれは神花かしら？」

蔓とくれば皇国民が真っ先に思い浮かべるのは神花だ。以前は植生や特徴の認知度は低かったが、昨年に隔壁一面に花を咲かせて以来、壁に這う蔓科の植物は神花ではないのかと疑われることが多くなっていた。花が咲いていれば簡単に判別がつくのだが、葉が枯れて蔓だけしかない状態で見分けるのは、普通の人には難しい。

花を咲かせて目を楽しませてくれる国花だが、蔓に毒があるというのは子供でも知っている話だ。手を出すどころか、近づくのも恐る恐るになる。

しかし、この場にはある意味、神花のプロ――専門家がいる。

「ううん、違う。あれは神花じゃなくて普通の植物だよ」

神花を身近にし、毎日のように眺め、共に暮らす佐保がいる。

「そうですね。神花の蔓はもっと柔らかな感じに壁

を這います。枯れた状態だと茎の色はもう少し薄いです」

　神花が咲いた瞬間の奇跡を目の前で見て、神花が咲く本宮にも勤務し、隔壁に近づこうとする研究者たちを寄せ付けないように見張る番もする騎士の弥智にも別物だとはっきりわかっていた。

「本当に違うの？」

「うん。それに本当に神花だったら今頃この辺りには薬師や研究所の人が押し寄せて、とっくに泊まり込んで観察するための家が建ってると思うよ」

「言われてみれば、ここにも薬学科があるけど見向きもされていないね」

　頻繁に人が訪れた形跡がないのを見て、クリステンも納得した。

「でも人が来た痕跡はあります」

　弥智が指さした方をよく観察すれば積もった枯れ葉の一部分が不自然に乱れ、階段の下の方には汚れた葉が数枚残されている。

「何かを引き摺った跡ですね」

冷静な弥智の指摘に佐保たちは顔を青くした。

　その「何か」が人だった場合、友人の可能性がとても高かったからだ。

「このままここにいても仕方がないので中に入って調べます」

「はい」

「……佐保様は待機ですよ？」

「えっ？　僕も一緒に探します」

「駄目です。中に誰かがいるのは確実なんですから連れていけません」

「でも。誰かがいる気配はないように思いますけど」

「息を潜めているのかもしれないでしょう？　とにかく佐保様は待機です。連れて行ったら俺が叱られます。副団長だけならまだしも絶対に団長に叱られます！」

「団長……！　リー・ロン様ですね！」

　団長の言葉が出た途端に目を輝かせたアンゼリカだが弟に睨まれて口を噤んだ。

「テスタス家のお二人、ここで佐保様を見ていてください。俺が中に入って安全を確認します。それで誰もいないとわかったら合図をするので、一緒に中に来てください」

「弥智さん！」

「言っておきますけど佐保様のためじゃないですからね。他にもついて来てる護衛はいますが、別動の襲撃者がいた場合無人の時は中の方が安全なので避難するためです」

「ここだったら飛び道具で襲いやすいですもんね」

弥智の判断を肯定したアンゼリカがどんと胸を叩いた。

「任せてください。クサカはここで護ります」

「お願いします。本当に危ない時にはついている者が手助けに入ります」

では、と弥智は軽い身のこなしで走り出すと躊躇せずに旧講堂の中に身を滑り込ませた。

弥智の姿が見えなくなると、木立に身を隠して様子を窺いながらアンゼリカがポツリと尋ねた。

「サホサマっていうのが本当の名前？　クサカっていうのは偽名だったの？」

「ええとそれは」

アルフリートが消えてからずっと弥智は佐保のことを「クサカ」ではなく普段呼び慣れている「佐保様」で呼んでいた。殿下や皇妃殿下のように直接身分がわかる呼び名ではないものの、初対面の時からずっとクサカと言っていたので不審に思うのも無理はない。

「アンジー、学院には身分を隠して通っている人もいるんだ。深く聞くのは礼儀を失してるよ」

「いいよ、クリステン。アンゼリカの疑問はもっともだと思うから。結論から言うと、どっちも僕の名前で間違ってないです。クサカ・サホというのが僕の名前で、クサカが家名、サホが個人名になるんだ」

本当はもっと長い名前があるが、今告げることではない。

「私の名前のアンゼリカ＝テスタスで言えば、テスタスの方で呼んでいたってことで合ってる？」

「うん」

「へえ、そうなんだ」

「僕の育ったところだと家族や親しい人は名前で呼ぶけど、仲良くしてる人でも苗字……家名呼びが普通だったから、そのまま通しちゃいました」

「じゃあサホサマが名前？」

「アンジー……」

「ううん、名前はサホ。たぶんさっき言ったと思うけど」

「ごめんなさい、聞いたのを忘れてたわ。じゃあサホって呼んだ方がいいのかしら？」

「呼び慣れてるだろうしクサカの方でいいよ。僕も故郷にいるみたいで懐かしいから」

　それは本当だ。佐保と名を呼ばれはしても、クサカの名を出すのは自己紹介の時だけで、皇妃サホ、エレッセイラ・サホというようにクサカが音に出して呼ばれることはない。

　思いがけず学院に通うようになって、苗字で呼ばれることを実は佐保自身はとても嬉しく思っていたのだ。

　自然に浮かんだ佐保の笑みを眺めていたクリステンがちょいちょいと袖を引き、目は旧講堂に据えられたまま小声で訊いた。

「本当にクサカでいいのかい？　さっきの学生……騎士みたいに敬称をつけた方がいいんじゃないか？」

「これまで通りでいいよ。学院の中ではあんまり気にしたくないから。それに敬称をつけるならクリステンたちだって様付けされることにならない？」

　自分が「クリステン様」「テスタス様」と呼ばれることを想像したのか、クリステンは顔を顰めた。

「確かに学院の中でまでそれは嫌だな」

「でしょう？」

「わかった。じゃあこれまで通りクサカで——出て来た。手招きしてる」

　旧講堂から出て来た弥智がこちらに向かって手招きをしている。中が安全だと確認されたのだ。

「行こう」

　三人は出来るだけ足音を立てないように階段を上り切り、弥智が開いた扉の中に飛び込んだ。

明かりがなく、夜になりかけの今の時刻では天井近くにある明かり取りの窓から入って来る外の光を頼りにするしかないが、完全に外が闇に包まれていないせいか、暗い室内に慣れて来るとそれなりに内部の様子を確認することが出来るようになっていた。

中に入ってすぐは広間のように開けた半円の床があり、左右には部屋に続く扉があった。上に伸びる階段は螺旋状で二階の踊り場に繋がっている。一階はもっと単純で、真っすぐ行って突き当たりにある両開きの扉を開け放してしまえば、そこはもう広々とした空間が広がる講堂になっていた。

壁際に収納可能なベンチ式の長椅子がずらりと並び、それは真正面の大きな教壇の背後にまで続いていた。六人は座れそうな椅子が劇場のように下に向かって五列ずつ、それが広い屋内の壁全体にあるのだから二百人以上は収容可能だろう。

「二階にも席がある」

振り仰げば、吹き抜けの通路のような出っ張った場所にも同じく椅子が並んでいる。奥に見える扉は照明用に使われていたのだろうか。

「旧講堂っていうからもっとボロボロだと思ってたわ」

アンゼリカが言うように元の土台がしっかりしているのか、資材の質がよかったのか、やや劣化が見られた外壁と違って、内部は今でも十分に使えそうな状態で残されている。

天幕や緞帳《どんちょう》、垂れ幕に絵画などは新講堂に移されたのか、建付けの椅子や机が残っているくらいで他には何もない。数本燭台が転がっているが、これは閉鎖された後に入り込んだ人が使っていたものだろうと推察される。

観察するのは後回しにし、何か隠されているものがないか、手分けして探し回った。と言っても、生活用品が残されている廃墟と違い、ほとんどの物が持ち出されているため探せる場所も物も少なかった。

「何にもない……アルフリートもいない」

佐保はぐっと眉を寄せた。

「引き摺った跡があるから絶対に関係はあると思うのに、証拠も何も見つからないなんて……」

一度入り口付近に戻って痕跡が残っていないか床に目を近づけて探してみたが、土や泥はあってもそこから先が続かない状態なのだ。

「一度出ますか。その後で人数を増やしてもう一度調べ直した方がいいかもしれません。完全に暗くなってからでは危険ですから」

弥智が背負っている鞄には建前上の筆記具や帳面の他に紐や小刀、蠟燭《ろうそく》は入れられているが、長時間の探索をするには数に不足を感じていた。

「それじゃもう一度だけ見ていないところがないか確認して出ましょう」

異論はなかったので弥智は二階へ、アンゼリカは入ってすぐの小部屋へ、クリステンと佐保は講堂内を手前と奥の二つに分けて見て回った。

「そう言えばクサカ」

ごそごそと手や足を使って壁をさわり、床をなぞりながら歩いていると、椅子の裏を覗いていたクリステンが話し掛けて来た。

「なに？」

「旧講堂に纏わる不思議な話を覚えているかい？」

「覚えてる。亡くなった悲劇の恋人たちの笑い声が聞こえる、泣き声が聞こえる、灯りが見える――だよね」

「うん。泣き声の方は僕は初耳だけど」

「あ、こっちは弥智さんに聞きました。弥智さんは学院で働いているお爺さんから聞いたそうです」

「だけどクサカ、もう一つあったのを思い出したんだ」

「え？」

この「え？」には二つの意味が含まれていた。早くアルフリートを探さなくてはいけない時に暢気に不思議な話をするのか？　という苛立ちを含んだ疑問、もう一つは怪談の元になっている場所でわざわざ怖い話をして思い出させなくてもいいんじゃない？　という、ちょっと引き気味の疑問。

　そんな佐保の内面に気づかず、腰を上げたクリステンは苦笑いをしながら自分の頭を掻いた。

「思い出したっていうより気づいたって言った方が早いかな。怖いところに来ると怖い話をついつい思い出しちゃって、探しながら頭の中で反芻《はんすう》してたんだよ」

「九不思議を!?」

「九不思議……？　ああ確かに九不思議だね。その不思議の中に旧講堂に纏わるものがあったのを思い出したんだ。いいかい？　一、涙を流す絵画。二、森の白い人。三、階段で聞こえるすすり泣く声。四、音楽室で鳴る楽器。五、動く銅像。六、歩く銅像。七、姿なき声。八、血に染まる池。九、旧講堂で聞こえる笑い声と灯り。僕が話したのはこの九つ。さてクサカに問題です。旧講堂に関係のある話はどれでしょう」

「最後の笑い声と灯りでしょう？　それに弥智さんから聞いた泣き声」

「もう一つ」

「もう一つ？」

「うん。もう一つ直接には関係ないかもしれないけど……いやたぶん大いに関係あると思えるものがあった」

　佐保はクリステンがそうしたように頭の中でクリステンとした会話を思い出せるよう瞼を閉じた。

（楽器は弦楽器で音楽室で違う、池は途中にはなかったと思う。絵は外されてるから関係ない？）

　こういう時、マイルトルテのカメラアイが欲しくなる。

（カメラアイは映像だけだっけ？　話も覚えているのは瞬間記憶の方だっけ？）

　どちらにしても佐保はその能力を持っておらず、マイルトルテもいない。たとえいたとしても会話の場にいなかった先輩は役に立たなかっただろうけれども。

「絵？」

「違う」

「もう時間がないから教えて」

珍しくも佐保は地団駄を踏みたくなった。時間がないのに焦らされては堪らない。

「了解。動く銅像だよ。歩く方じゃなくて動く銅像の方」

「動く銅像……」

「動く銅像の話はこうだ。旧講堂に続く回廊の真ん中に置かれた像の向きが変わる――。どうだろう」

「確かに旧講堂が関係してる……！」

「それで思い出したんだ。ここに来る途中に壊れた噴水があったのを見たかい？」

「見た。横目でだけど、そしてそこには」

佐保はクリステンと同時に顔を見て、声を合わせた。

「銅像があった！」

佐保は二階にいる弥智へ叫んだ。

「弥智さん！　下りて来てください！」

大声を出せば気づかれるかもしれないということは佐保の頭からすっかり抜け落ちていた。

「どうしたんです、佐保様。何か見つけましたか」

急いで二階から下りて来た弥智と大声を聞いて戻って来たアンゼリカに九不思議の話を交えつつ、銅像が鍵になっているかもしれないという予想を告げると、弥智は「うーん」と腕を組んで考え込んだ。

「確かに可能性として考えられます。もしそうなら銅像のある場所かここに、どこかに通じる道が出て来そうです」

「じゃあ早速」

銅像を動かそうと走り出した佐保の腕はまたしても弥智に掴まれてしまった。

「全員で行かずにこちらに残る人はいた方がいいです」

「じゃあ僕が行って来ます。気づいたのは僕なので責任を持って動かしてきます。アンジーはどうする？」

「クリス一人は危ないから私も一緒に行くわ。クサカは弥智さんとここで待ってて」

「ではお願いします。でも二人だけじゃ不安なので外にいる目立たない服の人に声を掛けて連れてってください。護衛の一人なので銅像を動かせない場合は使ってください」

　佐保が口を挟む間もなく振り分けは進み、

「じゃあクサカ、行って来るわね。もしどこかで秘密の扉が開いても先に行かないで待っててね」

　双子は元来た道を引き返すように駆け出した。周辺はもうすっかり暗くなっていて、弥智が手持ちの蠟燭に火をつけて燭台に置いた。

「陛下には知らせていますのでご安心ください」

「ありがとう。クコッティさんは一度お城に帰ったかな」

「待っていると思いますよ。もしかすると自分も佐保様の手伝いをしたかったとごねているかもしれません」

「なんとなくわかる。クコッティさん、意外と武闘派だから」

　以前も佐保が巻き込まれかけた時、棒や鞭を持って戦おうとしてくれた。

「副団長がこちらに来られるということは組織を摘発する準備が整ったということだと思います。たぶんですけどメルブレン少年が洗いざらい話をしたんじゃないでしょうか」

「あそこまで追い詰められていたらそうするのが一番自分の安全を確保できますもんね。騎士団と皇国軍が護っている中に突入できる猛者はいないし。じゃあ後はアルフリートだけだね」

「はい」

　アルフリートを攫ったのが組織ならその場で壊滅待ったなし。違法薬の売人組織じゃなくても誘拐犯は厳罰が与えられる。どちらにしてもアルフリートさえ無事ならいうことはない。

　ゴトッ。

　じっと待つことしばし。

　何か重い物が動く音がしたと思ったらズリズリと何かを引き摺るような音がして、二人は顔を見合わせた。

「どこから音が……」

　今いる場所からは変化は見られず、二人は入り口へ向かった。入ってすぐの広間に変化はなし、二階に続く階段も特に変わらず。だが、一か所、先ほどまでの探索では見つからなかったものがそこにはあった。

　階段のちょうど裏に当たる部分に空いた大きな穴。闇に深く沈むようにぽっかりと大きく空くそこには、下へ続く階段が続いていた。

　二人で顔を寄せるように覗き込むと辛うじて地面が見えたので、そこまで高いわけではないようだ。大人一人分の身長より少し高いくらいなので、佐保なら腰を屈めることなく歩くことが出来るだろう。

「この中みたいです」

　入り口の部分を指で触れていた弥智が指に摘んだ枯れ葉の端を目の高さに上げて見せた。

「外のものと同じですね」

　巧妙に隠されていた穴は二人程度なら並んで歩くことが出来そうだ。

　この先にアルフリートがいるかもしれないと思うと早く飛び込みたいと思う。双子が戻って来るのを待つ時間ももどかしく感じていると、

「どうだった!?」

　息も切らさず駆け込んで来た双子は佐保たちが覗いている穴を見て、揃って目を丸くした。

「やっぱりここに秘密があったんだね」

「よかった。動かすのが重くて結局手伝って貰わなきゃいけなかったけど、苦労した甲斐があったわ」

　見れば双子の後ろには枯れ葉色の作業着を着た青年がいて、佐保にぺこりと頭を下げた。隠れて護衛についていた騎士なのだろうが、佐保には見覚えがあった。

（この人、いつも本宮でグラスとリンデンに遊ばれている人だ）

　背が高いため登り甲斐があるのか、よく頭の上に二匹を乗せているのを見掛ける。仔獣に懐かれている彼が仔獣当番の一人なのは間違いない。

　人数が増えたことで弥智も佐保を連れて先へ進むことに難色を示しつつ同意した。入るのは作業着の青年――護衛を含めて五人。この入り口と銅像のあ

る場所の見張りはスーッと現れた他の護衛が担うことになった。

先頭を弥智、間にクリステン、佐保、アンゼリカ、後衛に護衛が続く。

「空気が澱《よど》んでいないので使われている頻度は高そうですね」

「埃もないから人の行き来が多いんじゃないかしら」

「でも壁は古いから最近作られたわけじゃないと思う。昔からある通路じゃないかな」

まさか学院の地下にこんな通路があるとは考えもしなかったせいか、考察が進む。

「避難路だとしたら出る先はどこだろう」

「隠し金庫や宝物庫の可能性も捨てられないわよ。避難するには入り口を開けるのに手間がかかり過ぎるもの」

アンゼリカの意見には佐保も賛成だ。いざという時に円滑に逃げるように設計されているのが避難路だ。離れた噴水のところまで行って重い銅像を動かして開けるなど、アンゼリカが言うように手間と時間がかかるにもほどがある。

これが襲われる可能性を含んだアルフリートの捜索でなければ、もっと時間を掛けてゆっくりと謎を解きながら進むところなのだが。

口では各々の考えたことを出しつつ、全員の歩みは速い。

通路はずっと真っ直ぐではなく、既に三度角を曲がった。

「わざとか？」

「弥智、おそらくだが真っ直ぐに見える通路も斜めに作られている」

先頭と最後尾を守る騎士の会話に真ん中の三人は押し黙った。

旧講堂の立地場所から地下に潜った時にある程度の方角は頭に入れていたはずが、今はもう旧講堂を起点にして東西南北どちらに向かっているのかわからなくなっている。最悪の場合、グルグルと移動した最終出口が同じ旧講堂だったりすぐ近くだったりすることも十分考えられる。

「地上が恋しくなっちゃった」

アンゼリカの台詞は全員の思うところではあったが、その願いが通じたのか漸《ようや》く行き止まりが見えて来た。

「扉です」

大きくはなく、厨房などに設置されている勝手口ほどの大きさの木製の扉が先に進むことを遮っている。

「古くはないですね。取っ手の金具も錆《さ》びついていないし、動かしても音が立たないから油を差して定期的に手入れしているようです」

「ということは、この通路はやっぱり頻繁に使われているってことですか？」

「そう考えるのが自然だと思います」

「中に」

入りましょうと言いかけて佐保は口を噤んだ。

「さっきと同じように先に俺が入ります。それで出た先の安全が確保出来たら呼びます。パトさんはここで見張りを」

「了解」

念のためにとクリステンがアンゼリカと佐保の前で壁になる。飛び出しかねないアンゼリカと同列に扱われたのが少し解せない佐保である。

扉は予想通り音を立てることなく外側に開かれた。蝶番《ちょうつがい》は黒く変色していたが錆などは見られず、つい最近差したと思われる油が下の方に漏れて落ちていた。

少し長い時間を待った後、弥智が慌てて戻って来た。その表情は険しい。

「弥智さん、どうしたんですか？　何があったんですか？」

「――出た先は地下室でした。元は酒蔵のようで大きな酒樽と空の酒瓶が残されていました。上に続く階段も見つけています。アルフリート君も見つけました」

佐保たち学生の表情が喜びに溢れた。

「無事なんですか？　怪我はしてなかったですか？」

いやそれよりも早く助け出さなくては。

「弥智さん」

「佐保様、見つけたのはアルフリート君だけじゃありませんでした。全部で七人、全員が意識不明です」

「っ！」

大声を上げそうになって佐保は慌てて口を手で押さえた。

「生きては……生きてはいるんですよね!?」

「呼吸は確認しています。怪我をしている成人男性が二人いますが手当てはされているようでした」

どうすべきか。佐保は考えた。

引き返して人を連れて来るべきか。一人ずつ運び出すべきか。それとも地上に向かう階段を上り、そこから全員で逃げるか。

（無理だ……）

意識のない人は重く、弥智と護衛とクリステンが抱えるにしても三人しか連れていけない。アンゼリカが幾ら武術に優れていても純粋な力では男に劣り、大人を抱えて歩き続けるだけの持続力はないだろう。佐保自身は子供なら抱えられても大人は無理だ。引き摺るくらいしか出来ない。

「――弥智さん、上に出るのは危険だと思いますか？」

「思います。少なくとも七人を閉じ込めて制圧できるだけの戦力が上にあると思います」

「パトさんも同じ意見ですか？」

「自分も弥智と同じです。見つかれば全員の身が危険に晒されます。冒険は出来ません」

騎士は二人共、地上に出ることに反対だった。

佐保も自分以外の人の命を賭けるつもりはない。

「それじゃあ堅実に地下道を戻りましょう」

「はい」

「でも全員じゃありません。戻って助けを呼んでくる人とここで倒れている人たちを守る人に分かれます」

「……佐保様は当然戻る方ですよね？」

佐保はにっこりと微笑んだ。

「佐保様……」

「僕よりも足が速い人が走った方がいいです。アンゼリカとクリステン、戻って学院にいる騎士様たちにこの場所を教えてください」

「クサカ、僕はクサカ一人くらい背負って走ることは出来るよ」

「私も！　私も背負って走れるわ。いつも赤ん坊位の大きさの石を背負って走っていたから簡単よ」

　この危急の事態ではあるのだが、アンゼリカはどんな特訓をしているのだとつい笑いが零れた。

「重石がなかったらもっと速く走れるでしょう？　風になってください、アンゼリカ」

「――わかったわクサカ。私は風になる！　ううん、風よりも速く走って見せるわ！」

「さすがアンゼリカ。頼もしいです」

「任せてね、クサカ。私が必ず助けを連れて戻って来るから。それまでアルフリートをお願いね」

「任せてください。僕はきっと大丈夫。弥智さんもいるしパトさんもいる」

　それに神花の種子がある。

　無茶をしているのは自覚している。だがアルフリートや怪我人を残して安全な場所に行けないのも本当だ。最速で全員が助かるには佐保が残るのが一番いい。

「クサカ、絶対に無理はしないんだよ。もしも上から人攫いたちが降りて来たらすぐに逃げるんだよ」

「安心してください、クリステン様。佐保様は我々が盾になって必ず護ります」

　ビシッと姿勢を正して胸を張る学生服の少年にしか見えない青年と作業着の青年。見た目は不揃いだが、彼らの精神は騎士である。護らなければならない人がすぐ横にいるのだ。自分の見せ場がやって来たと発奮できるくらいには、彼らは骨の髄まで騎士だった。

「行って来る」

「クサカ、後でね」

　双子は互いに頷き合うと駆けだした。曲がり角はあるが分岐路はなかったのでただひたすら道に沿って走ればいい。それが彼らに課せられた使命だった。

　見送った佐保たちは扉の前に佇んでいたが、意を決して提案した。

「中に入って様子を見てもいいですか？」

「言うと思ってました」

弥智は頭を抱えつつも許可を出してくれた。

「どうぞ中へ。アルフリート君は壁際の樽の中です」

「樽の中!?」

一体どういうことなのかと慌てて指を差された場所に走れば、確かにアルフリートは樽の中に横たわっていた。直径がレグレシティスの身長より大きい、横倒しになった樽の中に。

「アルフリートっ」

小声で叫んで駆け寄って、そっと額に手を当てる。

「よかった……ちゃんとあったかい」

一気に安堵が押し寄せて来て佐保はその場に座り込んだ。落ち着いてよく見れば、アルフリートがいる樽の中に他に二人、若い男が無造作に寝かせられていた。

気になって隣の樽を覗くと、怪我をしていると弥智が言った男二人——少し年配の男一人と子供と言っていい年頃の少年がいた。

アルフリートの側に戻った佐保がいる樽の横には護衛のために弥智が立ち、もう一人の護衛パトは上に続く押戸の下の階段に座り、上の様子を窺っている。残念ながら戸は上に向けて開くため、開けさせないようにするにはこちらから紐で引いて隙間を開けさせないようにするしかない。

上を気にしながらもアルフリートの様子を眺めていた佐保は、友人の後頭部の髪の乱れが気になって直そうと手を伸ばし、ハッとひっこめた。

「弥智さん」

「どうかしましたか？」

「アルフリート、怪我してるみたいです」

弥智はサッと佐保と場所を代わり、注意深く後頭部に触れた。

「瘤《こぶ》になっていますね」

「血は出てないみたいだけど、中が見えないのが怖いです」

「おそらく内出血でしょう。頭蓋の中ではないので適切に処理をすれば収まりはしますが、安静が一番です」

「動かさない判断をしてよかったというべきなんでしょうね」

背負って走れば振動が伝わる。頭を負傷した人間にそれは悪手になるところだった。

アルフリートを含め、判明しているだけで怪我人が三人。アルフリートと同じようにして連れて来られたのなら、どこかを負傷しているかもしれない。一見して誰も出血をした形跡がないのだけが安心材料だ。

佐保が樽の中に落ち着くと、弥智は元は酒蔵と思われる地下室の中を調べて回った。巨大な樽が複数転がっているくらいだから広さはかなりある。天井はそこまでの高さはないが、酒の保管に使っていただけだとすれば支障はないのだろう。

石造りの壁に作られた棚、梁が剝き出しなのが如何にもな風情を醸し出しているが、使われなくなって久しいのか、棚の上には埃が積もっていた。反して床はそこまで汚れているわけではなく、佐保たちが通って来た通路のように使用頻度が高いのだろう。

壁際には扉が二つあり、一つは物置、もう一つは外に繋がっていたようだが、扉を開くとすぐ目の前が分厚い壁だった。

そんな風に緊張しつつ佐保が室内を見回していると、

「弥智」

上にいると思われる犯人たちの様子を窺っていたパトから短く鋭い声が発せられた。弥智はサッと立ち上がると、

「佐保様はここでじっとしていてください」

言い置くとすぐに階段の下に向かった。手には短剣が一つ。パトの方は膝の横のポケットに差していた棒を取り出して組み立て、一本の棒に変えていた。

「三節棍《さんせつこん》……？」

よくご存じでとパトの口が動いた。

狭い屋内では弥智のように短剣の方が便利で、三節棍のような長物は不便だと思っていた佐保には意

外だったが、

「来ますッ」

鋭いパトの声がしたと同時に戸が上に引き上げられた。事前に弥智が持って来ていた紐を持ち手に結び、地下室を支えている梁柱に結びつけて開かないようにしていたのだが、紐はあくまでも紐でしかない。

中から開かないように引っ張られていることに気づいた犯人は隙間に刃物を入れ、紐を切ろうとした。それを弥智の短剣が防ぐ。

カキンカキンと金属の触れ合う音が響く中、佐保は隣の樽の二人をアルフリートが寝ている樽の中に移そうと頑張っていた。

「重い、けどっ、こっちの方が護りやすいからっ」

少年は楽だった。後ろから脇の下に腕を入れて引っ張れば楽に移動させられた。意識不明の年配の男は足を引っ張った。

「待っている間に弥智さんかパトさんにこっちに移して貰っていればよかった」

後悔しても後の祭り。その時はそこまで頭が回らず、襲われそうになって初めて気がついたのだ。神花の種子が芽吹いて蔓が飛び出した時、同じ場所の方が護る範囲が狭い分、蔓に覆われるのではないかと。

この時佐保の頭の中にあったのは、バツーク国のカザリン王子と一緒に籠った蔓で出来た鳥籠だった。火を放たれることだけには気をつけなければならないが、遠く離れた場所から火矢を射かけられるのでない限り、鉄壁の護りが持続すると信じていたい。

耐えればいい。双子が応援を連れて戻って来るまで耐えることが出来ればいい。

バキッと激しい音がして、

「入れさせるかッ」

弥智の声が叫ぶ。

地下と地上を隔てていた戸は突き刺さっている斧によって真っ二つに割れ、蝶番で留められている半分だけが残った状態で、それを盾にしてパトが棍を突き入れ、弥智が剣を弾いて下に割り込もうとする攻撃を防いでいた。

　狭い開閉口が幸いして、なかなか下に降りてくることが出来ないまま攻防が続く。祈るように種子袋を握ったまま、佐保はじっと耐えていた。

　意図的に弥智もパトも他に人がいることを知られないようにしている。だから佐保は声を出さずに耐えるしかなかった。

「早く片付けろッ！　人質はまだか！」

「人質さえあればこっちのもんだッ！」

「クソッ、狭くて下に行けねぇんだよッ！」

　上の方でバタバタと慌ただしく駆け回る音がする。足音の多さと怒鳴る声の多さから、少なくとも五人以上いるのは確実だった。

「そこはもう諦めて他を使えッ」

　新しく男の怒鳴り声が響くと同時に、ズンッという音が響き、佐保は首を竦めた。しかしすぐにハッとして樽から飛び出した。

「佐保様っ」

「殿下っ」

　思わず弥智とパトが佐保を呼ぶが、佐保は一目散に物置へと通じる扉に体当たりした。

「こっちの部屋から人が……ッ」

　落ちていた鉄の棒と髪を結んでいたリボンを使って扉の取っ手を動かないよう結び終えたのと、ガチャガチャと内側から回す音がしたのは同時だった。

「チッ、そっちもか」

　上に続く場所をパトに任せ、ダンッと階段を飛び降りた弥智が駆け付けるまさにその時、扉が大きな音を立てて吹き飛んだ。

「ぐっ……！」

　佐保の前に出ようとしていた弥智が、まともに飛んで来た扉に当たって端に吹き飛ばされる。

　内側から扉を破壊して飛ばすという理不尽な力を見せたのは、いっそ無駄と言えるほどの筋肉を腕に、腹には贅肉《ぜいにく》を湛えた巨漢の男だった。

「弥智ッ！」

　パトが階段下を放棄すると同時に、飛び込んで来た男たちが武器を手に弥智と佐保の方へ行こうとするパトの邪魔をする。

「弥智さんっ」

急いで駆け寄ろうとした佐保だが、

「女か！」

喜色溢れる声で叫んだ巨漢の手が伸びて佐保の髪を摑み引き寄せようとして——その手に残ったのは髪の束だけだった。

鬘が外れた佐保が駆け寄るのは弥智の元。だが獲物に逃げられた挙句に虚を突かれて虚仮《こけ》にされたと感じたのか、怒りも露わに怒声を上げて襲い掛かろうとする巨漢。

だがその手が佐保の背に届くことはなかった。

「行かせないッ」

横から滑り込んで来た影が佐保を捕らえようとした腕を弾いて躱《かわ》し、剣を構えて立ち塞がったからだ。

「エイクレアさん!?」

最上級生の騎士科の先輩。佐保に気を遣ってくれる親切で優しい先輩。

そのエイクレアは汗をかいた額に髪を張りつかせながらも、弥智のところに行くよう佐保を促した。

「俺はいいから先にそっちを」

「は、はいっ」

目礼し、倒れる弥智の横に膝を付くと、ちょうど目を覚ました弥智が半身を起こし、ぶつけた腕を摩《さす》っているところだった。

「弥智さん、怪我は」

「ぶつけたところが痛いだけで他に怪我はありません。顔は咄嗟に庇ったんですが、飛ばされた先で頭を打って一瞬だけ気を失っていたようです。今は平気ですよ」

弥智は落とした短剣を拾い首を捻って具合を確認すると、巨漢と戦っているエイクレアへと加勢に向かった。

「佐保様は樽に」

巨漢に飛び蹴りをした弥智が言うのとパトと乱戦を繰り広げていた男の一人が樽に向かって走るのが同時だった。

（人質にされてしまうっ！）

佐保は走った。邪魔をしようと伸ばされた手はエイクレアが盾になって庇ってくれた。空振りになった男の剣の切っ先がエイクレアの腕を切り裂く。

「エイクレアさんッ」

「気にするな！　行け、俺が護る！」

背を押され、樽の中に押し込まれた佐保のすぐ目の前ではエイクレアが二人の男を相手取り、剣戟を繰り返している。巨漢の相手はいつの間にか弥智になっていた。

大人数を相手に負けることなく立ち回っていられるのは、広い地下室ではあるものの閉鎖された空間だからだろう。飛び道具を持ち出されないのだけが救いだ……と思った佐保の目に、上の階から矢を番える男が目に入った。狙われているのは位置的にエイクレアだ。

「駄目ッ」

佐保は叫んだ。

「助けてッ」

助けを呼ぶだけでいいと言ったのは誰だったか。

レグレシティスにも言われた。マクスウェルにも言われた。リー・ロンも言っていた。

助けを求められたなら必ず行くからと。

視界一面に広がった緑色。ぶわっと一瞬の間に緑の蔓が壁を這い、矢を弾き飛ばし、武器を振り上げる男たちの腕を絡めとる。

「な、なんだッ、これはッ！」

「草……いや蔦か？　どうしてこんなもんがあるんだ！」

「腕が……腕が締め付けられるッ！　いてぇ、千切れるッ！」

目の前で次々に無力化されていく男たち。

佐保は蔓で囲われて安全な樽の中で座り込み、その様子を眺めていたが、

「エイクレアさんッ、切られた腕っ」

蔓の壁の向こうに立つエイクレアに駆け寄ろうとして、間を遮る蔓の存在に気づき、隙間から手を伸ばして腕に触れた。

「腕に血が」

「治療すればすぐ治る」

「でも止血はしてください。確か鞄にハンカチ、手拭きを入れていたはず」

　佐保は放り出していた鞄のところに戻ると中を漁り、ハンカチを二枚引っ張り出した。二枚にしたのは一枚だと腕に回すには届かないと思ったからだ。二枚の端を結んで一本の長い布にして渡すと、

「すまない。使わせて貰う」

　エイクレアは素直に受け取って手当てに使おうとした。だが、怪我をしているのは二の腕。巻くことは出来ても結ぶことは出来ない。

　二人の間に沈黙が流れ、

「結んでくれるとありがたい」

「配慮が出来ずにすみません」

　結局蔓の隙間から腕を出した佐保が結ぶことになった。

　神花の蔓の棘には猛毒がある。

　これは神花に必ず付き纏う噂であり、事実だ。だから佐保はエイクレアの腕を中に入れるより、自分の腕を隙間から通すことを選んでいる。神花は佐保のことは絶対に傷付けないという確固たる信頼があるからだ。

　だがいつもなら安全を確認すると解ける蔓がまだ佐保を囲ったままだ。

　気づいた弥智とパトは佐保の様子を確認すると、

「上に行って来ます」

　一声掛けると蔓に縛られて身動きできない男たちを飛び越えて地上へ続く穴を飛び出した。残されたのは身動きできない男たち以外に、意識不明の七名、佐保とエイクレア。

　急におとずれた静寂に、佐保はほっと息をつく。

　怪我をしたエイクレアには座るように勧めたのだが、自分はここを護る役目があるからとボロボロになりながらも立ち続けることを選んでいた。

「そう言えばエイクレアさんは一人なんですか？　クリステンやアンゼリカは」

「一人で来た。テスタス家の双子は俺が見た時には将軍に食って掛かっているところだった」

「二人共なにしてるんだよ……」

「双子の気持ちは俺にはわかるよ。クサカを助けに行きたいと直談判したのに却下されてしまったんだ。食って掛かりたくもなるだろう」

「危ないですからね、将軍としても親戚の子供たちを危ないところに行かせたくはないはずだから、僕はそれでよかったと思います。あれ？　それならもう救援はこちらに向かっているんですか？」

「おそらくは。俺は騎士団と皇国軍が動く前に地下を通ってこっちに来たから後のことはわからない」

「エイクレアさん……」

　双子も双子だが、こちらも無鉄砲に輪をかけた突飛な行動に出ていた。

「見張りがいたでしょう？」

「いたな」

「よく通してくれましたね」

「色仕掛けで何とか」

「……それ団長様が知ったら懲罰ものですよ」

「悪かったと思っている。罰を受けるなら俺とマイルトルテの二人で受けるつもりだ」

「なんでマイルトルテさん？」

「……色仕掛けをしたのがマイルトルテだからだ。ついでに正攻法で騎士団に同行しようとしても絶対に許可されないはずだから、双子が通った道を使えばいいと提案したのもマイルトルテだ」

「……」

「断っておくが俺は反対したんだぞ。絶対に止めろって何度も言ったんだ。だけどあいつも頑固だから」

「偏見だとは思いますが、そういうことを言い出すのはシュテルンさんの方だと思っていました」

　ブフッとエイクレアが吹き出した。

「その気持ちはわからなくもないが、今回は騎士団も関わっているだろう？　騎士団長によく見られたいから同行はしないときっぱり断られてしまったよ。勿論、口外しないように念押しはしているし、もしもシュテルンが原因で俺が出掛けたことに気づかれたなら、騎士団長には絶対に知られたくない秘密を告げ口すると言って黙らせた。マイルトルテが」

「シュテルンさん……マイルトルテさん……」

　エイクレアと愉快な仲間たち。そんなタイトルが浮かぶくらいには衝撃的な告白だった。真面目な上級生という印象が強かったのに、真面目な人たちも吹っ切れればこういう形で個性が発揮されるのだなあと感心する。

「……すまないクサカ。ちょっと座っていいか？」

「是非！　もしかして貧血ですか？　血が流れたから」

「いやそうじゃなくて単なる寝不足だと思う」

「忙しいんですか？　確か自治会長だって聞いてます」

「そっちはそうでもない。それより定期考査前に出来るだけ復習を進めておきたくて勉強していた」

「……定期考査……？」

　エイクレアが蔓の前に座り込む佐保の呆然とした顔を見て、笑った。

「その分じゃ忘れてたんだな。二十日も先だから気にしていない生徒の方が多いし、入学したての一年は存在自体を忘れているか知らないかの子の方が多いんだ」

「僕、聴講生なんですけどそれでも試験あるでしょうか？」

「俺が知っている聴講生は試験は受けていた。総合成績に反映はされないし、卒業判定に関わりはしないけど、成績が悪いと資格を失うから割と必死に試験勉強をしていたぞ」

「試験……ちょっと僕、明日学院に行ったら教務の人に聞いてみます」

「それが一番確実だな。だけど明日も学院に行くのか？　さすがに休んだ方がいいんじゃないか？」

「僕自身は怪我もしていないので、出来れば休みたくないです。それに今日ベア先生から借りられるはずだった本も借りたいし」

「クサカは本当に面白いなあ」

　あの人が言っていた通りだとエイクレアが呟き、それに訊き返そうと佐保が口を開きかけた時、それまで頑なに囲いを解かなかった神花の蔓が動き、佐保とエイクレアの間を遮っていた緑の囲いがスルスルと後退した。

　同時に、

「おーい殿下ー、無事かー。無事なら返事しろー」

という緊張感に欠ける声が上から降って来て、二人は揃って顔を上に続く穴に向けた。

　すぐにひょいっと小麦色の髪の男の顔が見え、地下室の様子を見て「いつものことながら凄いな」と真顔で呟きながら降りて来るのが見えた。後ろには弥智の他に担架を担いだ兵士たちが続く。

「よォ、無事だったみたいだな殿下」

「はい、みなさんのおかげで無事でした」

「それはよかった。上でやきもきしているのがいるから後で安心させてやりな」

「レグレシティス様が来てるんですか？」

「いるぜ。他にもいろいろ揃っているから後でまとめて説明してくれ。団長が説明の場を用意している」

「わかりました」

「それで怪我人は……中の奴らで全員か？　一、二、三……七人か。担架は足りてるな。あ、いやお前も怪我人だな」

　副団長は樽の横に座るエイクレアも怪我人として数に入れた。

「いえ俺は」

「腕から血が出てる分際で何を言う」

「いえ治療は受けます。ですが俺……私もその説明の場に同行してもいいでしょうか？」

　副団長は目を細めてエイクレアを見下ろした。

「お前、エイクレアだったな、騎士科の首席」

「はい」

　副団長の前で膝をついて礼を示しつつ、しっかりと顔を見て希望を述べるエイクレアに何を感じたのか、副団長はニヤリと笑みを浮かべると「いいぜ」と言った。

　その間にも衛生兵たちはアルフリートたち七人を手際よく担架に乗せ、狭くて急な階段をものともせず、あっという間に地上に運び出してしまった。

「佐保様、エイクレアも上に」

　弥智を先頭にして、部下たちに男たちの処理を指示したマクスウェルも一緒に階段を上ると、そこは頑丈な石造りの建物の一室だった。同じ石造りの旧講堂経由で地下に降りたので、また同じところに戻って来たのかと一瞬だけ思ったが、あちらが何もない空間だったのに対し、こちらはカバーの掛けられた椅子やテーブル、食べかけの食事にワイングラスなどがあり、生活感があった。

　ただし、そのどれもが大きな嵐の後のように部屋の中に散乱し、人が住んでいるにしては荒れようが凄かった。

　それでも。

　地下から上がってすぐの部屋を出て廊下を通って外に出た佐保は、思い切り冷えた外気を吸い込んだ。

　騎士団と皇国軍によって救出された佐保たちが古い石造りの屋敷を出ると、辺りはすっかり夜の闇に包まれていた。

　地下道を通っている時には長く感じ、地下室で戦闘になってからはあっという間の出来事だった、思った以上に時間が経ってしまっていたようだ。

　改めて、自分たちが出て来た建物を見ると、重厚そうな扉は大破して片側の扉だけが蝶番で繋がったままぶら下がっていた。旧講堂と同じような蔓科の植物で覆われていた外壁には、中から伸びた神花の蔓が混じるように絡みつき、淡く光る神花が夕風にヒラヒラと揺れていた。

　昏倒させられていたアルフリートは衛生兵に手当てを受けた後、他の救出者と同じく城内の医療院に運ばれることになっていた。次々に馬車に運び入れられる担架の一つにアルフリートの顔を一度確認して、佐保はその場を離れた。

「エイクレア」

「シュテルンか」

　騎士団長に悪く思われたくないからとエイクレア

に同行しなかったシュテルンは、事後処理のために動く騎士や軍兵士の間を縫って友人に駆け寄ると、怪我をした腕に視線を落とし、辛そうな表情になった。

「これくらいは怪我のうちに入らないさ」

「君はそう思うかもしれないけど。歩けるか？　きついなら肩を貸すよ」

　結局はシュテルンもエイクレアのことが心配だったのだろう。遠慮するエイクレアの腕を自分の肩に回させると、ゆっくりと馬車に乗り込んだ。

「俺はこの後行かなければいけないところがあるんだが」

「知ってる。さっき聞いた。連れてくよ」

「ありがとう」

「別に心配なんかはしてないからね。その場にはリー・ロン様もいるからついて行くだけだからね」

　シュテルンの騎士団長愛は健在だった。

　それにしても、と佐保は思う。

（エイクレアさんの周りってツンデレしかいないのかな）

　エイクレアと愉快な仲間たちのうち、二人がツンデレなのはどうかと思う。

　そんなことを考えながら、弥智かマクスウェルの姿を探していた佐保は、

「佐保」

　掛けられた声に振り返り、満面の笑みで飛びついた。

「レグレシティス様！」

　仮面をつけた偉丈夫。サークィン皇国皇帝が広げた両腕の中に、佐保は迷わず飛び込んだ。

迎えに来たレグレシティスと合流した佐保が向かった先、高等学術院院長の広い部屋には、既に部屋の主と騎士団長、将軍の他、ベアやマイルトルテ、エイクレアやシュテルン、弥智など関係者がいて、佐保たちが入室したのを見ると一様にほっと安心した表情を浮かべた後、深く頭を下げて皇帝夫妻の着席を待った。

　個々人の事情聴取は後日として、先にここで一連の事件についての説明をするらしい。

（学院長先生、しょげてしまってなんだかお気の毒……）

　先に団長から違法薬の売買についての説明がなされていたのだろう。栄えある高等学術院の中で不可抗力とはいえ、犯罪に関与した生徒が出てしまった上、皇妃までもが巻き込まれてしまったのだ。

　ベアと寄り添うように座るマイルトルテは、負傷した痕も痛々しい友人エイクレアの姿に秀麗な顔に影を落としていた。自分が唆《そそのか》して地下道に送り出した結果の負傷なので、責任を感じているのかもしれない。

　全員が揃ったのを確認したリー・ロンが一人席を立ち、全員の顔を見回した。

「それでは本件についての説明を行います」

　よく通る声に、佐保は背筋を伸ばしてリー・ロンの顔を見つめた。

「違法薬、脅迫、人攫い。これらのうち被害者として学生が直接関与したのは違法薬の売買と脅迫です。誰がどのような形で脅迫を受けたのかはこれからさらに詳しく聞き取りを行ってからになるので割愛しますが、どれもが薬の代金を要求するものであったようです。違法薬一包は少額です。ですから十分に小遣いから支払うことは可能でした。ですが徐々に依存する薬の量が増え、同時に支払うべき代金が高額になった結果、最終的に支払うことが出来なくなってしまった。実際、学生の一人の実家には小遣いが足りないと仕送りを要求する文も送られていました。こちらは確認済です。そうやって急場を凌いでも毎回毎回では不審に思われてしまいます。そこで売人が言うのです。よい金貸しを紹介するぞ、と。でもそれは新しい責め苦の始まりでした」

　ここで一旦リー・ロンは説明を切り、全員が理解していることを表情から確認して続けた。

「当然ながら売人が紹介したのは無認可の金貸しです。つまりは利息が非常に高い。そんなところから借りたらどうなるか、もうお分かりですよね。これまで以上に重い借金を背負うことになってしまったんです。実家は頼れない、金貸しからの返済要求は暴力性を増す。ついには他の学生から借金することを考えたのは当然の流れですね。間が悪いことに、この時点で違法薬の効果が浸透し始めていた生徒たちに正常な判断力はありません。友人を脅し、恐喝紛いのことをしていた生徒もいたそうです」

　佐保は小さく顎を引いた。

　実際に目の前で青白い顔をした学生がアルフリートに掴みかかられたところを目撃しているのだ。あの時の彼らの異常性が強迫観念から来ていたのだとすれば、身の破滅を想像し、絶望で気を失わなければならなかったことも頷ける。

「そしてついに破滅が訪れます。一人は薬の影響が酷く、精神に安定を欠くことになった結果、意識が混濁するほど大量に薬を飲み、医師が呼ばれることになりました。現在も治療を行っていますが、完全に中毒が抜けきるまではまだ時間がかかるとの見解をいただいています」

「質問をいいか？」

「どうぞ」

　手を挙げたのはベアだった。

「その薬を常用していたのは騎士団長の説明を聞く限り一人だけではないのだろう？」

「はい。現在進行形で複数名います」

「閉鎖された学術院で、なぜ生徒たちは薬を買うことが出来たのだ？　どうやって売人に知り合った？」

「私たちもそこはわかりませんでした。でもつい先日、医療院に入った学生から経緯を聞いて判明しています」

最初は学院に入って感じた重圧や寂しさにつけ込まれ、外に遊びに出掛けた時に気分が高揚する飴玉を好奇心から買って食べてみたところ、説明通りに気分は良くなり、性格も明るくなって友人関係も広がった。勉学に対する意欲も増した結果、小試験で満点に近い成績をとることが出来た。それを実家に伝えると大層喜ばれ、小遣いが増やされ、欲しいものを買って貰えることが出来た。

そしてそのうち飴玉を自分を保つための神器として持っていなければならないものと思い込んでしまう。依存性や中毒性があると言われる所以である。

「ではどこで買うのかですが」

頻繁に外出許可を得られない寮生なので外に出た時にまとめて買うようになり、依存性を深めた彼らはもっと簡単に買いに行きたいと願う。その願いを叶えたのは、

「学院にとって喜ばしくないことに、学院の卒業生が関わっていました」

「抜け道……ですか？」

佐保が口にした言葉にリー・ロンは深く頷いた。

「この学術院には不思議な話が幾つかあるそうですね」

「はい。僕が聞いたのは九つ。でも以前には五十以上の話を調べた人もいたそうです」

その人も不思議話の一つになってしまったけれども。

「そういうことです。興味を持ったら調べずにはいられない性質を持つ人はそれなりに多いです。結実するかどうかは別ですが、当時学院生だったその生徒は見事謎を解き明かしました。普通はそこで終わるのですが、身を持ち崩してしまった彼が違法薬に手を染めてしまったことから悲劇が始まりました」

顧客になった生徒たちにだけこっそりと教えるのだ。

旧講堂の地下通路を使えば門を出ることなく、寮監に外出許可証を貰うことなく外に出て取引できる

ぞ、と。

「じゃあ、森の中の白い人や旧講堂の灯りも、もしかしたら旧講堂を使っていた人たちのことが噂になって広がっただけってことですか？」

「全部がそうとは限りませんが、少なくとも一つは事実だったと殿下自らが証明しましたよね」

動く銅像は本当に動く銅像だった。

「これで納得していただけましたか、ベア先生」

「理解出来た。子供たちの行動が私たち大人の想像の上を行くというのがよくわかった」

深く溜息をついたベアの膝をマイルトルテが労わるようにぽんぽんと数回叩くのが見えた。

「団長様、僕も質問いいですか？」

「どうぞ」

「アルフリートが……友人が攫われたのはどうしてですか？」

「知りたいですか？」

「出来れば」

「医療院に入っている少年が言っていたのですが、もしも自身で支払うことが出来ないのであれば代わりを寄越せと言われたと」

思わず腰を浮かせたのは佐保だけでなく、マイルトルテやエイクレア、シュテルンも同じだった。

「身代わりに出した後、どうなるかまでは考えに及ばなかったのでしょうね。ただのその場しのぎで知人の名を告げた。殿下が疑問に思っているようなのでお伝えしますが、医療院に入っている少年は直接手を出していません。動けないので当たり前ですけれども、元から差し出すつもりはなかったそうです。それもあって耐えられなくなってしまい、突発的に薬を大量に飲んでしまったそうです。だから殿下の御友人を誘い出して攫うように手引きしたのは他の生徒です」

それはそれで重い事実だった。

「学院の生徒が本件において関わったのはこれですべてです。他に質問がなければ開示と説明はこれで終わります。なお、本件に関してはまだ別に調査を継続している案件もありますので口外無用でお願いします」

沈黙が場を満たす。

「おま……っ、それは最初に言っておくべきだろうがよ！」

副団長の正論にもっとも強く頷いたのは学院長で、マイルトルテ、シュテルン、エイクレアが続く。

「聞いてしまった後で言われても聞かなかったことには出来ねえんだよ！」

「知ってますか、マクスウェル副団長。強い衝撃を与えると記憶が一部飛ぶことがあるんですよ」

「……力技で来やがった」

「まあ、それは冗談として。口外して欲しくないのは本当です。学院内のことは学院長にお任せしますが、方針が決定した時には一度城まで知らせてください。各庁に情報共有のうえ了承を取る必要があります」

「わかりました。騎士団長の仰せに従います」

「よろしくお願いします」

学院長が深く頭を下げた後は細々とした処理や手配の話に終始して終わった。

そして、レグレシティスと共に部屋を出ようとした佐保は、

「クサカ」

今日一日だけでもたくさん聞いた声にゆっくりと振り返った。

「エイクレアさん」

近づこうとした佐保を制し、

「皇妃殿下」

ゆっくりと近くまで一人歩いて来たエイクレアは、佐保の前で片膝をつき頭を垂れた。

佐保を庇って受けた傷は、佐保が縛った時のまま、まだ治療は施されておらず、睡眠不足状態での奮戦からそう時間が経っていないせいか、顔色も悪いままだ。

そんなエイクレアの、関係者がいる中での突然の行動に佐保は目を丸くした後、制止の声を掛けようとした。

だが、

「佐保」

　レグレシティスの静かな声に制される形となり、そのまま口を閉ざす。戸惑いながらも静かに待つ佐保の耳に、エイクレアの静かな声が届けられた。

「いついかなることがあろうとも我が身をもって御身を守り奉ることを誓います」

　頭を垂れ、胸に手を当てながらのそれは、正しく忠誠を捧げる騎士の言葉であった。

　血と汗と埃に塗れている姿は、何も知らなければ打ちひしがれているようにも見えただろう。だが、発する言葉には強い信念が籠められていた。手を伸ばせば届く距離にいる佐保にはそれがよくわかった。そして、支えるように佐保の後ろに立つレグレシティスも同じことを感じたのだろう。

　華やかな王城の広間での宣誓式ではない。近衛騎士団の黒い制服を着ているわけでもない。皇妃が着ている衣装も煌びやかなものでなく、地味な学術院の制服だ。こちらも薄汚れている。

　だが、この場には皇帝と皇妃がいる。宰相こそ不在だが、皇帝夫妻を護る騎士団がいる。皇国軍将軍もいる。

　皇帝がいる場所が御前というのなら、まさにこの場はそれに相応しいと言えよう。

　どうしたらいいのかわからず、隣に並んだレグレシティスを仰ぎ見る。

「陛下……」

　何か言葉を掛けない限り、エイクレアがずっと膝をついたままだろうというのは佐保にもわかる。だが何を言えばよいのか、この場合、どんな言葉を口にすれば適切なのかがわからない。

　相当に情けない顔をしていたはずの佐保の肩をレグレシティスは一度抱き寄せ、それから背筋を伸ばすよう背に触れながら、傅《かしず》く若者の前に一歩、己の伴侶を押し出した。

「難しい言葉は不要だ。お前はただ認め、受け入れればいい。そしてそれを伝えればよいだけだ」

　認める……。

「難しく考える必要はない」

そうは言われても、これが大切な場面なのは佐保にも十分伝わって来る。茶化したりふざけたりしてよい場面ではない。しかし、何か言わなければエイクレアはこのまま動かず、きちんとした手当てを受けることも出来ないままだ。

そんな佐保の窮状を見かねたのか、

「許すとか任じるとか、そういう簡単な言葉でよいのですよ、殿下」

「そうそう。それに殿下はもう、サラエ三人衆みたいに殿下自身に忠誠を誓っている臣がいるじゃねえか。あれと同じだ」

「木乃さんたちと同じ？」

その通り、とマクスウェルは深い笑みで頷いた。

確かに彼らは佐保に対して誓ってくれた。あれはまだ後宮で生活している時だから皇妃になる前の話だ。偽サラエの姫から皇妃に立場が変わっても、約束通り今も守ってくれている。

佐保はエイクレアの頭頂を見下ろした。

真面目で、口数は多くはないが佐保に対していつも優しく丁寧に接してくれた。佐保を助けるために飛び込んで来てくれた。

「エイクレアさん」

佐保はスッと息を飲み込んだ。

これから発する言葉は、もしかすると一人の若者の人生を縛り付けてしまうものなのかもしれない。もしかすると、後悔する日がくるかもしれない。

（でも）

真摯に望まれるのであれば、それがエイクレアの望みであるのなら、佐保に出来ることは一つしかない。

「あなたの忠誠を認めます。エイクレア、あなたは私——皇妃サホ、サホ・クサカ＝エレッセイラ・サークィンの騎士であり、サークィン皇国の騎士です」

それはもしかすると偶然だったのかもしれない。

佐保が傅くエイクレアの頭に手を乗せて、彼の誓いを認め、許した時だ。

「あ」

ほとんどの者たちの視線は膝をつくエイクレアに

注がれていたせいで、気づくのが遅れた。気づいたのは、視界に淡く輝く花弁が舞うように落ちて来たのが見えてからだ。

伝承文化学のオーランド＝ベアが唇を震わせて伸ばした手のひらに、呆ける学院長の鼻の上に、全員の上に舞い降り注ぐ。

ふわりと落ちて来た花弁がエイクレアの肩に触れ、佐保の声につられたエイクレアの目もそちらに向き、ハッと見開かれた。

「これは……もしかして……」

地下室では蔓だけだった。屋敷には花は咲いていたがここまで華やかに咲いてはいなかった。

これは――。

「神花です」

佐保は微笑んだ。

「僕を護り、皇国の民を護り導く花です」

全員が顔を上に向けると、壁に張り付いていた神花からたくさんの花弁が舞い降りて来て、佐保たち三人を中心に降り注ぐ。まだ日中で、光の射さない屋内でありながら、そこだけ月光の皓《しろ》い光に包まれているように見える。

月光。月神と関係ないわけがない――。この場の誰もが理解した。

「レグレシティス様」

佐保は果てた後、そのまま上に倒れ込むように体を伏せたレグレシティスの背に腕を回した。

高等学術院から城に帰って来た時には深夜に近い時刻で、本宮で皇帝夫妻の帰りを待っていたキクロスやミオ、木乃は佐保の無事な姿を見て涙を流しそうなほど喜んでくれた。ミオの目元が赤かったから、佐保が無事だという報告を受けるまでは気が気ではなかったに違いない。

疲れていることを考慮して、食事は夜に食べても胃に優しく軽いものにしてくれたのは素直に有難かった。明日の朝にたくさん食べて元気なことを存分にアピールするつもりだ。

食事を終えた後はレグレシティスと二人で入浴したが、移動を極力減らしたかったレグレシティスの意向により、私室に併設の小さめな浴槽を使用した。

そして寝台に横になった途端、佐保はレグレシティスに押し倒され、寝衣をはぎ取られた。一糸纏わぬ姿になった佐保をレグレシティスは存分に愛した。いつもは丁寧に、じれったいくらいの緩さで肌をなぞる指は佐保自身に絡んで蜜を塗り、快楽を高めていった。柔らかな腹にはレグレシティスが何度も口づけを繰り返し吸い付いたせいで、きっと赤い花がたくさん散っているはずだ。

愛撫をしながら後ろを解す指は性急で、香油を指に垂らす時間も惜しいと自らの陰茎に瓶からそのまま零すという常のレグレシティスならばしないようなこともしてしまう。

「佐保」

と呼ばれた時にはもう佐保の中にレグレシティスが入り込んでいて、後はもう揺さぶられ、突かれるまま乱れ、声を上げて啼いた。

常にない激しい抱かれ方に乱れに乱れたのは佐保もレグレシティスも同じだろう。

そして今、レグレシティスは顔を佐保の肩に伏せたままじっと動かずにいる。いや動いていないと思っているのはレグレシティス本人だけで、手は佐保の身体を撫でているし、まだ佐保の中に収められているレグレシティスの陰茎は萎れるどころか硬度を保ったままで、レグレシティスが身じろぎするたびに中で動くので、声を出さないようにするのに必死な佐保だ。

「レグレシティス様、どうしたんですか？　甘えたいんですか？」

「……甘えたいのは確かにある」

「いつでも甘えていいのに。他には？」

「……少し自己嫌悪に陥っていた」

「どうして？　レグレシティス様、僕に何かしましたか？」

「お前をひどく抱いただろう？　八つ当たりだった。すまない」

　佐保は弱気なレグレシティスの背を優しく撫でた。その度に、中のものがピクピク動くが伴侶の心の不安を取り除くのが先である。

「何に対して八つ当たりをしたんです？　教えて貰えますか？」

　レグレシティスは上半身を起こすと、佐保の手を握り、手のひらをじっと見つめた。そこには乱戦の最中に鉄棒を握ったり、重いものを動かしたりした時に出来た小さな傷がある。

　レグレシティスはそれを切なげに、愛し気に見つめるとそっと唇を落とした。

「痛かったか？」

「ううん。痛さは感じなかったし、今も痛くないです。お風呂から上がった時にミオさんに貰った軟膏も塗ったから熱も出さないですよ」

　レグレシティスはもう一度、今度は深く手のひらに口づけた。

「少し羨ましいと思ってしまった。私には出来ないことをした男に嫉妬した」

　ふっと灰色の瞳が細められる。

「誰のことかと問うな。ここで私以外の男の名は口にしたくない。だが佐保、覚えておいて欲しい。お

前の一番の騎士は今までもこれからもずっと私だ」

ああ、この人は……——。

佐保は笑った。心の底から愛しさが溢れて、この愛を伝えたくて堪らない。

「私だけの騎士様。私の一番の騎士様は何をお望みですか？」

覗き込んだレグレシティスの瞳に笑う佐保の顔が映る。

レグレシティスも笑った。同じ気持ちだとわかる瞳で笑った。

「——私の望みは——」

甘い声が寝室を満たす。

その窓硝子一枚を隔てた中庭では月光を浴びながら楽しそうに揺れる神花があった。

あとがき

本当にお待たせしてしまって申し訳ありませんでした！　「月神《つきがみ》の愛《め》でる花《はな》」本編の「雛鳥《ひなどり》編」を無事に完結の状態でお届けすることが出来ました。その間、社会的にも世界規模でも様々なことが起こりましたが、月神の世界は前巻と同じ時系列で進んでいるので、ちょっと不思議な気になってしまいます。

本編が久しぶりなので千川《せんかわ》先生の描く佐保《さほ》たちも久しぶりなのですが、可愛らしさとカッコよさが見事に反映された素敵な絵ばかりで、原稿中の栄養剤になりました。このイラストを無駄にしてなるものか！　このイラストに負けない文章を書かねば！　と頑張りまして、完結編ということもあり文章多めになっています。

前巻までに出ている登場人物も、名前だけでもかなり出て来ているので、人名図鑑や相関図などがあるとわかりやすいかもと思っているところです。

雛鳥本編は完結ですが、書き切れずにいたシーンや掘り下げたかったネタもあるので、こちらは番外編集にてお目見え予定です。

今年はこれまでの分を取り返すべく、精力的に執筆活動を行いたいと思います。応援よろしくお願いします。

この本を読んでの
ご意見・ご感想を
お寄せ下さい。

〒151-0051
東京都渋谷区千駄ヶ谷4-9-7
(株)幻冬舎コミックス　リンクス編集部
「朝《あさ》霞《か》月《つき》子《こ》先生」係／「千《せん》川《かわ》夏《なつ》味《み》先生」係

リンクス ロマンス

月神の愛でる花 ～雛鳥の抱く夢～

2024年1月31日　第1刷発行

著者……………朝《あさ》霞《か》月《つき》子《こ》

発行人…………石原正康

発行元…………株式会社　幻冬舎コミックス
〒151-0051　東京都渋谷区千駄ヶ谷4-9-7
TEL 03-5411-6431（編集）

発売元…………株式会社　幻冬舎
〒151-0051　東京都渋谷区千駄ヶ谷4-9-7
TEL 03-5411-6222（営業）
振替00120-8-767643

印刷・製本所…株式会社　光邦

検印廃止

ISBN978-4-344-85364-5 C0293
Printed in Japan

幻冬舎コミックスホームページ　https://www.gentosha-comics.net